空に響くは竜の歌声

天路《あまじ》を渡る黄金竜

MIKI IIDA
飯田実樹

ILLUSTRATION
HITAKI
ひたき

この物語はフィクションであり、
実際の人物・団体・事件等とは、いっさい関係ありません。

人物紹介 Character

ションシア

エルマーン王国の宰相。竜王家歴代最多の十六人兄弟の次男で、ラオワンのために弟妹をまとめる苦労人。

ハデル

リューセーの側近。竜族(シーフォン)に庇護されている種族アルピン出身。知性的で洞察力に秀でた青年。

ホンシュワン

ラオワンと龍聖の間に生まれた十三代目竜王。

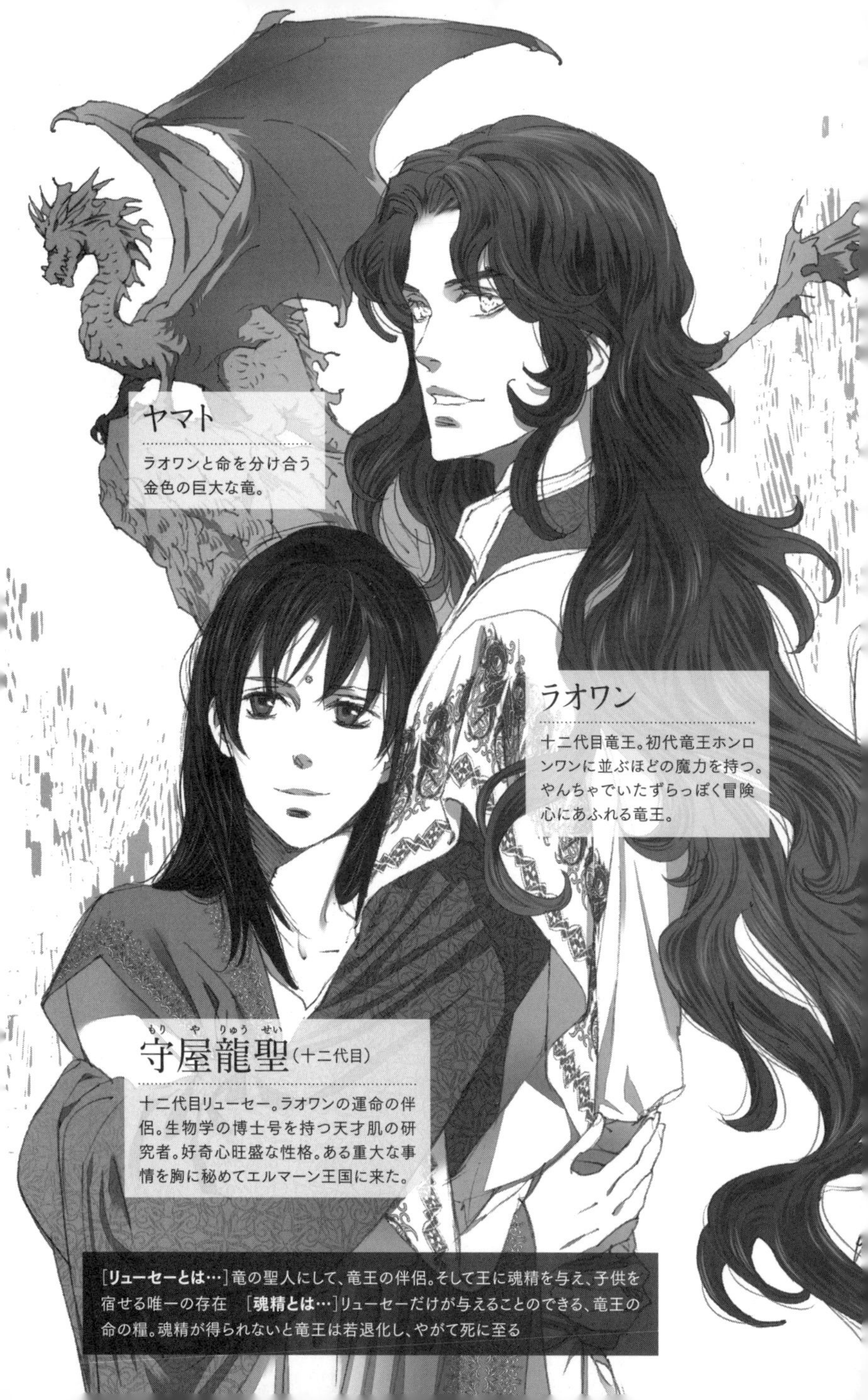
ヤマト
ラオワンと命を分け合う金色の巨大な竜。
ラオワン
十二代目竜王。初代竜王ホンロンワンに並ぶほどの魔力を持つ。やんちゃでいたずらっぽく冒険心にあふれる竜王。
守屋《もりや》龍聖《りゅうせい》（十二代目）
十二代目リューセー。ラオワンの運命の伴侶。生物学の博士号を持つ天才肌の研究者。好奇心旺盛な性格。ある重大な事情を胸に秘めてエルマーン王国に来た。
［リューセーとは…］竜の聖人にして、竜王の伴侶。そして王に魂精を与え、子供を宿せる唯一の存在　**［魂精とは…］**リューセーだけが与えることのできる、竜王の命の糧。魂精が得られないと竜王は若退化し、やがて死に至る

Family tree

エルマーン王家家系図

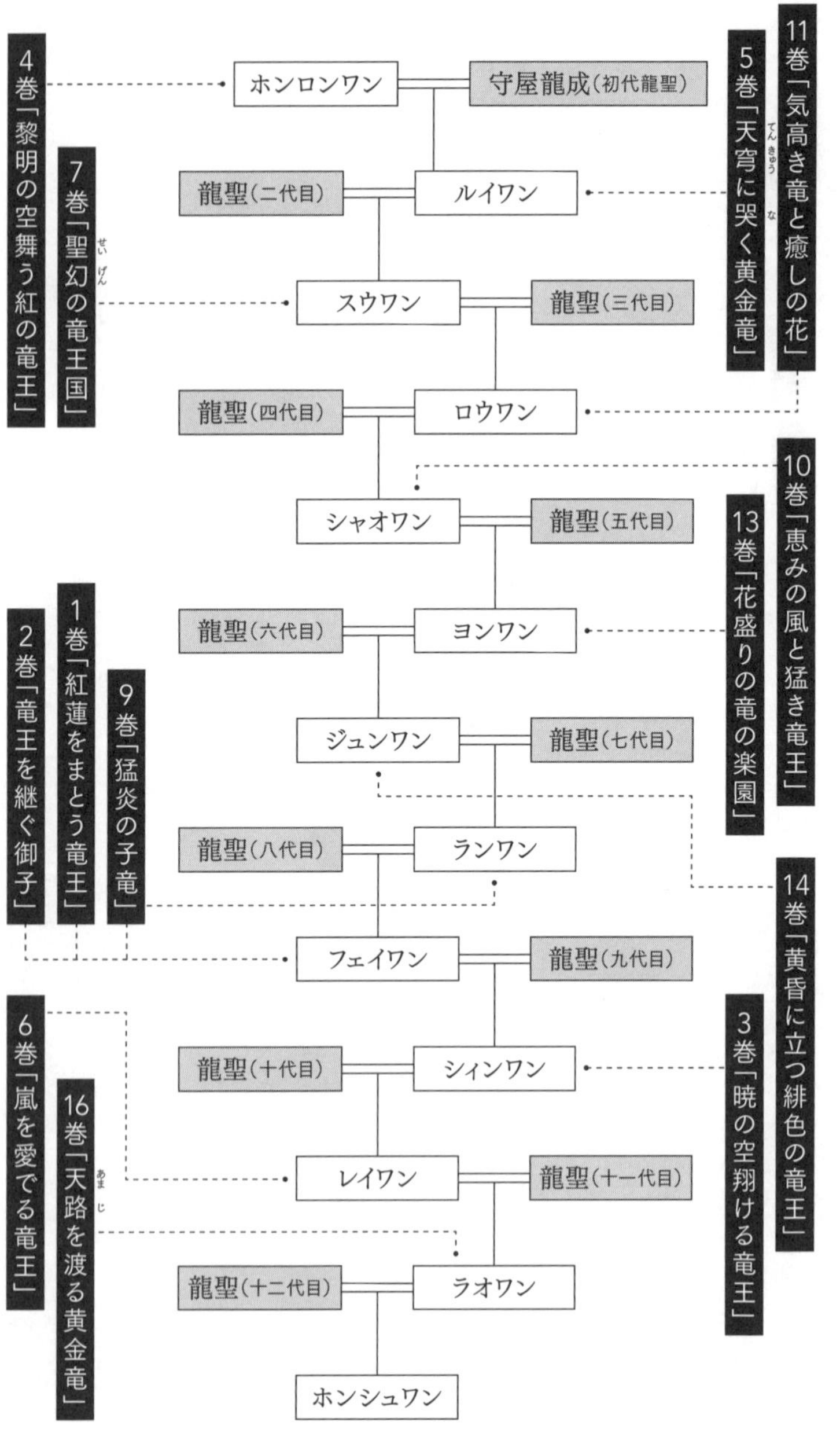

空に響くは竜の歌声　天路《あまじ》を渡る黄金竜

序章

荒野を二台の馬車が連なって進んでいた。客車が前を走り、後ろからは幌のついた荷馬車が走る。客車の両脇を護衛するように左右に二頭ずつ傭兵の乗った馬が並走していた。

どこまでも続く赤い大地に、一本の道が真っ直ぐに伸びている。道と言っても整備されたものではない。長い年月をかけて、たくさんの馬車や馬が行き来して、その轍《わだち》や蹄《ひづめ》の跡が、幾重にも重なり踏み固められて出来た自然の道だ。だがそのおかげで、旅人は迷うことなく何もない荒野を進むことが出来た。

並走していた護衛の男が、客車に馬を近づけて、窓を軽く叩いた。すると小窓が開いて、主人らしきふくよかな中年の男性が顔を覗《のぞ》かせる。

「見えてまいりました」

護衛の男がにこやかにそう言ったので、客車の中の男が小さな驚きとともに安堵の色を浮かべて、小窓からさらに身を乗り出すように肩口まで頭を出すと、進行方向へ顔を向けた。まだ遠いが、何もなかった赤い大地の地平線上に、険しい山の連なりが見えていた。

それはとても特異な風景だ。

険しい山が連なる『山脈』であれば、地平線いっぱいに横たわるように、山々の連なりが見えるはずなのだが、そこにあるのは地平線上にポツンと突然『山脈の一角』が現れたような……山々の左右には何もない赤い大地の地平線が広がっている。

他では見ることのないその景色に、旅人は驚くとともに、紛れもなく目指していた場所が存在したのだと安堵する。

エルマーン王国。竜使いと人々が呼ぶ特殊な民族が住む国が、その場所にある。

「おい！　見習い！　見習い！　起きろ！」

別の護衛の男が馬の速度を少し落として後ろへと下がり、荷馬車の幌をバンバンと叩きながら怒鳴った。

「見習い、見習いって……いい加減、名前を覚えてくださいよ～！　ハンスですよ。ハンス！　覚えられないような名前じゃないでしょ？」

少しの間の後、そんな情けない声でぼやきつつ、若い男が寝ぼけ眼《まなこ》をこすりながら、荷馬車の後ろからひょっこりと顔を覗かせた。

「見えてきたぞ」

護衛の男がニヤリと笑って言ったが、ハンスはその言葉の意味をすぐには理解出来なかったようで、しばらくぼんやりとした顔で、護衛の男をみつめ返していた。しかし突然目を大きく見開いて「あっ」と声を漏らした。

「エルマーン王国ですか？」

「他に何が見えるっていうんだ？　この何にもない荒野で……お前が夢にまで見た所だろ？」

護衛の男の言葉を聞きながら、ハンスの表情がみるみる明るくなっていく。慌てて幌の端を摑み、思いっきり身を乗り出して、馬車の進む先を見ようとした。

「おい！　こらっ！　落ちるぞ！」

「わあ……わあ……わぁぁぁぁ!!」

ハンスは言葉を失って、ただただ感嘆の声を上げ続けた。

「他に何か言うことないのか？　昨夜は興奮して聞いてもいないのにベラベラとしゃべっていたじゃねえか」

ハンスの様子に呆《あき》れ顔の護衛の男が、肩をすくめながら話しかけるが、ハンスは今にも馬車から落ちそうな格好で、幌にしがみつきながら夢中で前方に見入っている。

「ああ……本当に……本当にあったんだ……『勇敢な竜騎士』の国が……」

ハンスは感動に打ち震えながらそう呟《つぶや》いた。

幼い頃、祖父に強請《ねだ》って何度も聞かせてもらったお伽噺《とぎばなし》が『勇敢な竜騎士』だ。あまりにもハンスが何度も強請るので、十歳の誕生日に祖父が『勇敢な竜騎士』の本をプレゼントしてくれた。

ハンスの実家は、田舎の小さな町の小さな商店だった。決して裕福ではないから、本などという高価な物が買えるはずはない。その本は、祖父の手作りの本だった。質のあまりよくない紙を束ねて、糸でかがり綴《と》じにされ、表紙は薄い木の板で、背には布が張られている。

決して見栄えの良いものではないが、一文字一文字が丁寧に書かれていて、祖父が一生懸命に孫のために何日もかけて作ったのだと分かる物だった。

『これで読み書きの勉強をすると良い。知っている物語だと、文字を覚えるのが早くなるんだ』と笑った祖父も子供の頃に、この話が好きで親に良く強請って聞かせてもらったのだそうだ。

祖父の親は旅商人で、町から町へ渡り歩いていたので、学校などには通えなかった。その代わり、大きな町に滞在した時には、図書館に行って大好きな『勇敢な竜騎士』の本を見つけて、必死になって読んで文字を覚えたのだ。

ハンスの生まれ育った小さな町には学校はなかった。だが教会で、子供達は簡単な読み書きを教わることが出来た。だからハンスも、自分の名前は書けたし、簡単な言葉ならば読み書きも出来た。

初めて貰った本には、ハンスの知らない文字がたくさん書かれていた。ハンスは勉強が嫌いだったが、大好きな『勇敢な竜騎士』の本が読みたくて、それからは一生懸命に勉強をした。商店経営に読み書きは必須だったので、両親はとても喜んで、祖父に感謝をした。

そんな祖父が死ぬ前に、ハンスにこう言い残した。

『あの物語は遙か昔に本当にあった話で、竜騎士の国は今も存在するんだよ』

それはハンスにとって、衝撃の事実だった。竜騎士の国が存在する。竜なんて架空の生き物だと思っていた。だが本当にいるらしい。

エルマーン王国……竜使いの種族が治める王国。大陸の西方にその国はあるそうだ。

『じいちゃんは、その国に行ったことあるの？』

ハンスが半信半疑で尋《たず》ねた。ベッドに寝たきりになってしまっていた祖父は、残念そうに目を閉じて首を振った。

エルマーン王国は荒野の果てにある遠い国。ハンス達の住む場所からは、馬車で何日もかかるほど遠くだという。家族で荷馬車に乗り、国内を一年かけて回る旅商人の息子だった祖父が、行けるような場所ではない。エルマーン王国に行くには、途中いくつもの他国を通過しなければならず、荒野には野盗や獣などの危険も多い。

数カ国を通るための通行税を払うことが出来て、複数人の護衛を雇えるほどの金持ちでなければ、とても行くことなど出来ない。

こんな小さな町からでさえ、一歩も出たことのないハンスにとっては、遙か遠い国なんて夢物語とさほど変わりはなかった。一瞬、本気にして心が躍ったのだが、あまりにも現実離れした事実に、ハンスは溜息とともに肩を落とした。

『な～んだ……』

結局はお伽噺と何ら変わりない噂話を、祖父が昔聞いたというだけの話なのかと思った。

『王都に行けば……もしかしたら竜騎士に会えるかもしれないよ』

『え!?』

ひどくがっかりした様子の孫を見て、祖父は続けてそう言った。

『我が国はエルマーン王国と国交を結んでいるんだ。だから我が国を竜騎士が訪れたこともあるらしい。この話は、わしがまだ若い頃、王都の大商会にいた仲の良い見習い店員から聞いた話だ。その商会の会長は、エルマーン王国に行ったことがあるそうだ』

ハンスは勢いよく顔を上げて祖父を見た。よほど期待に満ちた顔をしていたのだろう。祖父はハンスの顔を見て、目を細めて相好《そうごう》を崩した。そしてシワシワの手を伸ばして、ハンスの頭を弱々しく撫でる。

『王都に行きなさい。お前には商才がある。たくさん勉強して、大商会で雇ってもらえるようになりなさい。そしたらきっと竜騎士に会えるよ』

それはハンスの人生を大きく変える言葉だった。

「おいっ！」

突然首根っこを掴まれて、グイッと馬車の中に引き戻された。その勢いに思わず尻もちをつくと同時に、引っ張られた服の襟で喉を絞められて、思わず激しく咳き込んだ。

「な……なにっ……」

咳き込みながら涙目になって顔を上げると、一緒に荷馬車に乗っていた護衛の男が、呆れ顔で見下ろしている。

「エルマーン王国に到着するまで、あと二、三時間はかかるんだぞ。それまでずっと身を乗り出して、阿呆《あほう》みたいな顔で眺めているつもりか？　本当に馬車から落ちるぞ」

「あ……はい……すみません」

ハンスは、ぽかんとした顔で謝った。夢にまで見た竜騎士の国が、目の前まで迫っているという事実に、祖父との思い出がよみがえり、感極まって放心状態になっていた。護衛の男に無理矢理引き戻されていなければ、本当に馬車から転がり落ちていたかもしれない。

「なんて顔をしてるんだ？　夢でも見ていたか？」

護衛の男がからかうように言ったが、それを聞いてハンスは我に返った。

「あ、あの……もうすぐエルマーン王国に着くんですよね？　夢じゃないですよね？」

問われた男は、一瞬目を丸くしたが、すぐにニヤリと笑みを浮かべた。

「頬をつねってみたらどうだ？」

「え……あ……んっ……い、痛いっ！」

ハンスは言われるままに、自分の頬を思いっきりつねった。我ながら容赦のないつねり具合に、思わず悲鳴を上げて手を離す。頬が赤くなっている。

「夢じゃない！」

ハンスは飛び上がるほど喜んで、再び外を見ようと腰を上げかけたが、むんずと護衛の男に肩を掴まれて引き留められた。

「もう身を乗り出すな、落ち着け」

「はい……すみません」

護衛の男は笑顔だったが、目は笑っていなかった。肩を掴む手にも力が入っている。さすがのハンスも、自分の言動が子供じみていることに気づき反省した。しゅんと落ち込んで俯《うつむ》いていると、護衛の男は掴んでいた手を離して、軽くポンッと肩を叩いた。

「夢が叶ったんだろ？　良かったな」

ハンスは驚いて顔を上げた。髭面強面《ひげづらこわもて》の護衛の男は、ハンスと目が合うとニヤリと笑う。

「は、はい」

ハンスは恥ずかしそうに頷《うなず》いて、荷台の狭い空間に座り直すと、積まれた木箱に背中をもたせかけて、ほっと息を吐いた。

ハンスの夢は叶った。

祖父の死後、ハンスはがむしゃらに勉強をした。店の手伝いもした。大きな町に仕入れに行く父に付いて、初めて町の外にも出た。一番近い大きな町までは馬車で半日。初めて行った時は、建物と人の多さにとても驚いた。発展した大きな町は、東西から街道が交わっていて、たくさんの旅人が行き交っていた。だけど自国とエルマーン王国が国交を結んでいることを知る者などいなかったし、そもそもエルマーン王国自体を知る者もいなかった。

一般庶民なんてそんなものだ。町の大小に関わらず、普通に暮らす町民の大半は、町から外に出ることはない。学校に通う者も少ない。だから『世界』になんて、あまり関心がない。

ハンスは勉強をして初めて、世界にはたくさんの国があることを知ったし、自分の住む国がどんな国であるかも知った。他国の旅人や商人が往来する王都の商店であれば、それは必須の知識だ。だが田舎の小さな町にある商店では、まったく必要のない知識だし、町人達のほとんどが一生知らなくても問題のないようなことだ。

ハンスの国は、建国以来四百年余り、他国と戦争をすることなく平和が続いていた。だから田舎の小さな町の人々が、他国に関心を寄せるきっかけもない。

ハンスが王都に行くと言った時でさえ、夢物語のようだと信じてもらえなかった。自分の国の王都でさえ、誰も行ったことがないのだから、西方の果てにある竜騎士の国なんて、想像もつかないだろう。

両親を説き伏せて、祖父が残してくれた紹介状を持って、十四歳で王都の大商会に行き、五年間下働きをして、二年前に見習い店員に昇格した。真面目な仕事ぶりが認められて、会長にも気に入られている。

今回のエルマーン王国行きに同行を許されたのは、破格の扱いだった。

「こんな長旅は初めてだろう？」

隣に座る護衛の男にそう尋ねられて、ハンスは少し考えた。

「こんなに遠くに来たのは初めてですが……日数だけなら、初めて王都へ来た時と同じくらいです。故郷の町はかなりの田舎でしたから、王都まで十日はかかりました。あ、大人だったら六日くらいで行けるらしいんですけど、まだ十四歳の子供だったんで……お金がないから歩いての旅で、危ないから出来るだけ野宿をしないで、途中の村や町で泊まるようにしていたんです。だから余計に日数がかかったんですけど、生まれて初めての大冒険でした」

ハンスが少し恥ずかしそうに笑いながら話すと、護衛の男は感心したように「へえ」と言った。

「オレが冒険者になろうと、故郷を出たのは十六歳の時だった。それに比べたらお前は凄いよ」

「そ、そうですかね……いや、でも……動機が不純でしょう？　立派な商人になるって、親には建前として言って、王都に旅立ったわけですけど……本当は竜騎士の国に行ってみたいからだなんて……このことは今までずっと誰にも言ってなかったんですけど……旦那様にも隠してて、でも同行者に選ばれたくて、行くと知った日からめちゃくちゃアピールしたんですよ。オレは役に立ちますよ！　雑用でも何でもしますよ！　って……昨夜はもう我慢出来なくて、あんなにベラベラとしゃべっちゃって……旦那様も呆れただろうなぁ……帰ったらクビになったりして……」

ハンスは、男に話すうちにだんだんと冷静さを取り戻してきて、今さらながら自分の大人気ない態度に、ひどく情けない顔をして頭をかきながら肩を落として俯いた。

「オレは嫌いじゃないよ。そういうの……どんな動機だろうと、お前が今まで頑張ってきたことに嘘はないだろうし、旦那だってお前の日ごろの働きぶりを見て選んだんだろうし……それに、まあ、オレも冒険者になって初めて、護衛の仕事で国の外に出た時は、めちゃくちゃはしゃいでいたからな。みんな経験していることとさ」

護衛の男は、そう言って笑いながらハンスの肩をバンバンと叩いた。ハンスは「痛いっすよ」と情けない声を上げながらも、少しばかり嬉しそうに笑う。

ハンスはしみじみと幸せを噛みしめるように頷いた。

「はい……」

「もうすぐ到着だ」


ハンスはポカンと大きく口を開けたまま立ち尽くしていた。目の前にそびえる赤い岩山を見上げているのだ。それは普通の岩山ではない。ハンスの知る岩山……普通の『山』は裾野があり、緩やかな傾斜から、次第に高さを増していくものだ。だが目の前にあるのは『断崖』だった。確かに傾斜はあるのだが、ほぼ直角に近い。だから裾野などはない。目の前に突然絶壁が現れたという感じだった。見上げても高すぎて頂上などは見えない。だから城塞都市にある高い石壁ともまた違うのは分かる。その絶壁の途中、建物で言えば三階建てくらいの高さの辺りに、ポッカリと穴が空《あ》いているのが見える。そこが王国の入口だそうだ。関所になっていて、二重の鉄の扉があるそうだ。夜間はしっかりと閉じられてしまい、出入りが出来なくなる。

山肌を削って作られた緩やかな傾斜の階段が、左右に大きくジグザグとその穴に向かって伸びている。道幅は人が三人並べるほどのゆとりはあるが、とても馬車が通れそうにはない。

「これ……どうやって中に入るんです？」

ハンスが啞然《あぜん》とした様子で独り言のように呟いた。

「もちろん歩いて階段を上りますよ。馬車は別になります。ハンス、お前はここに残って馬車の検査に立ち会ってください」

「え？　え？　馬車の検査？　残るって……あの……私は中に入れないのでしょうか？」

ハンスはいきなりの主人からの命令に困惑しつつも、焦《あせ》りを隠しながら聞き返した。すると商会長であるハンスの主人ピザーヌは、笑いながらハンスの肩を叩いた。

「心配しなくても大丈夫だよ。そもそもその馬車に積んでいる大事な荷物を、この国に卸《おろ》さなければわざわざ来た意味がないじゃないか。この国はね、今まで立ち寄った他国とは比べ物にならないくらいに、入国審査が厳しいんだよ。人も、物も……。私は先に関所へ行って入国の手続きをする。もちろんお前の分もね。馬車は検査を受けた後、問題がなければ中に入れてくれるのだが、たぶん時間がかかると思うから、中で落ち合おう。大事な荷物だ。頼んだよ」

「はい。分かりました」

主人にそう頼まれると、ハンスは表情を変えた。焦りの色はなくなり、真剣な顔で力強く頷いた。それを見たピザーヌは、安堵したように微笑みながら頷いて、六人連れている護衛の中から、二人をハンスとともに残して、残りの護衛と従者とともに階段を上っていった。

ハンスはそれを見送った後、改めて商会の馬車に視線を送った。客車と荷馬車の二台。それぞれの御者とハンスと護衛の男が二人の合計五人が残っていた。自分一人ではないことに安堵して、少し気持ちに余裕が出来たせいか、今度は周りが気になりだした。

ハンス達の馬車の他に、荷馬車などが六台あった。この国の兵士達が数人がかりで、一台ずつ馬車の確認をしている。

「あれって……何をしているんですかね？　積み荷の確認だけじゃないみたいですけど……」

「すべてさ」

「すべて？」

答えてくれたのは、一緒に荷台に乗っていた護衛の男だった。ダニロと名乗るその男は、二年前に一度エルマーン王国に来たことがあると言っていた。色々と聞きたがるハンスに、せっかくだから自分の目で見た方が良いと、あまり情報をくれなかった。

「積み荷はもちろん、馬車自体、馬自体も検査を受けているんだ」

「え!?」

ハンスはとても驚いた。ここに来るまでに三ヶ国を通過した。国境に砦門を構えた国もあれば、城塞都市にだけ関所がある国もあった。だがどの国も、身分証を見せて入国料を支払えば、検査などを受けることはなかった。

特にハンスの勤めるピザーヌ商会は、祖国を代表する大商会で、王室御用達《ごようたし》の証明書があるので、交易のある国ならば、入国料も免除されて入れるくらいだ。

「旦那から聞いているだろう？　この国はとにかく厳しいって……誰でも簡単に入れるわけじゃない。国交のある国の者しか入れないし、その上許可証も必要だ。ぶらりと旅人が立ち寄ったって理由だけでは入れないいんだよ」

「お金を払ってもダメなんですか？」

「この国は入国料を取らない」

「絶対入れないいんですか？　荒野を苦労して旅してきても？」

「ああ、絶対入れない」

「ええ!?」

そんな国があるのかとハンスはとても驚いた。

「いや、確か例外はあったぞ」

もう一人の護衛の男が、話に入ってきた。

「例外？」

「ここは広い荒野の真ん中だろう？　獣や盗賊に襲われて、困って逃げ込んできた旅人には、確か救済措置があったはずだ」

「ああ、そうだったな。怪我や病気の者は、治るまで滞在出来たんだった。ただし関所から入ってすぐの所に、専用の施設があって、そこから一歩も出られなかったはずだ。そして元気になったら国外退去させられる」

二人の会話に、ハンスは目を丸くしていた。それもまた極端な話だと思ったからだ。

「まあ、そう聞くとひどいと思うかもしれないが、無償で怪我や病気を治してくれて、滞在している間の宿代も無料で、その上国外退去させられる時は、数日分の水と食料までくれるらしい。ものすごく親切だと思うよ」

「怪我や病気をしてなかったら？　獣や盗賊から逃げてきただけの人は？　門前払いですか？」

「いや、その場合は一泊だけ許されるんじゃなかったかな？　そして水と食料を渡されて追い出される。とにかくそういうのはあくまでも救済措置として保護してくれるってだけで、入国を正式に許されたわけじゃないから、王国内での自由は認められない。困っている人は助けてくれるけど、下心がある者はさようならってわけだ。あきらかにズルして中に入ろうと画策する輩《やから》は、すぐにばれるみたいだ」

護衛の二人は、至極《しごく》当然とばかりに、軽い調子で説明してくれるが、ハンスは驚愕するばかりで目を白黒させている。なぜそこまで入国を厳しく規制するのかまったく分からない。ハンスが今まで仕事で訪れた国は片手で数えるほどではあるが、それでもここまで厳しい国はなかったし、話にすら聞いたことがない。

ハンスが人から聞いて、入国が厳しいと思った国はせいぜい入国料が高額な国くらいだ。少なくともよそ者を入国させている国は、その時点で概《おおむ》ね誰でも受け入れる前提だから、提示する条件だって常識的に不可能と思われるようなものはない。身分証を確認されるのは、犯罪歴のある者を拒否するためには常識の範囲内で必要なことだし、入国料を取るのだって、その国が示す最低限の金額を支払い可能な者だと保証するためだ。

どちらもその国にとって不利益になる人間……犯罪者であったり物乞いであったり……を排除するためのものであって、人の出入り自体は利益を生むので、どの国も他国民を受け入れている。

それが嫌なら門を閉ざせばいいだけだ。実際、よそ者の出入りを一切拒否している国があると聞いたことがある。

だけどエルマーン王国は、色々な国と国交を結んでおり、幅広く交易も行っている開かれた国だ。主人から、許可証がないと行くことが出来ないとは聞いていたが、それはあくまでも商人だからだと思っていた。『商売をするため』に許可証が必要で、入国の条件が厳しいのだと思っていた。

ハンスは無意識に、主人の姿を探した。ピザーヌ商会一行は、階段を上って入口近くまで来ていた。人が列をなしていて、手続きの順番待ちをしているようだ。

入国手続きの順番待ちの列が、門の前に出来るのは割とよくある光景だ。だが人数的にそれほどだたくさん並んでいるという様子はない。主人達の前には十人程度が並んでいた。たぶん一人一人の手続きに時間がかかっているのだろう。

ハンス達の方も、まだしばらくかかりそうだ。前の馬車の検査が終わる様子がない。兵士達は積み荷だけではなく、馬車の下にまで潜《もぐ》り込んで、何かを念入りに調べている。

「あれって何を調べているんですか？」

ハンスが怪訝《けげん》な顔で、馬車の下を調べる様子を見ながら、隣に立つダニロに尋ねた。

「あれは荷台が二重底になっていないかを調べているのさ」

「二重底!?」

「二重底の部分に、人が隠れていて、不法入国することがあるらしい。それを調べているのさ」

予想外の答えに、ハンスはまた唖然としてしまった。

「なんで……なんでそこまで……ちょっと異常じゃないですか？　おかしいですよ。馬車を二重底にして、隠れて不法入国する人なんていたるんですか？　ちょっとよそ者を疑いすぎでしょう。厳しいにもほどがある」

ハンスは呆れを通り越して、不満をあらわにした。だがさすがに兵士達に聞かれることを用心して、声を潜《ひそ》めている。二人の護衛は、そんなハンスの態度に、思わず顔を見合わせて肩をすくめた。

「まあ……この国の事情を知らないと、初見ではそうなるわな」

「オレも最初はそう思ったから、気持ちは分かる。だけどまあ仕方がないというのも分かる」

二人が口々にそう言うので、ハンスは首を傾げた。

「納得出来る理由があるんですか？」

ハンスは疑わしいというように眉をひそめた。憧《あこが》れの竜騎士の国に来たというのに、すっかり気分が台無しだ。異常と思えるほど警戒する態度は、まるで端《はな》からよそ者を犯罪者と疑っているようにさえ感じてしまう。良い気持ちがしないのは当然だ。

「お前は子供の頃に読んだ『勇敢な竜騎士』という本に憧れて、そのモデルとなったと言われる人々の国エルマーン王国へ行くことが夢だったんだよな？　オレは学もないし貧しい家だったから、本なんて読んだことなくて、その『勇敢な竜騎士』って話は知らないし、仕事でこの国に来るまで『竜』という生き物の存在さえ知らなかった。でもまあ一部の間では有名だし、本物の竜を見たいと憧れる者も多い。それを目的にこの国に来る者も多い……まあ、それがお前みたいに好意的な気持ちの者ばかりなら問題ないと思うけど、そうじゃないことが多い」

「そうじゃないこと？」

「お前、この国に来たかったのは、お前も竜が欲しかったからか？」

「まさか！　そんなこと出来るわけがないでしょう！　あっ……」

ハンスは驚いて思わず大きな声を上げてしまった。慌てて両手で口を塞ぎ、辺りを見回す。前の馬車を検査している兵士達は一瞬こちらを見たが、特に気にすることなく黙々と仕事を続けた。その馬車の持ち主らしい男達は、検査の結果が気になるのか緊張した面持ちで、こちらを気にする様子はない。

それに安堵しつつ、狼狽《うろた》えてしまった自分を恥ずかしく思いながら、ハンスは少し赤い顔で口を塞いでいた手を離して、大きな溜息をついた。

「オレは竜騎士に憧れていたんです。強くて優しい竜騎士に……もちろん竜にも憧れるけど、本当に存在するなんていまだに信じられないし……本当にいたとして、普通の人間にどうこう出来るような生き物じゃないって思うから、竜を欲しいなんて思ったことは一度もないですよ」

ハンスはまだ竜をその目で見ていなかった。エルマーン王国が遠目に見えた時は、その上空を竜が飛んでいたのかもしれないけれど、あまりよく見えなかったし覚えていない。怒られてからは大人しく馬車の中で座っていたから、近づいてからも見ていない。

それよりも色々と驚くことが多すぎて、今まで竜の存在も、竜騎士の話もすっかり忘れていたくらいだ。

「きっとお前みたいな者ばかりだったら、この国の人達も苦労はしなかったし、こんなに厳しくしなかったはずなんだ」

「え？」

「この国は二千年以上の歴史があると言われているけど、その歴史は竜を欲しがる者達との戦いの歴史だったと言っていい」

「竜を欲しがる者？」

「竜ってどんな生き物だ？」

聞かれたハンスは、物語に出てきた竜を思い浮かべる。

「大きくて、全身は硬い鱗《うろこ》で覆われていて剣も槍も歯が立たず、力が強くて脚の鋭い爪は盾を切り裂くし、口から火を噴くし、空も飛べる……とにかくすごく強い生き物です」

ハンスは話しているうちに、ちょっと萎《しぼ》んでいた高揚感が戻ってきた。竜の背に乗り、悪者を蹴散《けち》らす強い竜騎士の姿を思い浮かべていた。

「そうだ。竜は強い。人間の騎士団なんて何百人いたとしても、竜一頭に勝てないだろう」

少年のように瞳を輝かせながら語るハンスに対して、ダニロは真面目な顔でそう返した。その少し険しさを感じる男の表情に、ハンスは何かを察して顔色を変えると、激しく首を振った。

「竜騎士は神に戦わずの誓いをしています。このエルマーン王国も、今までどこの国とも戦争をしていないのだと聞きました。きっと物語と同じなんだと思います。だからそんな……」

「そうだ。お前の言う通り、この国は今までどこの国とも戦争をしていない。自国は戦争をしないし、他国の戦争にも加担しないというのが、国交の条件に含まれているそうだ。でもよその国は違う。これほどの戦力を欲しがらない国はない。特に実物を目にしてしまったら、我が手にしたいと思う王侯貴族は多い」

護衛の男がそこまで話したところで、ふと会話を止めて前方を見た。前の馬車の検査が終わったらしく、兵士がこちらに向かって歩いてくるのが見えた。

「失礼いたします。馬車の検査をいたしますが、その前に馬が怯《おび》えるといけないので、目隠しをさせていただきますが、よろしいでしょうか？」

兵士はハンス達に対して、会釈《えしゃく》をしながら丁寧な口調で尋ねてきた。ハンスはその兵士の丁寧な対応に、少しばかり驚いて戸惑っていたが、護衛の男達がハンスをみつめながら、何かを待っているような雰囲気に気づき、今は自分が商会長の代理人であったことを思い出して、ひどく慌てた。

「えっ、あっ、は、はい……お願いします」

咄嗟《とっさ》にそう答えたが、頭の中では『馬が怯えるから目隠し？』と、今ひとつ状況を把握出来ずにいた。

そんなハンスの戸惑いをよそに、兵士は黒い布を、馬車に繋がれた馬の頭に慣れた手つきで被《かぶ》せ始めた。

「怯えるって……何をするんでしょうか？」

ハンスはダニロに、小声で耳打ちをした。するとダニロは答える代わりに、黙って上を指さした。

ハンスは釣られるように上を向いたが、次の瞬間両目を大きく見開いて、驚愕の表情で固まってしまった。

空からゆっくりと、一頭の竜が舞い降りてきたのだ。竜は大きく羽ばたいて、それほど音を立てずにふわりと地面に降り立った。一瞬強い風が巻き起こり、ハンスは煽られそうになりながら手で顔を庇《かば》うように風を避けた。風はすぐに止んだので、恐る恐る目を開けた。

目の前には大きな竜がいた。縦にも横にも馬の三倍近い大きさがある。全身は苔《こけ》色のような深くくすんだ緑色をしていて、硬そうな鱗に覆われている。顔は馬のように面長で、後頭部には幾本もの角が冠のように突き出していた。長い首と長い尾を持つその生き物は、想像していた竜の姿に相違なかった。

「竜……」

驚きと喜びと畏怖《いふ》の混ざり合う複雑な感情に心を動かされながらも、ハンスは竜から目を離すことが出来なかった。

「運んでも良いか？」

竜の背に立つ青年が、下にいる兵士に声をかけた。そこでハンスは初めて、竜の背中に人が乗っていることに気がついた。

年の頃はハンスと同じくらいに見えた。鮮やかな緑色の長い髪を、後ろでひとつに束ねていて、とても綺麗な顔をしていた。甲冑《かっちゅう》は身に着けておらず、鋼の胸当てだけの軽装に、黄土色のマントを羽織っている。

「竜騎士……？」

物語に出てきた竜騎士は、燃えるような赤い髪だ。だが竜に乗るその青年の髪の色は、赤ではないが人間の物とは思えない色をしている。

全身の血が沸きたつような興奮に包まれて、ハンスは思わず両拳《こぶし》を握りしめた。

「お願いします」

兵士達が答えると、竜の背に乗る青年は頷いて、それと同時に竜が羽を広げた。羽ばたくとふわりと軽く宙に浮かび上がる。竜は小屋のように大きな木の箱の上に移動して、上部に取り付けられた金属製の取っ手のような物を掴むと、数度大きく羽ばたいて空に舞い上がった。強い風が再び巻き起こる。

竜は大きな箱を摑んだまま、ゆっくりと上昇していくと、断崖の向こうに姿を消してしまった。

竜が飛び去った後も、ハンスは興奮した様子で空を見上げ続けた。

「おいっ！　ハンス！　ハンス！　見習い！」

「ふぁっ！　へ？　あ、は、はい！」

ダニロに怒鳴られて、ようやくハンスは我に返った。呆けた顔でダニロをみつめるので、ダニロは呆れながらも苦笑した。

「次はうちの番だ。兵士に許可証を見せてくれ」

ダニロが、クイッと立てた親指を動かして、前方にいる兵士を指した。六人の兵士が馬車の横に並んで立っている。

「あっ！　はい！　失礼しました！」

ハンスは慌てて懐《ふところ》から革の巻物を取り出した。ぐるりと巻かれた紐を外して、巻物を開いて中から紙の束を取り出した。

「こちらが入国許可証と、売買許可証、それからこちらが荷物の一覧になります」

主人から預かっていた書類の束を兵士に渡した。兵士は会釈してそれを受け取り、確認した後二通の許可証はハンスに戻された。

「これから荷物と馬車、馬の検分をいたします。しばらくお待ちください」

兵士は一礼すると、荷物の一覧が書かれた書類を片手に馬車に向かった。他の兵士達に指示を出すその兵士を、ハンスはぼんやりとした顔でみつめる。

「どうした？　竜に心を持っていかれたか？」

ダニロがからかうように声をかける。

「あ、ええ、まあそうなんですけど……そのせいか、なんだか違和感があって……」

「違和感？」

ハンスの答えに、もう一人の護衛の男が意外そうに聞き返してきた。ハンスは馬車を検分する兵士達から目を離さずに、こくりと頷いた。

「さっきまでは、なんか思っていたのと違うってモヤモヤしていたんです。入国審査が厳しすぎるってことへの不満なんですけど……憧れの『勇敢な竜騎士』のモデルになったと言われる竜使いが治める国だから、優しい人達の国だと思い込んでいたせいで、勝手に不満を持ってしまったと思うんです。厳しいってことは、こっちを疑っているってことでしょ？　見下されているような気持ちになって……そんなひどい人達の国だったなんてって……だけどこの国の兵士は、みんな物腰が柔らかくて丁寧で、オレなんて下っ端なのに、なんか会長とかそういう偉い人物に対するような態度ですよね」

「オレ達にもな」

護衛の二人は、相槌《あいづち》を打ちながらそう言って苦笑した。馬車を降りてこちらに寄ってきた二人の御者も、同意するように頷いた。

「我々にもです」

ハンスは彼らの返事に何度も頷き返した。

「普通……こういう役目の兵士って、横柄《おうへい》な態度をするもんですよ。ピザーヌ商会は他国でも有名だから、商会長には兵士もへつらうけど、オレに対しては威張《いば》った感じで……入国に大した手間もかからないような国でも、兵士は大抵威張ってるもんですよ。だけどこの国は……審査はとても厳しいのに、兵士はとても丁寧だし威張ってない……それに……」

ハンスは言いかけた言葉を飲み込んだ。再び大きな風が巻き起こったからだ。先ほど飛び去った竜が戻ってきて、再び大きな木の箱を摑んで去っていく。

「さっきから、あれは何を運んでいるんですか？」

「馬車だよ」

「は？」

ハンスの疑問に、ダニロが答えたが、ハンスは意味が分からないという顔で聞き返した。

「馬車って？　え？」

「オレ達の前にいただろう？　見てなかったのか？」

「検査が終わった馬車が、あの小屋みたいな箱の中に入るのを見てなかったのか？」

そう話をしている間に、入れ違いで別の竜が大きな箱を運んで戻ってきた。先ほどの竜とは別の竜だと分かったのは、竜の色が違ったからだ。鱗が赤茶色をしている。竜の背に乗る青年は、橙色《だいだいいろ》の短い巻き毛だった。たまに見かける赤みがかった金髪ではない。本当に橙色をしていた。それも不思議だとハンスは目を奪われていた。

『あれが赤い髪だろうか？』

ハンスは『勇敢な竜騎士』を指す『真っ赤な髪』のことを考えていた。だけどあれは橙色だ。真っ赤ではない。黄色がかっている。もっと赤い色の髪の人がいるんだろうか？　と、関係のないことに心を奪われていた。

「ほら、あれだよ」

「え？」

ダニロに声をかけられて我に返った。

「ほら、扉が開いた。中が空だろう？　あそこに馬車が入るんだよ。それで竜が山の向こう……エルマーン王国の中に運んでくれるのさ」

ダニロの指す先には、たった今赤茶色の竜が運んできた大きな木の箱があり、その壁の一面が扉のように真ん中から両開きに開いていた。中には何もない。言われれば確かに馬車が二台は入りそうだ。

そう思っていたら、ハンス達の前に検査を受けていた馬車の残り二台が、大きな箱の中に入っていくのが見えた。

すっぽりと箱の中に収まると、兵士が馬車の車輪に何かを嵌《は》めている。動かないように固定しているみたいだ。作業が完了すると扉が閉められて、しっかりと鍵がかけられた。

兵士が合図を送り、赤茶色の竜が箱を摑んで飛び立った。

今度は一部始終をしっかりと見たハンスは、目を丸くしてしばらく固まっていた。

「え……じゃあ……うちの馬車もあんな風に運ばれるんですか？」

驚愕の表情で、ダニロに恐る恐る尋ねると、ダニロは腕組みをして「そうだ」と答える。

「竜に運んでもらえるんだぜ？　嬉しいだろう？」

「嬉しいって……え!?　まさかオレも一緒に乗るんですか!?」

聞き間違いかと、焦りながら聞き返したら、護衛の二人は腕組みをしたまま「オレ達も……だ」と声を揃えて答えた。

「え？　え？　ええ〜〜!?」


扉が開いて、ハンスがふらふらした足取りで外へ出た。

「おい、大丈夫か？」

二人の護衛が、ハンスの腕を両側から摑んで、横へと移動する。御者が馬を引いて馬車を外へ出すために、道を空けたのだ。

「初めての空の旅はどうだった？」

「どうだったも何も……外が全然見えないんですから、ただ揺れて気持ち悪くなっただけですよ……」

ハンスは青い顔で答えた。ダニロ達は笑いながら、ハンスを支えるようにして歩き出す。

「まあとりあえず無事にエルマーン王国に入国出来たんだ。おめでとう」

「ほら、ここからの眺めは良いぞ」

降り立った広場から、少し歩いたところに柵があった。ハンス達のいる場所は高台になっているようで、エルマーン王国を一望することが出来た。

「わあ……」

ハンスは言葉を失った。さっきまでいた赤い大地の荒野が嘘のようだった。緑の草原や、大きな森、湖などの美しく豊かな自然が眼下に広がっていた。広い畑も見える。

そして何よりも目を引くのが、険しい岩山の断崖に沿うように建つ巨大な王城の姿だった。白い石造りの城が、赤い岩山に映《は》えて美しい。

空にはたくさんの竜が飛んでいる。とても神秘的な光景だった。

「さっきは話が途中になってしまったけど、この国の王様のところには、数えきれないくらい多くの『竜を売ってほしい』という要望が、各国から来ていた。もちろんすべて断っていた。この国の竜使いと呼ばれる人々……シーフォン族というそうだが、彼らの先祖は神の御使《みつか》いなのだそうだ。神から竜とともに生きる使命を授《さず》けられているらしい。そんなのはお伽噺だという者もいるが、彼らの外見は普通の人間と違うし、何よりも三百年から四百年は生きるというのだから、あながち嘘でもないと思う。お前もさっき見ただろう？」

ダニロの説明を聞いて、ハンスは大きく頷いた。あんなに綺麗な顔の男なんて今まで見たことがない。それに髪の色だって普通じゃない。染め粉でもあんな色には染まらないだろう。

「竜使いから離された竜は、とても凶暴になるのだそうだ。だから竜を人間には渡せない。この国の王は断固として拒否した。しかしそうなると、今度は強引に手に入れようと、この国に忍び込んで、竜を盗もうとする者が次々と現れた。大人の竜を盗むのが難しいと分かると、今度は竜の子供や卵を盗もうとし、竜使いの子供まで攫《さら》おうとした。かつては生まれたばかりの姫君が攫われて殺されるという凄惨《せいさん》な事件まで起きたそうだ」

「そんな……なんてひどいこと……」

ハンスは顔を歪めて声を震わせた。

「しかし竜使いは、神に戦わずの誓いを立てている。竜の力は凄い。その竜を唯一使役《しえき》することが出来る代わりに、決して竜を悪事に使わないと約束したんだ。無益な殺生はしないと……誓いを破れば呪いが降りかかる。もちろん竜を私欲のために手に入れようとする人間も、同じように呪われる。それをなんとか避けるための苦肉の策として、こんな風にとても厳しい入国審査がある……というわけだ。納得してくれたか？」

ダニロはなんとか説明を最後までやり遂げたという顔で、どうだ！　とばかりにハンスを見た。もう一人の護衛の男も、ハンスの返事を待っていた。

ハンスは目を閉じて、しばらく何かを考え込んでいたが、やがて目を開けると二人を交互にみつめて深く頷いた。

「オレがさっき感じていた違和感も、これで説明が付きました。竜という強い力を持っているのに、よそ者をひどく警戒していて変だと思ったけど……その理由が分かったし、それも仕方のないことだと納得しました」

ハンスの答えを聞いて、二人の護衛は安堵して「良かった、良かった」と言いながら笑いだした。

「ところでダニロさん達は、なんでそんなにこの国のことに詳しいんですか？」

ハンスは不思議そうに首を傾げた。なにしろ『勇敢な竜騎士』の話も知らなかったくせに……と思うと不思議で仕方ない。

「ああ、それな！　実は以前来た時に、あそこに行ったんだよ」

そう言ってダニロは近くに見える白い立派な建物を指さした。

「歴史博物館だ。たぶんお前みたいに、入国審査に不満を持つ者が多かったんだろう。理解を促すために今の王妃様が作ったそうだ。この国の歴史が分かる展示物があったり、竜の爪や鱗とかが展示してあったりして、なかなかに見応えがあるぞ。お土産品なんかも売っているし……空き時間が出来たら旦那に頼んで見に行くと良いさ」

ハンスは目をキラキラと輝かせながら、行く気満々という顔で、歴史博物館を眺めた。

「無事に入国したようだね」

そこへ主人のピザーヌ一行が合流した。

「旦那様、ここには何日くらい滞在するのですか？」

開口一番にハンスがそう尋ねたので、ピザーヌは一瞬首を傾げたが、期待に満ちたハンスの表情を見て、すぐに察したようにニッコリと笑った。

「この国では長くても五日間までと、滞在期間は決まっているんだよ。もちろんせっかくだから五日間いるつもりだ。一日自由時間をあげるから、観光を楽しむと良いだろう」

「本当ですか!?」

ハンスは嬉しくて思わず飛び上がりそうになったが、我に返ってなんとか我慢した。しかし顔がにやけてしまうのは抑えきれない。

「竜に乗って空を飛ぶことも出来るぞ」

「え!!」

ハンスは我が耳を疑った。

「ほら、ちょうど飛んでる……竜に乗る……というか、ゴンドラに乗って、それを竜が運んで飛んでくれるんだ。馬車を運んでもらった時は、外が見えない小屋みたいなやつだったけど、ほら、ゴンドラは外を眺められるから気持ちいいぞ。有料だけどな」

ダニロの言う通り、大きな窓のついた客車のようなものを、脚で摑んで飛んでいる竜の姿が見えた。

「以前はこの国を訪れる者は、この国特産の織物や木工品を買い付けに来たり、自国の品物を売ったりと、商売だけが目的だったんだ。お前も経験したように、入国審査が厳しいし、そもそも許可証のある者しか入ることが出来ないからね。しかし今の王妃様が、せっかく訪れてくれたのだから、仕事だけして帰るのではなく、この国のことを理解して楽しんでほしいと、色々な面白いことを考えられてね。今では仕事は『ついで』で、観光が目的になってしまった者も少なくないんだよ」

ピザーヌはそう言いながら「私もその一人だよ」と言って笑った。

「王妃様すげえ!」

ハンスはワクワクした様子で、思わずそう呟いていた。

エルマーン王国の城の最上階は毎日がとても賑《にぎ》やかだった。子供達の笑い声、泣き声、大人達の悲鳴と、悲喜こもごもだ。

だが今日は比較的静かな方だった。

龍聖《りゅうせい》は下の子達の面倒を見ながら、趣味のデザインを描いている。

面倒を見ると言っても、長女のメイリンが下の子三人と遊んでくれているので、デザインを描く片手間に、時々その様子を見ているだけだ。側《そば》には乳母もいてくれるので、多少は目を離しても特に心配はない。下の子三人のうち二人が女の子なので、遊んでいても危ないことはしないし、とにかく平和だった。

おそらく問題は、子供部屋にいる上の三人の男の子だ。皇太子のラオワンと三男のヨウレンはいつも悪さばかりしている。真ん中に挟まれている次男のションシアは大人しい子なので、二人に振り回されて泣いてばかりいた。

六十歳(外見年齢十二歳)を過ぎたので(ヨウレンは五十八歳だが)、養育係が付いて子供部屋で勉強をしているはずだ。

三人の養育係は、ジアが『鋼の心臓を持つ人でないと務まらない』と言っていたので、何人もの候補の中から厳選された。

そうして決まった養育係のリザールは、祖父が十代目竜王シィンワンの弟フォウライで、ロンワンの傍系にあたる。長く書庫の学士長を務めていたが、ラオワン達の養育係に推挙されたため一線を退いた。

文官には珍しく、剣術にも秀でており、武人だった祖父フォウライの血を濃く受け継いでいる。

『鋼の心臓』の持ち主で、何が起きても滅多《めった》なことでは驚かないと言われている。

実際のところ、養育係として着任早々、彼を脅かそうと扉近くにあった背の高い棚の上によじ登り、入ってきたところに飛びかかろうと待ち構えていたラオワンとヨウレンの二人を、眉ひとつ動かさず返り討ちにした上で、鬼の形相で叱りつけたため、二人とも大人しく従うようになったらしい。

そんなわけで、ここ最近はとても平和だと龍聖はご機嫌だった。

「リューセー様、それは何を描いていらっしゃるのですか？」

ジアが龍聖の手元を覗き込んで尋ねた。

「娘達の服をデザインしようと思って……やっぱりさ～、女の子は良いよね～飾り甲斐《がい》があって！　あ、でもこっちの世界だと、男の子も色々と着飾ることが出来るんだけどね」

「大和《やまと》の国では男性は着飾らないのですか？」

「う～ん……着飾る方向性が違うっていうか……あまりじゃらじゃらと装飾品は付けないし……服もシンプルなのが好まれるかなぁ……どっちかというと、品質の方に拘《こだわ》るっていうの？　ブランド物のスーツとか、オーダー品とか……そういうお洒落《しゃれ》はするんだけどね」

「ぶらんどもの……ですか？」

「うん、なんて言えば良いのかなぁ……すごく有名で人気のある人がデザインして作った服って感じ」

龍聖がジアに説明をしていたが、ジアは分かったのか分からないのか微妙な顔でしばらく考えて、あっと閃《ひらめ》いたのか顔を輝かせた。

「つまりそのようにリューセー様がデザインなさった服のことですね？　有名で人気のある人といえば、我が国でしたらリューセー様ですから」

「オレのブランドかぁ」

ジアの言葉を聞いて、いいねそれ！　とばかりに、少し本気になって考え込んでいる。側にいた子供達は、不思議そうにその様子を眺めていた。

「龍聖ブランドの服……うん、いいかも……だけどそれはうちの国の中でしか流行しそうにないなぁ……その上、我が国の場合、国民が着る服はほぼ支給品でしょう？　強制的に着せることになるじゃん……王妃が自分でデザインした服を、私のブランド良いから着なさいって国民に着せるのってちょっと痛くない？」

「痛い？　ですか？　……どこか具合が悪いのですか？」

心配して慌てるジアに、龍聖は笑いながら手を振って『そういう意味じゃないから』と誤魔化《ごまか》した。

「強制的というよりは、リューセー様がデザインされた服を、皆が競って欲しがると思いますよ。アルピンだけではなくシーフォンの皆様も欲しがると思います。そうなるとシーフォンの皆様が優先になってしまいますから、アルピン達に行き渡らなくなってしまいますね」

ジアが真剣な顔で頬に手を添えながら、問題だというように考え込んでいる。龍聖はそれを見て苦笑した。

「そんなに悩む問題？」

「悩みますよ……それよりも、リューセー様はご自分が国民からどれほど愛されているのか、まだお分かりにならないのですか？」

ジアが呆れ顔で反論したので、龍聖は苦笑しながら首をすくめた。

「いや、分かるよ……自分で言うのは恥ずかしいけど、みんながオレのことを好きだと言ってくれるのはすごく嬉しい。でもなんかね……オレの想像以上にってところが、実感なくてたびたび驚かされるんだよね」

「リューセー様が驚かされるようなことがありましたか？」

いつも龍聖に驚かされているジアが、まさか！　という顔で聞いてきた。

「あるよ！　たとえば……そう！　歴史博物館のこととか！　なんでアルピンに大人気なの？　旅行者のために作ったのに！」

龍聖は一瞬考えたが、すぐに思い当たって、パンッと手を叩いた。ジアはそんな龍聖よりもさらにテンション高く、パンッと手を叩いた。

「そうですね！　あれは本当に素晴らしいものをお作りになったと思います。他国からの来訪者に、この国のことを理解してもらうための施設なんて……エルマーン王国二千年の歴史で、誰も思いつかなかったことです。竜を手に入れようとする賊の襲撃に、延々と悩まされ続けてきた我が国の苦労が、よく分かるように解説されていますから、入国審査が厳しいと文句を言っていた他国の者達の我が国への印象が随分《ずいぶん》変わったと聞いています」

ジアに手放しで絶賛されて、龍聖は少しばかり恥ずかしそうに頬を染めながら、手と首を振って否定した。

「違うよ。あれは別にオレがすべて発案したってわけじゃないよ。この国に小学校を作った九代目龍聖が、アルピン向けに作った歴史の教科書に書かれた内容を、分かりやすく展示しただけだからさ……。かつて竜族がやらかしちゃった大虐殺とか、それによって神から天罰を受けたこととか、そういうシーフォンの秘密は、上手に隠して創作を交えつつ、それらしい歴史物語を作ったのは、九代目龍聖だからさ。……アルピンにもオレ達の真実は知らされてないんでしょ？」

「はい」

ジアは神妙な顔で頷いた。

「かつて竜族が何をして神の怒りを買い、どのような天罰を与えられたのか……という詳細は知らされていません。アルピン達はシーフォンとは元々このような種族だったのだと思っています。アルピンにとって、シーフォンが何者なのかは、実はそれほど重要なことではありません。かつて同じ種族であるはずの人間達から、獣のように扱われて、人としての尊厳を奪われていたアルピンの先祖を、ホンロンワン様が救ってくれた。それだけが我々が代々大切に伝え続けている事実であり、シーフォンとともに生きる意味になっています」

ジアは自身がアルピンであるため、物心ついた頃から両親や祖父母から教え込まれてきたことを、当然のごとく受け入れているという実感を込めて語った。側近教育の中で事実を知ってからも気持ちの変化はなく、シーフォンや竜王に対する崇敬の念は少しも揺らぐことはなかったとも語った。

それを聞いて龍聖も何度も頷いた。

「龍聖誓詞《りゅうせいせいし》の中に、その辺りのことも書かれていたよ。だからあえて他国の者にも知られて構わないような内容に歴史を改変した物語を作って、それをアルピン向けの教科書にしたんだ。アルピンが漏洩《ろうえい》するなんて思っていないし、その忠誠心を疑うわけではなくて、リスク回避のためなんだ」

「りすくかいひ……とは何ですか？」

ジアが初めて聞く言葉に、首を傾げて聞き返したので、龍聖は少し困ったように「えっと……」と思いを巡らせた。ジアと二人で話をする時は、ついつい日本語で話してしまうため、日本語特有の外来語や英語などが混ざってしまい、そのたびにジアに説明をしなければならなくなる。あまり意識せずに使っている単語などは、言い換えに迷うことがあった。

「つまり……リスクっていうのは、失敗したりとか損をしたりとか悪い結果になる可能性のことだよ。だから今の話で言うと、教科書という書物の形にするものだし、他国の者の目に触れる可能性はゼロではないだろう？　アルピン達だって真実を知らなければ、危険な目に遭《あ》うこともない。ジアが言うように、アルピン達にとってシーフォンや竜王の真実を知る必要性がないのであれば、教える必要もない。まあ、それはいいんだけどさ～、他国からの来訪者のために作った歴史博物館が、アルピン達に人気っていうのもおかしな話だよね」

龍聖はそう言いながら思わず苦笑した。歴史博物館を作ったのは、もう二十年も前なのだが、開館以来大盛況で、他国の者からの評判も良い。そして、それ以上にアルピンに人気だった。来館者の七割がアルピンなのだから、人気のほどが分かるだろう。

「みんな小学校で歴史を習うのにね」

龍聖が呆れ顔で言うと、ジアは少し自慢気な顔をして説明を始めた。

「人気の理由のひとつは歴史を分かりやすく解説するために、いくつかの場面をリューセー様が絵に描かれているからです。みんなリューセー様の絵を見に行くんですよ。それに常設展示とは別に、毎月企画展示もしているので、それもみんなが楽しみにしているのです。歴代の竜王陛下とリューセー様の私物の展示などは、本当に好評で、月初めはいつも行列が出来るのですよ」

「そういえば……歴史博物館の監修責任者の一人はジアだったね……ジアも企画案とか提案したりするの？」

「もちろんです。リューセー様が今お描きになっている服のデザイン画も、ぜひ展示したいと思っているんですよ」

いきなりプレゼンを始めるジアに、龍聖は一瞬呆気《あっけ》にとられた後、声を上げて笑い出した。それに小さな子達は一瞬驚いたが、釣られるように笑いだして、部屋の中が一気に賑やかになった。

そこへ一人の侍女が、緊張した面持ちで小走りにジアの下へやってきた。

「リザール様から、リューセー様に至急の報《しら》せが参りました」

侍女が龍聖を気にしながらも、ジアに向かってそう告げた。一応侍女の方からは、側近であるジアにしか直接話しかけられないことになっている。でもこの場合はすぐ横に龍聖がいるので、そのまま伝えているのも一緒だった。

「またラオ達が何かやらかしたのかな？」

龍聖が直接侍女に声をかけた。

「それが……ラオワン様がご不調なので、医師を呼ぶかどうかの判断を仰ぎたいとのことです」

侍女の言葉に、龍聖とジアは顔を見合わせた。

「子供達をお願い」

龍聖は側にいた乳母にそう告げると、すぐに立ち上がって駆けだした。

「リューセー様、走ってはいけませんよ」

ジアが注意をしながらも、心配そうな顔で後を追いかけた。

龍聖はラオワンの部屋の寝室にいた。ベッドに座り、膝の上にラオワンを抱きかかえている。ラオワンはぐったりとした様子で眠っていた。

「だいぶん落ち着いたみたい」

龍聖が側に立つジアに、小声でそう話しかけた。ジアは安堵の表情で息を吐いた。

龍聖達が駆けつけた時、ラオワンは勉強中だったテーブルの上に突っ伏していた。赤い顔をして、少し息も荒く苦しげだった。

二人の弟達は、養育係のリザールが離れたところに座らせていた。とても不安そうな顔をしていた。ヨウレンなどは珍しく無言で表情も硬く、ションシアは今にも泣きそうな顔をしていたが泣いていなかった。二人は手をギュっと握り合って、ラオワンの様子を見守っていた。

日ごろは頼りなさげにしているションシアだが、こういう時はちゃんとヨウレンのお兄さんをしていて、少し頼もしく思う。

龍聖は、すぐにラオワンを抱き上げて、リザールに一礼をして部屋を出た。そのままラオワンの部屋へ連れていき今に至る。

龍聖はラオワンの前髪をかき上げるように、優しく額を撫でた。頬はまだ少し赤みを帯びているが、先ほどに比べれば火照《ほて》りも引いている。息遣いも穏やかになった。だがまだ熱があるようで、額に手を当てると熱く感じる。

「母様……」

ラオワンが薄く目を開けて呟いた。

「ラオ、気がついた？　まだ苦しい？」

龍聖が声をかけると、ラオワンはコクリと頷いて大きく息を吐いた。

「もうすぐ父様が来てくれるからね」

龍聖の励ましの言葉に、ラオワンは小さく数度頷いた。

「大丈夫だよ……母様……心配しないで」

ラオワンは、龍聖を心配させまいと笑みを浮かべてみせた。龍聖は一瞬、眉根を寄せそうになったが、慌てて笑顔を作った。

「これは病気じゃないし、ラオは強い子だから大丈夫って分かってるよ。それにもうすぐレイワンが来るしね」

龍聖は明るくそう言って、ラオワンの頬を撫でた。優しい子だと思う。きっととても苦しいはずなのに、心配かけまいとするなんて……父親似だな。と龍聖はしみじみと思った。

「ラオワン、リューセー」

勢い良く扉が開いて、レイワンが現れた。走ってきたのか少し息が弾んでいる。

「レイワン……」

龍聖は心から安堵して思わず溜息が漏れた。もうこれで大丈夫だ。そんな龍聖の気持ちが伝わったのか、レイワンが優しく龍聖の頭を撫でながら隣に座った。

「代わるよ」

そう言って、龍聖の膝の上に抱かれていたラオワンを、レイワンが抱き上げる。

「もう大丈夫だ」

穏やかな笑みを浮かべてレイワンがそう言うと、ラオワンと龍聖の二人が同時に安堵の笑みを浮かべた。

「じゃあ……ラオはレイワンに任せるね。オレはションシア達が心配だから様子を見てくるよ」

「分かった」

レイワンと龍聖は、軽く口づけを交わした。龍聖はラオワンの額にも口づける。

「ちょっと行ってくるね」

「二人に心配しないように言って……ごめんねって」

ラオワンにそう言われて、龍聖は微笑み返してラオワンの額を優しく撫でた。


ラオワンの部屋を出たところで、ジアには下の子達の下へ行くように頼み、龍聖はションシア達のいる子供部屋に向かった。

扉をノックするとリザールの返事があったので、ゆっくりと扉を開けた。部屋の中には中央のテーブルに向かい合って座る幼い兄弟二人と、側に立つ養育係のリザールがいた。龍聖が姿を見せた途端、弾かれたようにションシアとヨウレンが顔を上げる。

「お母様」

二人が同時に声を上げた。今にも泣きだしそうな顔の二人に向かって、龍聖は満面の笑顔を向けた。

「ラオワンは大丈夫だよ」

おそらく二人が今一番欲しい言葉だろうと、龍聖は開口一番にそう告げた。すると二人は力が抜けたように、トンッと椅子に腰を落とした。そして同時に「良かった〜」と安堵の息とともに、絞り出すような声を漏らす。

龍聖は思わずリザールと視線を交わして笑みを浮かべた。足早に二人の側へ歩み寄る。

「心配で勉強が手につかなかったんだろう?」

龍聖はニヤリと笑って、わざとからかうように明るい口調で二人に言った。龍聖の予測では、ヨウレンが赤くなって『別にそんなんじゃないよ!』と、いつものように反論してくるはずだった。だがヨウレンは、今にも泣きそうな顔で龍聖をみつめてきた。

「お母様……僕……兄上に謝らなきゃ……」

ヨウレンは、言おうとした言葉を最後まで言えずに、きゅっと口を引き結んだ。そうしないと今にも泣いてしまいそうだったのだろう。大きな両目にはいっぱいに涙が溜まっていた。

「ヨウレン? 一体どうしたんだい? ラオに謝りたいって?」

龍聖は驚いて聞き返した後、視線をリザールへ送った。リザールは困ったような顔をしている。何かあったのかと、龍聖は改めてヨウレンをみつめた。

ヨウレンが瞬きをすると、ポロリと大粒の涙が零れ落ちた。それを横目に見たションシアが、釣られたようにみるみる涙目になっていく。

「二人とも! どうしたんだい? ラオワンはもう大丈夫だって言っただろう? 何も心配しなくていいんだよ?」

龍聖は両手を広げて二人の頭をそっと撫でた。するとヨウレンが、首を左右に振った。必死に泣くのを我慢しようと、口をへの字にして眉間にしわを寄せているが、涙はポロポロと零れ落ち続けている。ションシアまで、涙を流し始めた。

そっと後ろからリザールがハンカチを差し出したので、龍聖はそれを受け取って、二人の涙を優しく拭った。両手で一生懸命に二人の背中を撫でて落ち着かせようとする。

「二人とも泣かなくていいんだよ。大きく深呼吸をして落ち着こう」

龍聖はどうして二人が泣いているのか分からずに、ただただ戸惑うばかりだった。ラオワンが弟達の前で具合が悪くなったのはこれが初めてではない。弱ってしまったラオワンを見て、二人が泣くほどショックを受けたとは思えなかった。

「オレに分かるように説明してくれないか？　ヨウレン、何を謝るんだい？」

龍聖に促されて、ヨウレンは一度大きく深呼吸をして、その後ズズッと鼻をすすり息を吐く。

「僕……兄上の具合が悪くなって……苦しそうな顔で僕に手を伸ばしてきたのに……僕は怖くなって逃げちゃったんだ……僕……兄上のこと……好きなのに……なんで逃げ……」

ヨウレンは、一生懸命に話してくれたのだが、こみ上がる嗚咽《おえつ》でそれ以上の言葉を紡ぐことが出来なくなった。我慢の糸が切れて、声を上げて泣き出したヨウレンを、龍聖は抱きしめた。ヨウレンは龍聖の胸に顔を埋めて大泣きしている。釣られてしゃくり上げ始めたションシアを、空いている方の手で頭を撫でて慰めた。

事情がなんとなく分かった龍聖は、再びリザールの顔を見た。リザールは眉尻を下げて、小さく首を振った。リザールはすでにヨウレンの行動の正当性について、説明して宥《なだ》めたのだろう。それでもヨウレンは、自分の行動を許せずにいるようだ。

龍聖はヨウレンの気が済むまで泣かせることにした。身の置き所がなさそうに佇むリザールには気の毒なので、今日はもう下がってもらうことにして、そう告げると、彼は何も言わずに一礼して去っていった。

しばらくしてようやく二人が泣き止んだ。涙でぐしゃぐしゃになった顔を拭いてやりながら、何度も頭や背中を撫でてやる。やがて完全に泣き止んだのを確認して、龍聖は二人の間に椅子を持ってきて座った。

「二人は……ラオワンがどうして具合が悪くなるのか、理由は分かっているんだよね？　前にも見たことあるよね？」

龍聖が笑顔で努《つと》めて明るく尋ねると、二人は大人しく頷いた。

「魔力が……抑えきれないくらいに溢《あふ》れてるからって……」

ヨウレンが涙声で答えた。龍聖は笑顔で頷いてみせる。

「二人とも覚えがあるだろう？　今はもうほとんどなくなったけど、ションシアもヨウレンももっと小さな頃は時々熱を出したりしていたよね？」

二人はコクリと頷いた。

「体が成長するにつれて、自分の中の魔力を抑えることが自然と出来るようになるから、君達はもうあまり具合が悪くなることがなくなっているんだ。でもね、ラオワンは次期竜王だから、君達とは少し違うんだよ。持っている魔力がとても多いんだ。だから君達よりも、もっと体の中の魔力を抑えるのが難しくて、今でもまだ具合が悪くなったり、熱が出たりしちゃうんだよ」

龍聖が優しく説明するのを、二人は真剣な顔で聞きながら、何度も頷いている。

「それはリザールから聞きました」

「うん、じゃあ……君達が六十歳になるまで、他のシーフォンの子供に会ったらいけないってことは知っているよね？　理由も知ってる？」

「はい……魔力を自然と抑えられるくらいの歳にならないと、無自覚に魔力を溢れ出させて、他の子に悪い影響を与えるからだと……教わりました」

　ションシアが難しい言葉を交えながら答えたので、リザールから教わった通りに覚えているんだなと思って、龍聖は思わず笑みを深めた。

「その『悪い影響』ってどんなことだと思う？」

　さらに尋ねると、ションシアとヨウレンが、少し自信がないという様子で顔を見合わせた。リザールから教わっているはずだが『悪い』という印象が強く残っているだけで、その詳細については、きちんと把握出来ていないようだ。

「さっきオレが、ラオワンは次期竜王だから、君達とは少し違うって言ったよね？　でも君達もラオワンの兄弟で、竜王の息子だ。君達は次期竜王ではないけれど、竜王の血を引く王子なんだよ。つまりロンワンだ。ロンワンが何かは知っているね？　王家の血筋の者のことだ」

　龍聖の話を聞きながら、二人は何度も頷いた。

「ロンワンは、他のシーフォン達とは違う。王家の血筋ということは、とても血の力が強いってこと。つまり魔力が多いってことだ。だから他のシーフォンの子供達よりも君達はとても魔力が強いんだよ。そんな君達が、きちんと魔力を操作出来ずに、無自覚に溢れ出させたままシーフォンの子供達に会ったらどうなると思う？」

龍聖が問いかけて首を傾げた。明るい表情は崩さずに、出来るだけ二人に不安感を与えないように心掛けていた。そうでなくても不安になっているのだ。事実を教えることは大事だが、自分達の魔力に悪い印象を持ってほしくはない。

ラオワンの魔力も、ションシア達の魔力も、間違いなくエルマーン王国にとってとても大切な力だ。魔力が強いことは決して悪いことではない。むしろそれはとても良いことなのだと本人達に理解させて、強い力をエルマーン王国のために生かしてほしい。

龍聖はエルマーン王国に降臨して六十三年になる。日本で過ごした年月の約三倍の年月を、この異世界で生きてきたのだ。自分も子供達もなかなか歳を取らないので、六十年余りも経《た》ったなんて実感はない。とはいえここでの生活もすっかり板についた。生まれた時からずっと、ここにいるような錯覚さえ覚えるほどだ。今では夢の中でもエルマーン語をしゃべっている。子供達の教育のために、家族の間で日本語をしゃべっていなかったら、日本語を忘れてしまったかもしれない。

それくらいには、龍聖もエルマーン王国に馴染《なじ》んでいる。だから心からこの国を守りたいと思う。最初は愛するレイワンのためだった。それが子供達のためになった。やがてシーフォン達、アルピン達、皆のためにと自然に思えるようになった。

ここことは別の世界の日本という国で、普通の国民として生きてきた。生まれながらの王族や貴族なんかじゃないし、ましてや元は竜だったわけでもない。ただたまたま『リューセー』として、守屋家に生まれただけだ。

だから国政なんて難しいことは分からないし、神から与えられた罰とか、色々な制約のあるシーフォンの生き辛さとか、知識として理解しているだけで、本当には分かっていないと思う。龍聖自身はシーフォンではないから実感が湧かないのだ。それでも『リューセー』として、この国のために役に立ちたいと願っている。

今まで色々なことがあったけれど……自覚はなくても六十年……いや、向こうの世界で生きた年数を加えれば、八十年以上も生きてきたのだ。いつまでも我が儘ばかりの龍聖ではない。王妃として、少なくとも子供達の親として、きちんとしたい。

眉間にしわを寄せて真剣に悩む二人の息子を、微笑ましく見つめながら両手で二人の頭をもう一度撫でた。

「怖がらせてしまうことになるんだよ」

龍聖は少しだけ声のトーンを落とした。すると二人は同時に龍聖の顔を驚いたように見つめた。大きい目をさらに大きく見開いているので、目が零れ落ちちゃいそうだなと、龍聖は心の中でクスリと笑う。

「怖がらせる？」

聞き間違いかというように、その言葉を慎重に聞き返してきたションシアに、龍聖はニッコリと笑って頷いた。

「僕たちのことを怖いと思うの？　何もしていなくても？」

「そうだよ。こんなに泣き虫で大人しくて優しいションシアさえ、シーフォンの子供達を怖がらせてしまうんだ」

「ど、ど、どうして？」

言われた当の本人であるションシアが、ひどく動揺したように口ごもりながら尋ね返す。それに同意するように、ヨウレンもコクコクと頷きながら、龍聖の答えを待っている。

「それは二人が持っている強い魔力を恐れるからだよ。目に見えなくても、何かされたわけではなくても、竜族ならば本能で分かる。自分よりも強い力……ションシアやヨウレンが無意識に体から溢れ出させている強い魔力は、普通のシーフォンの子供には脅威でしかないんだ。なんだか分からないけどとにかく怖い。体がすくむ。震える。逃げ出したい……そんな風に思ってしまうんだ。でもそれは本能なんだから仕方がないんだ。誰も悪くない。ションシアは、何もしていないのに自分に対して怯えて『怖い』と言うその子を責めるかい？」

それまでとても驚いて目を丸くして聞いていたのだが、問われたションシアは、慌ててふるふると激しく首を振った。

「その子は悪いことをしている？」

確認のためにもう一度言い方を変えて尋ねると、ションシアはまた首を振った。

「していないよ。だって仕方ないもん。強い魔力を怖いと思うのは仕方ないもん」

ションシアは、頬を少し上気させながら懸命にそのたとえ話の子供を擁護《ようご》した。

「じゃあ、ションシア達が悪いの？」

「ぼ、僕達はわざとじゃないし……悪く……ないよね？」

ヨウレンが途中から自信なさげに声が小さくなっていき、チラリチラリとションシアと龍聖の顔を交互に見て反応を窺《うかが》っていた。ションシアも、それに同意しつつも不安そうに龍聖を見る。その様子に龍聖は笑みを深めた。

「そうだよ！　どっちも悪くないんだ」

よく出来ましたとばかりに、二人の頭をわしゃわしゃと撫でてやると、二人は嬉しそうに笑った。

「だから……さっきラオワンが苦しそうにしていた時に、二人が怖くなって逃げちゃったのは仕方がないんだ。ラオワンは次期竜王だ。君達とは比べ物にならないくらい強い魔力を持っている。ラオワンが苦しんでいたのは、魔力が体の中で暴れたからだって説明されただろう？　溢れ出た魔力を君達は本能的に怖いと思ったんだ。それは悪いことじゃない。だからラオワンに謝る必要はない」

それを聞いた二人は、初めてそこで今までのたとえ話の意味を理解したようで、目を丸くして顔を見合わせている。そんな二人を龍聖はニヤニヤと笑いながら見守った。

二人は何も言わずにただ見つめ合い、時々頷き合ったりしている。

「じゃあ僕は……兄上に会ったらなんて言えばいいの？」

ヨウレンが翡翠《ひすい》のような綺麗な緑色の瞳を真っ直ぐに向けて、教えを乞うように尋ねる。

「いつも通りさ！　特別な言葉はいらないだろう？　だって何もないんだから……おはようなのか、こんにちはなのか……明日のいつ頃会えるか分からないけど、いつものように挨拶《あいさつ》をして、二人がそれだけだとなんだか物足りないと思うなら、体はもう大丈夫か聞いて……あとはいつも通りで良いよ。きっとその方がラオワンも気が楽だと思う。それにね、ラオワンから二人に伝言を預かっているんだ。心配をかけてごめんねって」

龍聖の言葉を聞いて、ようやく二人は肩の力が抜けたようだ。心から安堵した笑顔になった。

「もう大丈夫だね？」

「はい！」

二人が元気に返事をしたので、龍聖も笑顔で頷いた。

その夜の食事の席にラオワンは来なかった。レイワンから強制的に深く眠らせたと聞いていたので、龍聖は特に気にすることはなかったし、子供達にも今は安静にしているけれど、明日にはいつも通りに元気になっているよと伝えたので、皆もそれほどの動揺は見せなかった。

ラオワンの件で、午後の会議を抜けてきたため、その後の政務が大変だったのか、レイワンはいつもよりも遅く王の私室へ帰ってきた。

当然ながら夕食の席には間に合わなかったし、子供達は龍聖におやすみの挨拶をして部屋へ戻ってしまっていた。

「お疲れ様」

龍聖がレイワンを労《ねぎら》った。

「君の方こそ大変だったね」

出迎えた龍聖の体を包み込むように抱きしめて、軽く口づけを交わした後、レイワンが抱きしめている龍聖の頭に頬ずりをするようにして、鼻で大きく息を吸い込んだ。そしてゆっくりと溜息をつくように息を吐く。龍聖の香りを嗅いで、ひと心地ついたのか、今度は「はあ～」と声に出して溜息をつく。

「レイワンどうしたの？」

龍聖はクスクスと笑いながら、顔を上げてレイワンを見た。目が合うとレイワンはその金色の目を少し細めて、愛しそうに視線を交わした。

「君の温もりを感じて、君の香りを嗅ぐと、疲れも悩みもすべて吹き飛ぶよ」

「やっぱり疲れてるんだ。悩み？　悩みもあるの？」

レイワンの表情は、とても穏やかでそれほど深刻そうには感じなかったので、龍聖はニッコリと笑って首を傾げた。レイワンはすぐには答えずに、笑みを浮かべたまましばらく龍聖をみつめて、一度目を閉じた。そして今度は小さく溜息をついて、何かを決心したように目を開けて龍聖の体をそっと離した。

「リューセー、少し大事な話があるんだ」

穏やかな表情のままでレイワンが言った。龍聖は小首を傾げて目を瞬かせる。深刻な話ではなさそうだけど、でも心配させないように表情に出してないだけなのかも……と、一瞬考えたが、すぐにコクリと頷いた。

レイワンはソファに座るように龍聖を促して、一緒に並んで座った。龍聖は背もたれには凭《もた》れずに浅く座り、レイワンの方を向くように斜めになった。レイワンもそんな龍聖と向き合うように顔を向ける。

「ラオワンのことなんだ」

静かにそう切り出した。

「年下のションシア達は魔力も落ち着いて具合が悪くなることはなくなっているのに、年上のラオワンがいまだに時々体調を崩すことを君は心配していただろう？　それでラオワンは次期竜王なのだから、ションシア達よりも魔力が強いせいだと話したのは、つい最近のことだから覚えているよね？」

龍聖は素直に頷いた。だがすぐに顔色を変えた。レイワンが改めてそんなことを切り出したのは、実は違う理由があるのかと思い、さらにそれが悪いことなのではないかと思ってしまったのだ。その龍聖の表情の変化に、レイワンは想定内というように、優しい笑みを浮かべてゆるく首を横に振った。

「心配しなくても大丈夫だよ。ラオワンが具合を悪くする原因は、間違いなく魔力を上手《うま》く抑えられないことだ。竜王の世継ぎだから、他の子より魔力が大きいせいなのだけど……今日、ラオワンの魔力の流れを探った時に気がついたことがあったんだ。ラオワンの魔力は日に日に大きくなっている。もちろん成長とともに魔力も増えるのは当然なのだけど、ラオワンの場合は、他と比べ物にならないほど多いんだ。そのせいで体の成長が追いつかなくなっている」

「え？　それって……どういうこと？　悪いことじゃないよね？」

「悪いことじゃないさ。魔力が大きいというのは、我々竜族にとってはとても良いことだ」

レイワンがニッコリと笑って言ったので、龍聖は一瞬考え込むようにゆっくりと瞬きをした。

「でも、世継ぎがみんなそうだったってわけじゃないんだね？　レイワンがラオくらいの頃はどうだったの？」

「私がラオワンくらいの頃は、もう安定していたから、体調を崩すことはなかったよ。つまりラオワンはもっと魔力が大きいってことなんだ。私が子供の頃よりも……ね」

レイワンはそう言って苦笑した。嬉しいような、困ったというような……複雑な気持ちが表れている。

「それって……良いことなんだよね……だけど……魔力が安定しなくて……またこれからも具合が悪くなってしまうの？　もっと成長したらどうなるの？」

不安でたまらないのか、龍聖は次々と質問を投げた。レイワンは順を追って話をするつもりだったのだが、これでは冷静に話が出来ないなと、心の中で溜息をつくとともに苦笑する。

「リューセー、落ち着いて」

レイワンは両手で龍聖の両頬を包み込むようにして、じっと正面から向き合った。龍聖の黒い瞳が不安そうに揺れる。

「最初に言っただろう？　悪いことじゃないって……私は嘘を言わない……だから話を聞いてほしい」

レイワンは穏やかな表情で、龍聖を宥めるように優しくそう言い聞かせた。

「わ、分かった」

龍聖が素直に了承したので、レイワンは微笑んで両手を離すと代わりに頬へ口づけた。

「大丈夫？」

レイワンが、龍聖の瞳を覗き込むようにして尋ねると、龍聖はようやく笑顔を取り戻してコクリと頷いた。それに安堵したように目を細めて、レイワンは座り直した。

「さて……さっきも言ったけど、ラオワンは普通よりも魔力が多いようだ。このままいくと成人する頃には、歴代の竜王の中でもかなり魔力の強い竜王になるだろう。もしかしたら……初代ホンロンワン様と同じくらいになるかもしれない。これは良いことだ。何度も言うけど、竜族にとって魔力が強いことは良いことだし、それが竜王ならばなおさらだ。ラオワンは力の強い素晴らしい竜王になるだろう」

レイワンの話を聞いて、龍聖は不思議そうに首を傾げた。

「レイワンよりも？　レイワンよりも魔力が大きくなるの？」

「ああ、私よりもきっと大きくなる」

レイワンに笑顔で肯定されて、龍聖は目を丸くした。

「どうして？」

「それは私にも分からないよ」

レイワンは思わず苦笑した。龍聖はまだ信じられないというか、驚きが勝っているのか、目を大きく見開いて何度も瞬きをしている。

「リューセー、君が安心するまで何度も言うよ。これは悪いことじゃない。とても良いことだ。ラオワンにとっても、シーフォン達にとっても、そしてこの国にとっても」

穏やかに微笑むレイワンをみつめながら、龍聖は表情を緩めた。

「ラオは良い王様になる？」

「もちろんだ」

龍聖の少し子供っぽい言い方に、レイワンは思わずクスリと笑った。そしてそっと頬を撫でる。

「安心した？」

龍聖は頬を撫でられて気持ちよさそうに目を閉じたが、すぐにパチリと目を開けて「でも」と口を開いた。

「あんなにいつまでも具合が悪いのは……」

「うん、それはあまりに魔力が大きくて、体の成長が追いついていないんだ。だからそれをなんとかしたいと思っている」

「なんとかする？　それはいつもレイワンがしてくれていることとは別にってこと？」

「そう、それが今、君に話をしようとしていることなんだ」

レイワンがクスクスと笑う。ようやく本題に辿り着けたという雰囲気を察して、龍聖は少し赤くなり眉をひそめた。

「ごめん……だけど心配で……」

「うん、君の気持ちは十分分かっているつもりだよ。だから最初から、ゆっくり時間をかけて、君が納得するまで話をするつもりだったんだ」

レイワンは、よしよしと龍聖の頭を撫でた。龍聖はひとつ溜息をつき、覚悟を決めたように頷いて、真っ直ぐにレイワンをみつめた。

「分かった。もう話の腰を折らないで、ちゃんと最後まで静かに話を聞くよ」

「ありがとう……それで考えたのだけど、ラオワン自身に魔力を操作する術を教え込もうと思うんだ。繰り返しになるけど、これは意識してやらなくても成長とともに、体が自然とそう出来るようになるんだが、ラオワンの場合は、魔力の大きさに成長が追いついていないから、意識的に自分で操作する必要がある。そうしないといつまでも具合が悪くなるし、これから先もどこまで魔力が大きくなるか分からないからね。今のうちに操作する術を覚えた方が良い」

レイワンはそこまで話して、一度龍聖の反応を見た。龍聖は何も言わずに、一度大きく頷いた。キュッと唇を引き結んでいる様を見て、本当に何も言わないつもりなのだと、レイワンは内心でほくそ笑んだ。

「ラオワンを北の城へ連れていき、竜王の間でやり方を教えようと思う。あそこならば、魔力に満たされているから、体が少しは楽になるし、ションシア達への影響も気にしなくて良いからね。私と二人で、ラオワンが魔力を操作出来るようになるまで籠《こも》ろうと思う」

それは思いもかけないことだったようで、龍聖は驚いたように表情を変えた。何か聞きたそうに唇がうずうずと動いている。レイワンはたまらず噴き出した。

「リューセー、何か言いたいことがあるなら言っても良いよ？」

レイワンは口元を手で押さえながら、笑いを堪《こら》えてそう尋ねた。龍聖は少しばかり赤くなりながら、視線をさ迷わせて躊躇《ちゅうちょ》している。

「いや……別に……ただ籠るって言うから……一日、二日ってことではないよね？　何日も帰ってこないの？　魂精《こんせい》はあげなくて二人とも大丈夫？」

余計なことかな？　という顔で、遠慮がちに言う龍聖がかわいくて、レイワンは龍聖の腰に手を回して引き寄せた。

「ラオワンが上手く出来れば、そんなに何日も籠る必要はない。おそらくだが……三、四日というところだろう。ひと月くらい魂精を貰わなくても、まったく問題はないって知っているだろう？　本当に魂精のことを心配したのかい？　本当は私がいなくて寂しいのではないのかい？」

レイワンがからかうように耳元でそう囁いたので、龍聖は赤くなって唇を尖らせた。

「そりゃあ寂しいけど、遠くに行くわけじゃないし……二人のことが心配なのは、嘘じゃないよ」

拗《す》ねた口ぶりに、レイワンは笑みを深めて頬に口づけた。

「リューセーもすっかりお母さんだね」

「そりゃあお母さんだよ。何年母親をやっていると思ってるの？　それも七人だよ？　いやでも肝《きも》っ玉母ちゃんになっちゃうよ」

「きもったま？　え？　なに？」

目を丸くして首を傾げるレイワンに、龍聖は笑いながら首を振った。

「なんでもない……大和の国で、強い母親のことを表現した昔の言葉だよ」

龍聖はようやく色々なことに踏ん切りがついたようだ。大きく溜息をついたその表情には、もう不安の色はない。

「それでいつからやるの？」

「早い方が良いと思うけれど……籠るとなると準備が必要だからね。私の仕事の方も……シィンレイ達に引き継ぎが必要だし……五日後くらいかな？　明日、ラオワンに話すつもりだ」

「分かった！　すべてはレイワンに任せるよ。ラオを頼むね」

「ああ、次期竜王である前に、私達の大事な息子だ。任せてくれ」

レイワンが微笑みながらそう言うと、龍聖はその首に腕を回して唇を重ねた。


翌朝、朝食の席にラオワンがいつもと変わらぬ様子で現れた。

「父上、母上、おはようございます」

「体はもう大丈夫？」

元気に挨拶をするラオワンに、龍聖は労《いたわ》るようにそっと抱きしめて頭に口づけながら尋ねた。

「はい、もうなんともありません」

「兄上！　おはようございます」

そこへ弟達が次々と現れた。王の私室が一気に賑やかになる瞬間だ。

「みんなおはよう」

代わる代わる両親、兄弟が挨拶を交わし合う。その間に侍女達が、慌ただしく食事の支度を整えている。小さな子達は、それぞれに乳母がついて世話をしていた。

ションシアとヨウレンが、いつもと変わりない様子で、ラオワンと仲良さげに言葉を交わしている。

龍聖はそれを嬉しそうに目を細めながら眺めていた。

「どうかしたのかい？」

レイワンがそっと小さな声で、龍聖に囁きかけた。

「ん……うちの子達はみんな良い子ばかりだなぁと思って」

龍聖は自慢げにそう言って、ふふっと笑みを零した。

「当然だ。私と君の子だからね」

「レイワンは親馬鹿だなぁ」

龍聖は思わず噴き出していた。だがそう言われたレイワンは、澄まし顔で肩をすくめる。

「君ほどではないけどね」

二人は顔を見合わせて笑い合った。


食事の後は、ソファに移動して龍聖はラオワンに魂精を与える。隣り合って向き合うように座り、両手を握った。少し前までは、龍聖の膝の上に座り、甘えながら魂精を貰っていたくせに、今はそれを恥ずかしがってこんな形になっている。

龍聖は少しだけ寂しく思って、レイワンにそっと愚痴《ぐち》ったのだがレイワンは懐かしそうな顔で『母上もそんな風に寂しがっていたのかな？』と言って笑っていた。

「ラオワン、お前に話があるから、今日の午後に少し時間を貰うよ。リザールには伝えておくから」

政務に出かける準備を整えたレイワンが、そう声をかけてきた。ラオワンは龍聖に手を握られたままの格好で、きょとんとした顔をしてレイワンを見上げていた。

「はい……父上」

反射的に出たであろう返事と、何だろう？　という戸惑いの色が浮かぶ眼差《まなざ》しに、レイワンは口元を綻ばせて、ラオワンの頭を優しく撫でた。

「じゃあ、仕事をしてくるよ」

レイワンは龍聖に軽く口づけをして、そのまま去っていった。

それをぼんやりと目で追うラオワンを見ながら、龍聖が少しだけ握っていた手に力を込めた。ラオワンは我に返って、視線を龍聖に向ける。

「母上……私は何か叱られるのでしょうか？」

「なんでそんな風に思うんだい？　何か悪いことでもしたの？　心当たりがある？」

「あ、ありません」

ニヤリと笑ってからかう口ぶりで龍聖が言ったので、ラオワンは頬を赤らめて、慌てて首を振り否定した。

「そう？　じゃあ別に叱られるわけじゃないと思うよ。第一、レイワンは今ラオの頭を撫でていっただろう？　叱るなら撫でるのではなくて拳で打たれるぞ？」

龍聖がおかしそうに笑いながら言うと、ラオワンはさらに赤くなって、不満そうに唇を尖らせた。

「だって……父上が急にあんなことを言うから……」

「ラオ、君は次期竜王なんだからそんなことではダメだよ？　もっと自分の言動に責任を持ちなさい。そうすれば自信も持てるから……自分の言動に責任も自信もないから、そんな風に父上に叱られるのではないかと、疑心暗鬼になるんだよ」

龍聖は柔らかな口調を意識しつつも、少しだけ厳しく苦言を述べた。するとラオワンは、意外だというように目を丸くした。ラオワンはちょっと甘えてみただけのつもりで、いつも甘い母親からそんな風に言われるとは思ってもいなかったからだ。

「ごめんなさい」

すっかり消沈した面持ちで、そう小さな声で謝罪する。龍聖は困ったなという顔で笑って、握っていたラオワンの両手をぎゅっと強く握りしめた。

「ラオ、前にも言っただろう？　無意味な謝罪はダメだと。今の『ごめんなさい』はどういう意味で言ったんだい？　オレに叱られたから謝ったの？」

「そ、それもあります……でも今の謝罪は……父上が急にあんなことを言うからと言い訳をして、母上に甘えて慰めてもらおうと、安易に逃げた自分の行動に対する謝罪です」

今度は真っ直ぐに龍聖をみつめ返しながら、はっきりとした口調でそう答えた。その目に宿る強い意志の力を見て、龍聖は安堵の笑みを浮かべる。

「分かっているなら良いんだ。オレもちょっとラオを試しただけだから……レイワンはね、君が良い竜王になれると信じている。だから君がもっと良い竜王になるための方法について、君と話がしたいと言っていたんだよ」

「そうなのですか？」

思わぬ言葉に、ラオワンは気の抜けたような顔になった。

「オレもラオが良い竜王になれると思っているよ」

龍聖はそう言って笑顔でラオワンの頭を撫でた。ラオワンははにかみながらも、嬉しそうに笑った。


龍聖はしばらく下の子達の相手をして、その後は乳母に任せると、テーブルの上に昨日の続きのデザイン画を出して描く用意をしたが、なかなか手につかなくてしばらくぼんやりとした後、大きな溜息をつきながらテーブルに突っ伏した。

少ししてコトリと耳元で音がしたので顔を上げると、ジアがそっとお茶を出してくれていた。

「お疲れですか？　少しご休憩されてはいかがですか？」

ジアが気遣うように言ったので、龍聖は体を起こして大きく背伸びをした。すぐにニッコリと笑ってみせて、ジアに心配をかけまいとした。

「大丈夫、大丈夫……別に疲れているわけじゃないよ。ただ……なんていうか……ちょっとダメージがね……」

「ダメージ……ですか？」

龍聖はそう言って苦笑いしながら頭をかく。ジアは不思議そうに首を傾げた。

「さっきさ……オレ、ちょっと落ち込んでいただろう？　躾《しつけ》って難しいって……あれはね、ラオを叱った時に『次期竜王なんだからそんなではダメだ』って言ったからなんだよ。オレ、本当はそういう言い方があまり好きじゃないんだ。『竜王なんだから』『お兄ちゃんなんだから』『男なんだから』みたいな言い方ね。だけどそのことで前にレイワンから言われたことがあって……」

龍聖はそう言いながら、その時のことを振り返った。

まだラオワン達がもう少し幼かった頃、ラオワンとヨウレンが遊んでいる時にちょっとした喧嘩になったことがあった。ションシアが巻き込まれて泣きだしたため騒ぎになってしまい、夕食後の時間だったので、たまたまそこにいたレイワンが、兄弟達を叱った。

レイワンはラオワンとヨウレンに、喧嘩の原因について双方の言い分を聞き、平等に叱ったのだけれど、その後に一言ラオワンに『兄なのだから少しは我慢しなさい』と言い添えたのだ。

それを聞いた龍聖は、少し嫌な気持ちになった。きっととても不満そうな顔をしていたのだろう。レイワンがそれに気づいて『やっぱりそうなのかい？』と言って顔を覗き込んできた。

龍聖はどういう意味か分からなくて尋ねると、レイワンは少しばかり懐かしむような表情になって、昔父親から忠告されたのだと言った。

大和の国では『兄なのだから』とか『女の子なのだから』とか、そういう言い方を良しとはしない風潮にあるので、そういうことを龍聖の前で言ったら、きっと嫌な顔をされるよ？　気をつけなさい……と。

レイワンの父シィンワン王は、母である九代目龍聖から、そう教わったそうだ。

「本当に嫌なんだね」と改めて言われたので、龍聖は少しばかり戸惑いつつも、ちゃんと理由があるのだと言い返した。

「そういうのは古い時代の考え方で、オレ達の時代では、人類は皆平等だと教わったんだよ。特に日本は……大和の国は身分制度がなくなったから……もちろん天皇陛下はいらっしゃるけど、それはまた別というか……普段の暮らしの中では、身分の上下はなくなったんだ。仕事上の雇用主と社員とか、師弟関係などの上下はあったとしても、それは相手を敬う程度の関係で、人としては同じなのだと、差別してはいけないと……そう習ったんだ。だから弟より兄が偉いなんてことはないし、女より男が偉いなんてこともないから……そういう言い方は、ちょっとモヤッとするというか……嫌な気持ちになるんだよ」

龍聖が一生懸命に説明をすると、レイワンは真剣に聞いてくれて、何度も頷いていた。だがすべてを聞き終わると「でもね、リューセー」と、穏やかに否定の言葉を続けた。

「大和の国では古い時代のことかもしれないけれど、この世界では今も身分制度は存在するんだよ。我が国も例外ではない。現に私はこの国の王で、君は王妃だ。家臣を従えて、身の回りの世話を侍女にさせている。だけど私が偉いから王様なんじゃなくて、王様だから偉いんだ」

レイワンが穏やかな口調で淡々と述べた言葉に、龍聖は驚いて目を丸くした。まさかレイワンの口から『王様だから偉い』なんて言葉が出てくるとは思わなかったからだ。

龍聖が目を丸くしていると、レイワンは表情を緩めつつも話を続けた。

「別に威張って玉座に座っているから偉いって言っているんじゃないよ？　王には王の責務がある。国を治め、家臣を束ね、国民を養わなければならない。他国と対峙《たいじ》しなければならない。あらゆる国難にも立ち向かわなければならない。国の代表なんだ。だから色々な意味で偉くなければならない。民に対して恥ずかしくない……尊敬される存在でなければならないと思っている」

龍聖は、はっと目を見開いた。レイワンの言わんとすることをようやく理解したのだ。自分の勘違いに気づき、みるみる顔が赤くなっていった。

「ラオワン達は生まれながらに、その身分による責務を負わされている。幼い頃から兄として姉として、弟妹としての立場を理解させなければならない。ラオワンは竜王の世継ぎであり、他の何者でもない。本人が望むと望まざるにかかわらず、竜王にならねばならないし、王としての資質が問われ、責務を果たすように望まれるのだ。いずれたくさんの者から『竜王なのだから』と言われるだろう。だから幼いうちから『兄』として『竜王』としての自覚を持たせて、自分の立場や責任を負うことを教えなければならないんだ」

龍聖は赤い顔で、遠慮がちに頷いた。

「ごめんなさい。オレが勘違いしていました」

龍聖は素直に自分の非を認めて謝罪した。

よく考えればわかることだ。昔の日本には身分制度があった。侍《さむらい》が偉かったし、一家の家長が偉かった。どんなに才能があっても、次男より長男が偉いし、三男以下は論外だった。

後継ぎとして『兄なのだから』と厳しく躾けられたこともあるだろうし、『弟なのだから』と立場を教え込まれたこともあるだろう。

たぶん『お兄ちゃんなんだから我慢しなさい』という言葉は、そういうことの名残《なごり》なのかもしれない。平等が当たり前の世界に生きてきた龍聖にとっては、とても理不尽な言葉に思えていたけれど、今もなおしっかりとした身分制度があるこの世界、この国では決して古い時代の言葉ではないのだ。

龍聖はそれ以来、その言葉が必要だと感じた時には、意識して使うようにしている。

「そういうわけで、オレもたまに言ったりするけど、いまだになんかちょっと……後味が悪いんだよね」

龍聖は苦笑いをした。ジアは少しばかり戸惑った表情を見せたが、すぐに微笑みを浮かべて軽く頷いた。

「リューセー様らしくて良いと思いますよ」

「オレらしい？」

「素直に人の話を聞いて、自分を正そうと努力される。でもご自身の意思は捨てない。なんともリューセー様らしいお話ではありませんか。確かに身分と立場を自覚させる躾は大切です。でも人は皆平等なのだと教わってきたリューセー様が、その気持ちを捨てきれずに葛藤されているからこそ、アルピンにも等しく慈悲をお与えいただき、結果としてお子様達にもそれは伝わっていると思います。おそらく代々のリューセー様がそうなさったからこそではないのでしょうか？」

「そうだね」

龍聖は少し照れくさそうにはにかんで、鼻の頭を擦った。

「レイワンはきちんと説明をしてくれて、でもオレに今度からはこう言いなさいなんて強要はしなかった。嫌な気持ちになるのは、オレの個人的な事情だし……オレの子供達が、愚かな王子や姫になってほしくないから、オレはその言葉が必要だと思った時には使うよ。たぶん九代目龍聖が、それに気づいてきちんと躾けたんだろうね。だからわざわざシィンワン王に忠告したんだ。これは未来のリューセー達への忠告でもあるんだろうなって思う。伝説の九代目龍聖は、凄い人だなって思うよ」

九代目龍聖は、暗黒期にあったエルマーン王国を立て直すために、竜王を支えて様々な政策を実行した人だ。

「エルマーン王国の未来のために『龍聖誓詞』なんて面倒くさい物まで作ったくらいだからね。たぶん誰よりもエルマーン王国を愛していた人だと思うよ」

「リューセー様も誰よりもエルマーン王国を愛していらっしゃるではありませんか」

ジアがニッコリと笑って言ったので、龍聖は照れくさそうに笑った。

「オレが一番愛しているのはレイワンだけどね」

龍聖はジアが淹《い》れてくれたお茶を飲んで、ほっと息を吐いた。

「そういえばジアにも一応言っておくけど……近いうちにレイワンがラオワンを連れて北の城に行くんだ。ラオワンの魔力操作の訓練をするみたい」

「ラオワン殿下はそんなに具合が悪いのですか？」

ジアがとても心配そうに表情を曇らせた。ここ最近、月に一、二度の割合でラオワンが体調を崩していることを案じているのだ。

「ラオはすっごく魔力が強いんだって……もしかしたら初代様くらいに魔力が強大な竜王になるかもしれないってレイワンが言ってた。それくらい……兄弟よりも、他の竜王よりも魔力が強いから、体がそれに耐えられないみたいなんだ。だから自分で魔力を制御出来るように訓練するんだって……ジア、心配いらないよ。ラオは凄い子なんだ」

龍聖が明るい笑顔で自慢げに言ったので、ジアは一瞬心配そうな顔をしたが、すぐに安堵の表情に変わった。

「そうですか……初代ホンロンワン様のように強い魔力を持つ竜王になるのですか……素晴らしいですね」

ジアは頬を上気させながら興奮気味にそう言って、胸の前で両手を合わせた。

「殿下が成人なさるまでは、頑張って長生きいたします」

ジアは合わせていた手で、ぎゅっと拳を握り決意を固めたというように、強くそう言った。

「ラオが成人するまでって……ジアはもっともっと長生きしてずっとオレの側近でいてくれないと困るよ！　オレはジアがいないと全然ダメなんだからね？　分かってる？」

龍聖が思わずむきになって言うと、ジアは嬉しそうに笑って頷いた。

「そうですね。リューセー様には私がついていないとダメですね」

昔から何も変わっていないジアの優しい笑顔を見ながら、龍聖は少しばかり胸が痛んだ。

アルピンの平均寿命は五十五歳くらいだ。ジアは龍聖の側近なので、シーフォンの延命の秘術によって、長く生きられるようになっている。それでも寿命は二百五十歳程度で、シーフォンの平均寿命である三百五十歳には及ばない。

初対面の時、ジアは龍聖と同じ歳くらいに見えた。今は見た目三十代半ばの龍聖に対して、ジアは四十代後半ぐらいに見える。少しずつジアとの年齢差が広がっていた。

ジアの家族はすでにもういない。織物工房で働いていた妹も、とうの昔に他界していた。

『側近になると決まった時から、すでに覚悟をしていたことです。それにまだ弟や妹の孫達はいますし……なにより、私にはリューセー様がいらっしゃいますから』

ジアの近い身内が、みんないなくなってしまった時に、一度ジアに寂しくないかと聞いたら、笑顔でそう返された。

龍聖の世話をしてくれていた侍女達もどんどん入れ替わってしまって、もう別れには慣れたつもりでいるけれど、それでもジアとの別れなど考えたくない。

「リューセー様？　どうかなさいましたか？」

ぼんやりとしていたようで、ジアが心配そうに顔を覗き込んできた。

「あ、ううん、最近ジアはあまり驚かなくなったよね？」

龍聖は嫌な考えを振り払おうと、明るい声でそう言って話題を変えた。

「まあ……確かに昔に比べたら、驚かなくなりましたけど……それはリューセー様がとんでもないことをしなくなったからですよ？　でも油断していると驚かされてしまうので、いつも平常心を心掛けていますけどね」

ジアはそう言って、口元を押さえながら笑っている。

「じゃあ、ご期待に応えて、何か驚かさないといけないな……」

「お止めください！　リューセー様！」

ジアはその言葉を聞いただけで、飛び上がるほど驚いて慌て始めたので、龍聖は思わず大声で笑ってしまった。ずっとずっとこのままなら良いのにと思いながら……。

翌日の夜、龍聖は就寝の挨拶をしに来たラオワンに、一緒に行こうと手を繋いでラオワンの部屋へ向かった。その日は朝からずっとラオワンの様子がおかしいと思って気になっていたのだ。

手を繋いで部屋へ向かう間、ラオワンは不思議そうに何度もチラチラと龍聖を見ている。龍聖は知らんぷりをして、何も言わずに歩いていた。

部屋に入ると侍女が控えていたので、下がるように伝えて、そのままラオワンを連れて寝室へ入った。

「さあ、すぐにベッドに入って」

龍聖は急《せ》かすように促した。ラオワンは戸惑いつつも、急いでベッドに入る。ラオワンが横になったのを確認して、龍聖はベッドに腰を下ろした。

「母上……どうなさったのですか？」

「ん？　君が良く眠れるようにお話をしようと思って」

龍聖がニッコリと笑って言うと、ラオワンは怪訝そうに少しばかり眉根を寄せた。

「もうそんな子供ではないのですから……一人で眠れます」

「生意気言って～……君はまだ子供だよ」

龍聖は笑いながらラオワンの鼻を摘《つま》んだ。ラオワンはいやいやというように首を振って逃れようとした。龍聖が手を離すと、少し赤くなった鼻をラオワンが手で撫でている。

「ごめん、ごめん……昨日、レイワンから話を聞いたよね？」

ふいに龍聖がそう切り出したので、ラオワンは鼻から手を離して、驚いたように龍聖をみつめた。

「そんなに驚くことかい？　オレは君の母親だよ？　君が北の城へ行くことは、レイワンとオレで話し合ってから、君に伝えたに決まっているだろう？」

龍聖はからかうようにニヤリと笑って言い、ラオワンはそうかとばかりに素直に納得した。

「魔力操作の訓練は怖い？」

「いいえ……別に怖くは……ありません」

「じゃあ、何がそんなに不安なんだい？」

「え!?」

龍聖に問われて、ラオワンはとても驚いたように目を大きく見開いた。じっと龍聖をみつめ返すが、龍聖は優しく微笑んだまま何も言わなかった。

ラオワンは考えた。別に何も不安などないはずだ。むしろ北の城へ行けるというのは、少しばかり興味がある。弟達は一緒ではなく、自分一人だけが父の竜に乗せてもらって、北の城へ行けるのだ。それだけでワクワクするようなことだ。

エルマーン王国を取り囲むようにそびえる険しい山々、その北面に建つ古い城……それが『北の城』と呼ばれている城だ。

初代竜王ホンロンワンが、シーフォン達のために、魔力を使って山の中をくり貫《ぬ》き、塔を建て、城にしたのだそうだ。

現在は誰も住んでいないが、北の城の奥の間に『竜王の間』という場所があり、そこは今でも歴代の竜王が世代交代の重要な場所として使っていると聞いていた。

成人しなければ入ることは出来ないと思っていた場所に、特別に入ることが出来るのだ。これにワクワクしないでどうするというのだろう？　不安なんてものはない。だが母である龍聖が『何がそんなに不安なんだい？』なんて聞くものだから、思わず驚きの声を上げてしまったのだ。

「不安なんてありません。ワクワクしています。ただ北の城へ行くことは、まだ弟達にも話してはダメだと言われたから……自慢出来なくて不満ですが……あっ！　不満……そうです。ああ、不安ではなくて、不満ですね。はい、すみません、私が聞き間違えたのかな？　そうです。不満です。ヨウレン達になぜ言ったらいけないのか……」

少しハイテンションで、突然饒舌《じょうぜつ》に語り始めたラオワンの話を、龍聖は何度も頷きながら聞き、そっと頭を撫でた。

「不満……じゃないよ。聞き間違いじゃない。不安だ。ラオワン、自分では気づいていないのかもしれないけど、今日は朝からとても不安そうにしていたよ？　それとも緊張しているのかな、北の城へ行くのが？　確かにワクワクするのかもしれないけど、前例のないことだ。レイワンにどんな話をされたの？」

「……私の魔力がとても強くて……このまま大人になったらたぶん父上よりも強くなって……初代ホンロンワン様ぐらいになるかもしれないって……それはとても素晴らしいことだけど、体がそれについていけていないから、魔力を自分で抑え込む練習をしないといけないって……だからそれが出来るようになるまで、父上とふたりで北の城の竜王の間に行くんだよって……」

ラオワンは、なぜそんなことを聞かれるのか分からないというように、龍聖をじっとみつめながら、ぽつりぽつりと話した。

無意識なのだろうが『このまま大人になったらたぶん父上よりも強くなって』という辺りや『魔力を自分で抑え込む練習をしないといけない』という辺りで、瞳が不安の色を浮かべた。

「そうか……」

龍聖は笑みを絶やさずに、ゆっくりと目を閉じた。やがて目を開けると、戸惑い気味のラオワンの金色の瞳をみつめながら笑みを深めた。

「あのね、オレのいた世界にはスーパーヒーローがいたんだ」

「すーぱーひーろー？」

ラオワンは初めて聞く言葉に首を傾げる。龍聖は「うん」と言って大きく頷いた。

「世界を悪者から救うスーパーヒーローだ。すごく強くて頼もしい……正義の人だ。自分の何倍も大きな相手でも、何倍も強い相手でも、強力な殺人兵器でも……どんな敵を相手にしてもひるむことなく立ち向かう……勇気の人だ」

龍聖はそう言って、スーパーヒーローがどんなに凄いかについて語り始めた。それはアメリカのコミックの有名な超人達の話だったり、日本の特撮ヒーローの話だったり、色々なスーパーヒーローがごちゃ混ぜになった話だった。しかし世界や文明が違っても、ヒーローに憧れる少年の心は共通なのか、ラオワンは瞳を輝かせて食い入るように聞いている。

「それで？　それで？　母上はスーパーヒーローに会ったことはあるんですよね？」

ラオワンが頬を紅潮させて興奮気味に尋ねた。ラオワンにとって母である龍聖は特別な存在だ。異世界からエルマーン王国のためにやってきて、竜王を助けてくれる存在。アルピン達からもシーフォン達からも崇拝される存在だ。だから大和の国でもそうなのだと思っている。まさか普通の一般庶民だとは思っていない。だから当然ながら、スーパーヒーローとも知り合いだと信じて疑わなかった。

「会ったことないよ。だってスーパーヒーローは架空の存在だもん」

「架空の存在？」

龍聖はあっさりとネタばらしをしてしまった。期待に瞳を輝かせているラオワンの気持ちなどお構いなしに。

「創作した物語だよ。今話したことは全部」

「創作……作り物ってこと？　今の話は全部嘘だったのですか？」

ラオワンは唖然としてしまっていた。龍聖の語るスーパーヒーローの話はとても面白くてかっこよくて、そんな凄い人がいるなんて！　と期待に胸を弾ませたのに、すべてが作り話だと言われたのだ。失望の色は濃かった。

「そう、嘘だよ。そもそもスーパーヒーローもいないけれど、世界を滅ぼす敵なんていうのもいないし、宇宙からの侵略者もいないから、どっちも嘘だよ」

けろっとした顔で言われて、ラオワンはドン引きしていた。

「そんなことはどうでもいいんだ。それよりもまだ話には続きがある。スーパーヒーローは、最初からただ強いというわけじゃないし、楽して強くなったわけでもない。人の何倍も努力して苦労しているし、力を手に入れるためにたくさんの犠牲も払っているんだ」

絶望しているラオワンを置き去りにして、なおも話を続ける龍聖に、ラオワンはさらに困惑を深めるしかなかった。

「母上……でもスーパーヒーローはいないんでしょ？　作り話の人なんでしょ？　だから努力とか犠牲もないんでしょ？」

「馬鹿だなぁ……スーパーヒーローはいるんだよ」

「え？　え？」

その大どんでん返しのような龍聖の言葉に、ラオワンは完全にパニックに陥ってしまった。頭の中がクエスチョンだらけになって、目を丸くしたまま龍聖を凝視していた。

そんなラオワンに、龍聖は大きく溜息をついた。

「ラオ、オレが最初に話した空を飛んだり、必殺技を出したりするスーパーヒーローは作り話だ。さっきも言ったように、世界を滅ぼす悪魔はいないから、そんな超人もいない。だけどスーパーヒーローという存在自体がまったくいないというわけじゃない。世界を滅ぼす悪魔はいないけど、戦争をする悪い人達はいる。人を騙したり、殺したりする悪党もいる。この世界と同じさ。そしてそんな悪い相手と戦う人達もいる。勇気のあるスーパーヒーローはいるんだ。君の近くにもいるだろう？」

「え!?」

ラオワンはもっとびっくりして、思わず飛び起きようとした。だがその体は龍聖に押し返されてベッドに戻されてしまう。

「近くにスーパーヒーローがいるのですか？」

「いるよ……君の父……竜王レイワンだ」

答えを聞いてラオワンはがっかりした。あからさまに意気消沈するラオワンの頭を、龍聖が「こら！」と言ってペシリと軽く叩く。

「イテッ……母上……何をするんですか、ひどいじゃないですか」

「それはこっちの台詞《せりふ》だよ……なんでスーパーヒーローがレイワンだと言ったら、そんながっかりした顔をするんだい？」

「そ、それは……別に父上がスーパーヒーローじゃないと言っているわけではなくて……」

「レイワンはスーパーヒーローだよ。誰よりも強くて優しい正義の人だよ。エルマーン王国をあらゆる敵の手から守り、戦争に巻き込まれそうな友好国まで助けてるんだ。これのどこがスーパーヒーローじゃないんだい？　世界広しと言えど、こんな王様はどこにもいないよ？」

龍聖が両手を腰に添えて、ご立腹だよ？　と、頬を膨らませて言うので、ラオワンは素直に「ごめんなさい」と謝った。

龍聖は溜息をついて、再びラオワンの頭を撫でる。

「オレが何を言いたいかというと……スーパーヒーローには誰だってなれる可能性がある。だけど簡単じゃない。たくさんの努力が必要だ。忍耐もね。ラオワンはとても強い魔力を持っている。だけど今はそれが、君の枷《かせ》になっていて体を弱らせて君を苦しめている。君はこれからすごく努力をしなければならない。君の持っている強い魔力を自在に操れるようになるために……それが出来たら、君は誰よりも強い竜王になれるんだ。それはとても凄いことなんだよ？　オレは誇りに思う」

「本当？」

少し期待に満ちた眼差しを向けられて、龍聖は笑みを深めて大きく頷いた。

「本当だよ。ラオワンはスーパーヒーローになりたくない？」

「……なれるなら……なりたいです」

「レイワンのことスーパーヒーローだと思わない？」

「思います」

「レイワンをかっこいいと思わない？」

「思います！」

何度も聞かれて、さっき失言したことを責められているようで、ラオワンは頬を上気させながら、必死に肯定した。父のことは尊敬している。心からかっこいいと思っているし憧れている。母から聞いたスーパーヒーローの話が強烈すぎて、あまりにもスーパーヒーローに夢を見すぎたので、うっかり失望してしまったけれど、改めて『スーパーヒーローとは何か？』を説明されたら、すべてをちゃんと理解出来た。確かに父はスーパーヒーローだ。

「じゃあ、ラオワンも努力しなきゃね。だって君は素質があるんだ。レイワンを超えられるほどの魔力を持っている。でも持っているだけじゃダメだ。それではレイワンは超えられないよ？　たくさん努力しなきゃ……レイワンよりももっともっと」

「はい」

「頑張れる？」

「はい、頑張ります」

「いい子だ。君もオレにはスーパーヒーローだよ」

龍聖はラオワンの額に口づけた。

「さあ、おやすみ」

「おやすみなさい」

ラオワンは目を閉じた。一瞬心によぎっていた不安は消えてなくなっていた。いつもラオワンを苦しめていた魔力は、自分の手には余るものだと思っていた。北の城でそれを制御する術を、父が教えてくれると言ったけれど、本当に出来るのか分からなくて不安だった。でも母がラオワンのことを誇りに思うと言ってくれた。スーパーヒーローになれると言ってくれた。だから今はもうワクワクしかない。今度は本当にワクワクだけだ。

満足したような表情のラオワンを見て、龍聖は安堵の息を漏らすと、そっと立ち上がり明かりを消して寝室を後にした。


それから三日後、ラオワンはレイワンとともに北の城へ向かった。

龍聖と一緒に見送りに来たヨウレンとションシアが、とても羨《うらや》ましそうにしている。ラオワンは父の竜であるウェイフォンの背に乗って、元気に手を振りながら飛び立っていった。

「昨夜はちゃんと眠れたかい？」

興奮した様子で辺りを見回すラオワンに、レイワンがそう声をかけた。

「いいえ、あんまり眠れませんでした」

「不安なことはある？」

「いいえ！　早く訓練がしたいです」

元気にラオワンがそう答えたので、レイワンは安堵したように微笑んでラオワンの頭を撫でた。

ウェイフォンが少しばかりサービスして、エルマーン王国の上空を二度ほど旋回したのだが、空の旅はすぐに終わってしまった。

北の城がある山の頂にウェイフォンが舞い降りると、レイワンがラオワンを抱き上げて背中から降りた。

「ウェイフォン、お前がここにいると、皆が何事かと心配するから、お前は塔に戻っていてくれ」

レイワンがウェイフォンにそう言って、ラオワンを抱えたまま足場の悪い岩肌を、軽い足取りで難なく降りていった。城の入口に辿り着くと、ラオワンをそっと下に下ろす。

それを見届けたかのように、ウェイフォンがググッと一声鳴いて、大きく羽を広げるとふわりと空へ舞い上がった。ラオワンはぽかんと口を開けたまま、それを見上げていた。

「ラオワン、中に入るよ」

促されて慌てて開いた扉から中に入る。

城の中は暗かった。小さな窓から入り込む日差しのおかげで、真っ暗というわけではなかった。だが大きな窓のある明るい王城での暮らしに慣れているラオワンには、少し不安になるくらいに暗かった。

「儀式などがある時は、城の中に明かりが灯《とも》されるのだけど、今日は特別に私達が使うだけなので、明かりが何もないから暗いんだよ」

レイワンは説明しながらラオワンの手を握り、ゆっくりと歩き始めた。ラオワンも慌てて歩き出す。

「ここは岩山の中を、ホンロンワン様の魔力で掘って作られた天然の要塞だ。だから洞窟みたいなものだ。壁も床もむき出しの岩肌そのままだし、天井も低い。窓は壁に穴を空けただけのものでガラスは入ってない。住むには決していい環境とは言えないが、人の姿にされたばかりで、何も持たないシーフォン達には、雨風を凌《しの》げるだけでも十分だったんだ」

きょろきょろと物珍しそうに辺りを見ながら歩くラオワンに、レイワンは丁寧に説明をしてくれた。

長い廊下を歩き続けて、ようやく行き止まりに着いた。そこにはとても大きな扉がある。

「これが竜王の間へ続く扉だ。本来は君が成人して眠りにつく時に、初めてここへ入るのだけど、今日は特別だよ」

レイワンはそう言って鍵を取り出し、大きくて重厚な鉄の扉を開けた。重々しい音とともに扉が開かれると、眩《まぶ》しいほどの光が溢れ出した。

ラオワンは思わず目を細める。

「さあ、ここが竜王の間だ」

手を引かれて中に入った。しばらく眩しくて目を開けられずにいたが、やがて明るさに目が慣れてくると、今度は周囲の景色に驚いて大きく目を見開く。

「わあ……」

感嘆の声が漏れた。そこはまるで光の部屋だった。実際には激しく強い光ではない。柔らかな光が天井から注いでいるだけなのだが、壁も床も天井も白いので、暗い廊下を歩いてきた身からすると、目に眩しく感じたのだ。

天井は見上げるほどに高かった。部屋の中はとても広い。家具などはテーブルと椅子ぐらいしかないのだが、壁際には緑の低木や花が咲いている。水路のようなものがあって澄んだ水が絶えず流れていた。

「ここは遙か昔、竜達の墓場だったようで、たくさんの竜達の骨が積み重なっていたそうだ。ホンロンワン様はそれを使って床や壁や天井を作った。竜の骨は石化すると、結晶化して白い半透明の宝石のようなものになる。それ自体も魔力を帯びているから、淡く光るんだ」

レイワンがしゃがんで床を撫でながら説明すると、ラオワンもしゃがんで不思議そうに床を見つめた。

「天井にはいくつか竜の宝玉が埋め込まれていて、それが光を放っている。そこの湧き水も竜の宝玉から作られているんだよ」

レイワンが天井や水路を指して説明した。

「お城の中にある水場の水も、竜の宝玉から作り出していると学びました」

「ああ、そうだよ。調理場や洗濯場にある水場には、竜の宝玉が設置されていて、そこから絶えず水が湧き出ている。水竜の宝玉からは水を、火竜の宝玉からは火を、雷竜の宝玉からは光を、魔力の操作が必要だが作り出すことが出来る。だがこの部屋で使われている竜の宝玉と、我々が城で使っている竜の宝玉は少し違うんだ」

「違うのですか？」

ラオワンが不思議そうに首を傾げたので、レイワンはラオワンを連れて水路の側まで歩み寄った。

ラオワンは水路を覗き込んだ。水量はそれほど多くないが、緩やかな傾斜がつけられた水路を、澄んだ水が絶えず流れている。とても綺麗な水だと思った。

「飲んでみてごらん」

レイワンにそう言われて、ラオワンは一瞬戸惑いを見せた。レイワンは手本を見せるように、右手を水路の中に差し入れて、そっと水を掬《すく》い上げた。体を屈めて手で掬った水を一口飲む。

ラオワンはそれを見て、一瞬目を丸くしたが、急いで真似て水を飲んだ。

「どうだい？　水の味は」

「美味しいです……なんか胸がすっとします。いつも飲んでいる水より美味しい気がします」

ラオワンの返事は、レイワンが求めていたものだったようで、満足そうに目を細めて微笑みながら頷いた。

「さっきも言ったように、ここで使われている竜の宝玉は、城で使用している竜の宝玉とは違うんだ。どう違うかというと、ここの宝玉は天罰を受ける前の竜の宝玉なんだ。つまり人の身と竜とふたつの体に分けられた今の我々の持つ宝玉ではない。より強力な魔力を持った宝玉が使われている。だからこうして湧き出る水にも、部屋を照らす光にも、魔力が含まれているんだ」

レイワンの話を聞いて、ラオワンは驚いたように、天井を見上げた後、水路へも視線を移した。

「天罰を受ける前と今ではそんなに違うのですか？　体がふたつに分けられたからですか？」

不思議そうに尋ねるラオワンに、レイワンは少し嬉しそうに相好を崩して頷いた。疑問に思い、自分の意見を交えて質問をする様子に、我が子の成長を感じたからだ。

「そうだね、それもあるが、竜は元々何度も生を繰り返す生き物だったんだ。死んでしまったらそこまでなんだが、命尽きる前に生まれ直すことが出来れば、生を繰り返すことが出来る。宝玉とは魔力の核のことだ。竜にとっては心臓よりも大切なものだ。心臓が止まる前に、宝玉にすべての魔力を注ぎ入れて、卵の殻で包む。そうして新しい肉体が出来るまでじっと待ち、やがて卵から孵《かえ》って生まれ変わる。こうやって竜は何度も生を繰り返していたんだ」

ラオワンは黙って話に聞き入っていたが、その内容に驚いて目を丸くしている。

「子供を産まないのですか？　その卵は子供ではなく自分自身なのですか？」

「ああ、自分自身だ。そうやって生を繰り返して長く生きれば、魔力も増えて強くなっていく。最初は二、三百年しか生きられない竜も、一度の生が五百年、六百年と長く生きられるようになる。ホンロンワン様は、何度も生を繰り返されて二千年以上は生きていたと言われている。そしてホンロンワン様には、親の竜がいたんだ」

「親？　竜は子供を産まないのでしょう？」

ラオワンは矛盾に飛びついて反論した。レイワンはそんなラオワンに、思わず笑みを零す。難しい話にもそこまで興味を示して、真剣に聞いていることが嬉しかった。

「三千年か四千年か……それは定かではないけれど、とても長く生きた竜は、宝玉をふたつ持つようになる。生の繰り返しは無限ではない。やがて限界を感じると、ふたつ目の宝玉に命を分け与えて死を迎える。そうやって新しく生まれた竜は特別な竜で、金色をしているんだ。生まれながらに強い魔力を持っている」

ラオワンは腕を組んで、難しい顔をして考え込んだ。レイワンは黙って見守っている。

「それは生の繰り返しとは違うのですか？　子供を産んだというわけでもないのですよね？」

「ラオワン、お前は賢い子だね」

レイワンは思わず笑いながら、ラオワンの頭を撫でた。撫でられたラオワンは、少し赤くなって恥ずかしそうにしている。

「何度も何度も生を繰り返した宝玉は、もう新たな体を作り出すことは出来なくなっていた。だが新しく出来たふたつ目の宝玉で、新たな体を作ることが出来た。これはある意味生の繰り返しではあるが、宝玉が別のものなので、生まれ変わりとも違うし、子供を産んだというのとも違う。魔力と能力をすべて受け継いだ新しい自分……なのかな？」

「新しい自分……」

「それに対して、天罰を受けた後は一代限りの竜の身だ。だからここにある生を繰り返した竜達の宝玉とは魔力量が比べ物にならない」

「では向こうの城で使われている宝玉は、すべてシーフォンの遺した宝玉なのですか？」

「そうだよ。だから水や火などの生活に必要なものに使用することは出来るが、残存魔力量が少ないので、二百年ほどで空になってしまう。だがこの北の城に使用されている宝玉は、水や光を作り出す程度ならば、まだまだ使い続けられるほど魔力が豊富だ。水や光に魔力が溶け込むほどにね」

話を聞いたラオワンは、改めて水路に流れる水をそっと手で掬った。

「水を飲んで胸がすっと楽になるのは魔力が含まれているからだ。もちろん水も光も、含まれている魔力は僅《わず》かなものだ。だが外に比べれば、この部屋の中は魔力が満ちているから、魂精を必要とする我々竜王の体にはとても良いんだ。もちろん魂精の代わりにはならないが、自分の魔力を消費することなく、周囲の魔力でじわじわと癒やされる。他のシーフォン達は、この部屋に長くいると魔力にあてられて、のぼせてしまうらしい。この部屋は竜王の間と言うと教えただろう？　ホンロンワン様が竜王のために作った部屋なんだ」

ラオワンはひとつひとつ興味深いという顔でみつめながら、何度も頷いて聞いていた。

「ラオワン、座ろう」

レイワンはゆっくりと歩きだして、部屋の中央に置かれたテーブルの所に向かった。呼ばれてラオワンが我に返ると、レイワンが手招きをしていた。ラオワンは慌ててレイワンの下へ向かった。

レイワンはテーブルの上に持ってきた荷物を置いて広げ始めた。

「何を持ってきたのですか？」

「大した荷物じゃない……寝るための毛布と、コップ……それからこれは、母上から君に」

レイワンがそう言って差し出した箱を、ラオワンは不思議そうに受け取った。両手に余るほどの大きさの箱だ。籐《とう》を編んで作られている。重さはあまりなかった。蓋を開けるとそこには焼き菓子が詰めてあった。

「私達には食料は必要ないのだけど、そうは言っても水だけではお前がかわいそうだからと言って預かったんだよ。母上には帰ったら礼を言いなさい」

嬉しそうなラオワンの様子に、レイワンは目を細めてそう言った。

「はい」

ラオワンは大切な宝物のように、蓋をそっと閉めてテーブルの上に置いた。

「さて、遊びに来たのではないから早速始めよう。長居するつもりはないから、頑張って少しでも早く習得するんだ。お前が魔力の操作を習得しない限り、ここから出られないよ」

レイワンはラオワンを椅子に座らせて、自分も向かい側に座った。ラオワンは、レイワンがさらっと怖いことを言ったと思って、絶望的な表情になっている。それを見てレイワンはクスリと笑った。

「そんな顔をするな。そんなに難しいことじゃない。コツさえ摑めばすぐに出来るようになる」

レイワンが優しく慰めの言葉をかけたので、ラオワンはそっと安堵の息を漏らした。

「ラオワン、気持ちが悪くなる時は、体の中に何か感じるかい？」

レイワンが気を取り直して質問をした。ラオワンは背筋を伸ばして、レイワンに向き直ると少しばかり考えながら、右手を胸から腹の辺りを撫でるように動かした。

「はい……この辺りが熱くなって苦しくなります」

ラオワンはそう言って鳩尾《みぞおち》辺りを手で押さえる。

「そこに魔力を作り出す器官がある。竜の宝玉の名残だ。人の身にもその場所には宝玉の代わりとなる魔石がある。そこで作られた魔力は体の中を巡っていく、それが滞《とどこお》ると溜まっていって魔力酔いを起こす。気持ちが悪くなるんだ。さらに溜まった魔力の量が増えていくと、熱くなって熱が出る。お前の具合が悪くなって倒れると、いつも私が治してやっていただろう？　あれは溜まった魔力を全身に満遍《まんべん》なく流していたんだ。今日からここで、それを自分で出来るように訓練する」

「みんな訓練するんですか？」

ラオワンが不思議そうに尋ねた。レイワンは微笑みながら首を振る。

「前にも話したけれど、普通は意識して自分でやらなくても、自然に出来るようになるものなんだ。息をするのと同じように……。息をするのは、体の中に空気を取り込まないと死んでしまうからなんだ。人間も動物も竜だって、みんなやっている。新しい空気を取り込んで、古い空気を外に出す。私も詳しいことは分からないが……リューセーの話によると、空気の中にある酸素というものが、生きていく上で必要なもので、それを取り込んでいるらしいんだ。私達は別にそれを意識してやってないだろう？　自然に出来ている。それと同じだ。魔力を体の中に満遍なく流すことは、意識しなくても自然と出来るようになる。体の成長とともにね。だけどお前の場合は魔力が大きすぎて、体がそれについていけないんだ。だから自分で意識して操作出来なければならない」

レイワンは穏やかな口調で説明をした。優しい先生のようだ。ラオワンは真剣な顔で聞いている。

「魔力は常に体中に満遍なく流さなければいけない。そして余分な魔力は、半身である竜に分け与える。これも詳しい仕組みはまだ解明されていないのだけど、私達は半身と繋がっている。命もね。だから魔力も共有しているんだ。私達竜王の半身は、子供の頃はまだ卵から生まれていないのだけど、ちゃんと君の半身はいるから心配しないで良いよ」

ラオワンはそれを聞いて目を輝かせた。

「では今もどこかにいるのですか？」

「ああ、まだ卵のままだけどね」

「そうですか……」

ラオワンはとても嬉しそうに笑った。

「嬉しいかい？」

「はい、会えなくても……どこかにいるのだと分かっただけで嬉しいです」

レイワンは思わず噴き出しそうになった。息子の気持ちが我がことのように分かるからだ。かわいいと思ってしまう。自分も同じだったと懐かしむのと同時に、父もこんな気持ちだったのかと思うと、少しばかり恥ずかしくもある。

「父上」

「ん？」

微笑んだまま急に黙り込んだレイワンに、ラオワンは不思議そうな顔で呼びかけた。レイワンは我に返って、苦笑しながらポンポンと軽くラオワンの肩を叩いた。

「では早速始めよう。まずは魔力を解放して、体の外に放出する。そしてそれが出来たら今度は、ぎゅっと体の奥に抑え込む。これの繰り返しからだ」

そのためにこの場所を選んだ。ここならば魔力を解放しても、外への影響はない。シーフォン達を威圧したり、竜達を混乱させたりすることもない。

「魔力を解放する前に、体の隅々まで魔力を行き渡らせよう。さっき教えたここの……魔力を作り出す器官の周囲に溜まっている魔力を動かすんだ。私が魔力を動かしてみるから、それを感じてごらん」

レイワンがラオワンの鳩尾の辺りにそっと右手を当てた。僅かな魔力をゆっくりとラオワンの中に注いで、ラオワンの魔力に混ぜ合わせる。それを媒介にして、魔力を動かしながら胸や腹の辺りに、じわりと広げていった。

「分かるかい？」

「はい、体の真ん中で熱くてモヤモヤしていたものが、胸やお腹の所まで広がったのが分かります」

「気持ち悪くはないかい？」

「大丈夫です。熱いのがちょっと薄まったような気がします」

「じゃあそれを下半身に広げていこうか……出来るかい？」

「やってみます」

ラオワンは目を閉じて意識を魔力に集中させた。まだ『魔力』を確実に認識出来ていないが、体の中に広がった熱は分かる。それをお腹から下腹部へ押し広げるようなイメージで動かしてみた。最初はなかなか動いてくれなかったが、魔力が動くきっかけを見つけたら、あとは上手く動かせるようになった。足の方へと少しずつ広げていき、つま先まで達したところで「はあ～っ」と大きく息を吐いた。集中が切れて、手足に入っていた力が抜ける。

少し頬を上気させて脱力しているラオワンの姿を見守りながら、レイワンは嬉しそうに目を細めた。

「よく出来ているよ」

「本当ですか？」

「初めてにしては上出来だ。今日中に魔力の解放まで出来そうだ」

ラオワンは褒められたので、とても嬉しそうに笑った。瞳を輝かせて、やる気に満ちた表情でレイワンをみつめ返す。早く次を教えてほしいと、催促するような顔だ。

魔力操作はとても難しい。本来ならば自然に出来ることだが、体がそれを出来ずにいるということは、ラオワンの膨大な魔力の操作は、自然の理《ことわり》を遥かに超えてとても複雑だということだ。

たとえば、籐の籠に次々と雑多に投げ込まれていく服があるとする。ある程度籠が満たされたら、隣室に運んで、そこで待つたくさんの者達に服を配る。

ラオワンの場合は投げ込まれる服の量が、人の何倍もあるのですぐに籠がいっぱいになり、隣室に運ぶのが間に合わずに溢れて床に散らばり、それがどんどん積み重なっていってしまう。だから投げ込まれる服を、どんどん綺麗に畳んで籠の中に隙間なく詰めていけば、溢れさせることなくたくさんの服を運ぶことが出来る。そういう理屈だ。

服を畳む作業が、速くて正確であればあるほど、籠に詰める量が増えて溢れさせることがなくなり、たくさんの服を隣室へ運ぶことが出来るので、隣室で待つたくさんの人に供給出来るようになる。

つまり魔力操作を確実に習得することが出来れば、膨大な魔力を効率よく体の中に循環させて、半身にも同じように効率よく分け与えて循環させることが出来る。そうすればラオワンも半身も、身体能力が向上して、絶大な力を持つ竜王になれるはずだ。

それからレイワンはひとつずつ丁寧に根気強く教えていった。ラオワンも弱音を吐かずに頑張っている。少しばかり時間がかかったが、初日のうちに魔力の解放まで出来るようになっていた。

「今日はもう終わりにして寝よう」

レイワンにそう促されて、ラオワンはぐったりとした顔で頷いた。

「もう夜ですか？」

外の様子が分からないし、部屋の中はずっと同じ明るさなので時間の感覚が分からなくなる。ラオワンが不思議そうに尋ねるので、レイワンは微笑んで頷いた。

「そうだね、日が沈み始めた頃だ。まだ夜には早いけれど疲れただろう？　もう眠ろう」

レイワンは持ってきた毛布を広げて、ラオワンをくるりと包み込んだ。何をされたのか分からずに戸惑っているラオワンを放って、もう一枚毛布をばさりと広げると、自分も頭から羽織った。そしてラオワンを抱いて床に横たわる。

「え？　床で寝るのですか？　ベッドはないのですか？」

「ベッドは……あるにはあるよ。その奥に成人した皇太子が眠りにつく部屋がある。そこにはベッドがあるけれど、ただ台座があるだけで、今は寝具の用意もしていない。それに……出来ればそこは使わない方が良い。床では寝れないかい？　痛い？」

レイワンに問われて、ラオワンは少し考えた。だがレイワンに抱かれているので、寝心地は悪くない。何より父に抱かれて眠るなんて、赤子の頃はあったのかもしれないけれど、記憶にもないことだ。とても嬉しかった。

「いいえ、痛くはないし……こうして眠るのも嬉しいです」

ラオワンはそう言って、レイワンの胸に顔を摺り寄せた。レイワンはラオワンの背中を優しく撫でる。

「今日はとてもよく出来ていたよ。この分ならば予定より早く帰れるかもしれないね」

「そういえば父上はなぜ、日が沈んだことが分かったのですか？」

「ウェイフォンから聞いたんだ。君も魔力操作が上手く出来て、半身と繋がりが出来たら、遠く離れていても半身と会話が出来るよ」

「楽しみです」

ラオワンは嬉しそうに答えながら、大きなあくびをした。もう瞼は落ちかけている。レイワンは目を細めて、ラオワンの頭に口づけた。

「ラオワン、おやすみ」

「おやすみなさい……父上」


レイワンが予想した通り、北の城に籠って三日目の昼には、ラオワンの訓練はほぼ終わり、帰れることになった。当初の予定では、五日間ほどかかるのではないかと思っていた。そのため政務の方も、五日間留守にするつもりで調整していたのだが、ラオワンがとても熱心に挑んだので、早く魔力操作を習得したのだ。嬉しい誤算だった。

「これからも毎日、体の中の魔力の流れを意識するんだよ。そうすればそのうち意識しなくても自然に出来るようになる。たとえこれから魔力がもっと大きくなってもね。もう具合が悪くなることはないよ」

「はい」

「じゃあ、城へ戻ろう」

「父上、ありがとうございました」

ラオワンが改まって、真面目な顔で礼を述べたので、レイワンは相好を崩して安堵の息を吐いた。

我が子がとても逞《たくま》しく見えて誇らしい。

「母上が待っているよ」

レイワンは来た時と同じように、ラオワンの手を握って歩き出した。


二人がウェイフォンに乗って、塔の最上階に戻ってくると、そこには龍聖が満面の笑顔で待っていた。

「ただいま、よく帰りが分かったね」

ラオワンを抱えてレイワンが降り立つと、龍聖が駆け寄ってきたので思わずそう尋ねた。

「ウェイフォンが北の城へ向かうのが見えたから、迎えに行ったんだなって分かったんだよ。ずっと心配で、北の城を見ていたからね」

龍聖が頬を上気させながら、弾んだ声でそう言ったので、レイワンはその唇に軽く口づける。

「ラオワン、早かったね。そんなに上手く出来るようになったの?」

龍聖がラオワンに尋ねると、ラオワンは自信に満ちた顔で頷いた。

「はい、父上のおかげで、出来るようになりました」

「ラオワンはとても頑張ったんだよ」

レイワンもラオワンを褒めるので、ラオワンはさらに頬を紅潮させている。そんなラオワンを愛しそうに龍聖が抱きしめた。

「お帰り、話は後でゆっくり聞くよ」

「はい、母上」

ラオワンも龍聖の背中に手を回して、ぎゅっと抱きついた。

「さあ、二人とも中に入ろう。私はふかふかのソファにゆっくり座りたいよ」

レイワンが笑いながら二人を促したので、龍聖とラオワンも笑いながら頷いて歩きだした。レイワンと龍聖とラオワンの三人は仲良く手を繋ぐ。

「母上」

ラオワンがそっと小声で囁いたので、龍聖は歩きながら少しだけ耳を傾けるようにラオワンの方へ体を寄せた。

「なんだい？」

「父上は凄いです。やっぱり父上はスーパーヒーローでした」

ラオワンはそう言って、嬉しそうに笑った。龍聖はそんなラオワンをみつめて、ニッと笑う。

「だから言っただろう？」

二人は顔を寄せ合って、クスクスと笑った。

「何の話だい？　前を向いて歩かないと階段を滑り落ちるよ？」

二人の様子に、レイワンが不思議そうに首を傾げた。

「なんでもないよ。さあ、部屋に戻ったらじっくり話を聞かせてね！」

三人は笑い合いながら仲良く階段を下りていった。

深紅の長い髪が、風にあおられてなびいている。青年は目を閉じて静かに座っていた。彼のいる場所はこの国で一番高いところにあった。本来ならば人が静かに座っているような場所ではない。

ゆっくり目を開けると、視界にはどこまでも広がる青い空と、険しく赤い岩山の稜線が見える。

「見つかってしまったか」

彼は小さくそう呟いて口角を上げた。

「兄上！」

彼の呟きが示唆するように、それほどの間を置かずに大きな呼び声が耳に届いた。視線を向けると、一頭の竜がこちらに向かって飛んでくるのが見えた。その背には明るい萌黄色《もえぎいろ》の髪をした青年が見える。

竜はすぐ側まで近づいてくると、その場に静止するようにして飛び続けた。

「兄上！　そのようなところで何をしているんですか!?」

「そういうヨウレンは何をしているんだい？」

とても驚いた顔で問いかけてきた相手に対して、質問に質問で返す。

「わ、私は、これから周辺の見回りに行くところです」

「じゃあ、こんなところで油を売っていたら叱られるよ？　国内警備部では、君はまだ新米で下っ端なんだからね」

クスクスと笑いながら言われたので、からかわれていると感じたヨウレンは、赤い顔をして眉間にしわを寄せた。

「私のことは良いですから！　それよりも質問に答えてください。こんなところで何をしているんですか！」

「何をしているように見える？」

とぼけたような返事に、ヨウレンはますます顔を赤くした。

「分からないから聞いているんです！」

「分からない？　なぜ？」

「なぜって……ああもうっ！　普通は塔の屋根の上に座っていたりしないんですよ！」

さらにとぼけられて、カッとなったヨウレンは、思わず大きな声を上げていた。

「兄上！　貴方《あなた》は自分がこの国の皇太子で、次期竜王という大切な体だということをお忘れですか⁉　兄上の半身はまだ生まれていないのですよ！　人の身でそんなところから落ちたらどうするんですか！」

ヨウレンが驚いて怒るのも無理はなかった。赤い髪の青年……エルマーン王国の皇太子ラオワンが、先ほどから座っていたのは、王城の中央にある最も高い塔の屋根の上だったのだ。丸みを帯びた屋根の端に、軒のように少しばかり出っ張った平らな部分があった。そこに足を投げ出して腰かけていた。

ヨウレンの剣幕に、ラオワンは目を丸くしていたが、すぐに笑みを浮かべて困ったように頭をかいた。

「弟から叱られてしまったよ」

ラオワンはそう言って、「ねぇ」とヨウレンの竜に目配せをした。それに答えて、ヨウレンの竜は目を細めて笑っているかのように、グッグッグッと喉を鳴らす。

「そうか、ヨウレンは私のことが心配でならないのか」

ラオワンは、竜の言葉にクスクスと笑う。

「はあぁ!? な、な、何言ってるんですか!! こらっ! スムジャン! お前何言ってんだよ!」

ヨウレンが耳まで赤くして、ひどく慌てている。ラオワンは楽しそうに笑いながらその様子を眺めていた。だがふと、何かに気づいたように笑うのを止めて南の空へ視線を向けた。

「ヨウレン、それより隊長のジャンルウが、お前を探して怒っているけど良いのか?」

「えっ!」

ヨウレンは驚いて顔色を変えた。ジャンルウは、現在のヨウレンの上司で教育担当だ。これからエルマーン王国周辺の見回りに行くのだが、ヨウレンにとっては初めて国の外へ出る任務で、予定時刻より前に集合場所である南の関所へ集まっていなければならなかったのだ。

ヨウレンは同僚達と南の関所へ向かっている途中で、うっかりラオワンを見つけてしまい、皆から離れていた。

ジャンルウは、現竜王レイワンの弟シュウヤンの次男だ。つまりラオワン達にとっては従兄弟《いとこ》にあたる。だが年齢はラオワン達よりも八十歳近く上だ。どちらかというと父の方が歳は近い。ロンワン(王族)である上に、父親くらいの年上なのだから、ヨウレンが王子だろうと容赦はしない。

ヨウレンは、怒っているジャンルウの顔を思い浮かべて青ざめた。

「私は行かなければなりませんが、兄上も早く中に入ってください!!」

ヨウレンは「絶対ですよ！」という叫び声とともに、ものすごい速さで南の空へ消えていった。

ラオワンは笑いながら手を振ってそれを見送る。そして大きく伸びをした。

「今日も平和だな～」

ラオワンは空を舞う竜達を眺めながら、溜息とともに呟いた。この風景もしばらく見られなくなるのか……と、心の中で呟く。

朝食の後、ここで一刻ほど過ごすのは毎日の日課だった。ラオワンはその膨大な魔力を、常に意識して整えなければならない。今はもう子供の頃のように具合が悪くなることはなくなった。成長して体が大きくなるとともに、魔力の器も大きくなったせいか、それとも体が自然と魔力調整出来るようになったせいか、特に何もしなくても魔力が滞ることはない。

でも毎日こうして意識して体中に満遍なく魔力を満たすと、さらに体の調子が良くなるのだ。あの日北の城で父に教わった魔力操作、開放と凝縮を一日も欠かすことなく続けていた。今では息をするように簡単に出来る。

『なんなら眠っている間にも出来そうだ……ん？　眠っている間？　……北の城で眠りについている間、私の魔力はどうなるんだろう？』

ラオワンはふと気にかかって考え込んだ。すると塔の中から、グググッという鳴き声が聞こえた。

「あ、もうそんな時間ですか？　仕方ない……ついでに父上に聞いてみよう」

ラオワンは、座っていた屋根のでっぱり部分に右手をついて、ひょいっと体を跳ね上げた。トンッと屋根の上に立って、屋根の一角に開けられた人が一人通れるくらいの小さな丸窓に、跨《また》ぐように足から入った。屋根の内側には狭い足場があり、そこに立つと丸窓の戸を閉める。

そこは塔の最上階にある竜王の部屋だった。広々とした円形の部屋の中央に、巨大な黄金の竜が羽を畳んで座っている。ラオワンが姿を現すと、竜王は首を伸ばしてラオワンをじっとみつめた。

「大丈夫です。すぐに降りていきますから」

ラオワンはクスリと笑ってそう言うと、ひょいっとその場から飛び降りた。竜王の部屋の天井はとても高い。人間の家であれば三階建て以上の高さがある。そこから飛び降りたはずのラオワンだったが、とても高い所から飛び降りたとは思えないほど、静かにふわりと床に着地した。

「ね？　上手になったでしょ？」

ラオワンが見上げながら、少し自慢気な顔で言うと、見下ろしている竜王ウェイフォンは目を細めて、若干眉間にしわを寄せながらググッと短く鳴いた。

「無茶をするな……ですか？　別に無茶では……魔力を全身に満たして、身体強化をするとこういうことが容易《たやす》くなるんですよ。さっきはヨウレンが、落ちたらどうするのかと肝を冷やしていたみたいですけど……」

『正直なところ塔から落ちてもなんとかなりそうな気がする』

ラオワンは両手をグーパアと握ったり開いたりしながら、あっけらかんとして言った。さすがに最後に思ったことは、口には出さなかった。でも本当に平気な気がしていた。

「グルルルッ」

「あっ、父上のところに早く行かなきゃ……ウェイフォン様、それではまた明日！」

ラオワンは笑いながら逃げるように去っていった。ウェイフォンはそれを見送りながら溜息をついた。

ラオワンは昼までの二刻ほど、国王の執務室で父の手伝いをしていた。十年ほど前から、次期竜王としての教育が本格的に始まった。政務の場に直接立ち会って仕事を覚えさせられていた。

皇太子とは言え、まだ成人前の子供に政務を実践で教えるなど、人間の世界であれば早すぎると言われるだろう。国王も引き継ぎを考えるような歳ではない。だがエルマーン王国に限って言えば、それは必ずやらねばならない伝統のようなものだった。

なぜなら皇太子は、成人を迎えると永い眠りにつかなければならなくなる。目覚めるのは、父である国王が逝去した後……つまり国王が生きていて皇太子が成人するまでの間に、世継ぎにすべてを教えなければならない。時間は限られているのだ。

そしてその別れの時は、もう目前に迫っていた。

ラオワンは、速足で執務室までやってくると、扉の前で一度深呼吸をして扉を叩いた。

「ラオワンです」

名乗ると中から返事が返ってきたので、静かに扉を開けた。

「少し遅れてしまいました。申し訳ありません」

ラオワンが謝罪しながら部屋の中に入ると、正面奥の執務机では、ラオワンと同じ深紅の長い髪をした男性が、書簡に目を通しているところだった。ラオワンの父、現国王レイワンだ。

右のはす向かいに置かれた机には、白髪交じりの紫の髪をした壮年の男性が座っている。レイワンの弟のシュウヤンだ。宰相だった一番上の弟のシィンレイが一線を退いたので、今はシュウヤンが宰相をしていた。

その机の前には、紫紺色の髪をしたレイワンと同じくらいの歳の男性が立っている。外務大臣のサハランだ。シィンレイの長男で、ラオワンにとってはジャンルウと同じく歳の離れた従弟だ。

「ラオワン様の仕事はたっぷり用意してありますよ」

シュウヤンがニヤニヤと笑いながら、左側の机に用意された山積みの書簡を指して言った。

ラオワンは笑みを深めて無言のままで机に向かう。ラオワンに任されている仕事に、それほど重要なものはない。各国から届く書簡を分類するだけの仕事だ。結婚式・戴冠式・告別式などの式典への招待状や、交易などの外交に関するものなど、多岐にわたる書簡を、重要度に応じて選別し、摂政や大臣クラスで処理出来るものと、国王の承認が必要なものに選別する。

一見雑用のようだが、国王の執務室に届く書簡は、すでに各所で重要度の高い書簡として選りすぐられたものだ。それでも毎日大量にあるので、その中からさらに選別して、国王でなければ対応出来ないと思うものだけを選び出す。それは外交を覚える上で、最も役に立つ仕事だった。

エルマーン王国と国交を結んでいる国を覚えられるし、それぞれの国の状況や、エルマーン王国との関係性なども知ることが出来る。なによりどこまでを家臣に任せて、どこから王が責任を持つのかを知ることが出来る。

最初は書簡の整理だなんて……と思ったが、いざやってみるととても難しかった。ラオワンが仕分けたものは、一度シュウヤンのチェックが入る。何度もダメ出しを食らい、そのたびに間違いの理由について説教をされた。

もちろん頭ごなしに説教をされるわけではない。二度同じ間違いをすると説教されるのだ。おかげで今では、ほとんど間違えることなく正確に仕分けることが出来る。

淡々とラオワンが仕事をしていると、シュウヤンが「そろそろ少し休憩しましょう」と声を上げたので、もう一刻ほど経ったのかと我に返った。

「そうだな。ラオワン、休憩にしよう」

レイワンがそう言って立ち上がったので、シュウヤンとラオワンも立ち上がった。

ソファの置かれている場所へ三人が移動すると、侍女がお茶の用意を始めた。

「私は早速これらの書簡を持っていきますので、一旦失礼いたします」

サハランはそう言うと、レイワンとシュウヤンが書いた書簡の返事の山を抱えて、執務室を後にした。

「サハランも休憩していけばいいのに」

レイワンが苦笑しながら言ったので、「急ぎの返事があったようです」とシュウヤンが答えた。

三人がそれぞれお茶を一口飲んで、ほうっと一息ついたところで、レイワンがチラリとラオワンを見た。

「大人になってだいぶん落ち着いたと思っていたが……まだまだお前はやんちゃしているみたいだね」

「え？」

突然レイワンにそう言われて、ラオワンはきょとんとした顔でレイワンを見た。

「何かやらかしたんですか？」

シュウヤンがニヤニヤと笑っている。どうやらシュウヤンはすでに、それが何か知っているようだ。

ラオワンは『なんのことだろう？』と首を傾げる。

「天井から飛び降りたんだろう？　ウェイフォンがぼやいていたぞ」

「あっ」

ラオワンは本気ですっかり忘れていたので、言われてさらに驚いた。

「あれは別に……そんなに大したことじゃないでしょう？」

「あの高さから飛び降りて、大したことじゃないわけないだろう……いつもはウェイフォンの頭に飛び乗って降りるのだろう？　今までも、ウェイフォンが頭を上まで持っていくのを待たずに、飛び乗ったりして危ないと怒られていたのに……お前の能力が高いのは知っているが、万一のことがある。もっと慎重になりなさい」

レイワンはそれほど怒っているという感じはなかった。とりあえず注意を促しておこうというように、とても静かないつもの口調だ。表情も穏やか……ラオワンはさりげなくそう確認をしながら、ここは大人しく反省しているふりを通した方が無難だなと考えた。

「なんの話だ？　飛び降りたってどこからだ？」

ラオワンは謝罪の言葉を口にしようとしたが、シュウヤンの声にかき消された。シュウヤンは、ラオワンが執務室に来る前に『天井から飛び降りるなんて……来たら説教だな』とレイワンがぼやいていたのは知っていたが、それは普通の部屋の天井なのだと思っていた。しかし今の話の流れだと、どうやら思っていたことと違うらしい。驚いたシュウヤンは、まったく空気を読むことはない。それに声が大きい。

「ウェイフォンの部屋の天井から下に飛び降りたんだ」

レイワンもしれっとした様子で素直に答えた。これにはラオワンもぎょっとした。いつものレイワンならば、上手く誤魔化してくれたはずだ。シュウヤンの扱いは誰よりも上手い。宥めたりはぐらかしたりも上手い。だが今は反対に煽る側に立っている。そんなことを言ったら、シュウヤンは色々聞いてくるだろう。一番面倒くさいパターンだ。

「はあ!?　あの部屋の天井から？　おいおい！　あんな高い所から飛び降りるなんて正気じゃない。普通の者なら怪我どころか死んでるぞ！　ラオワン！　一体なんでそんな無茶なことをしたんだ！　そもそもなんで天井になんか……」

思った通り、シュウヤンは凄い剣幕で問いただしてきた。

「いえ、叔父上、そんなに心配しなくても私は大丈夫ですよ。身体強化をしているので、あれくらいの高さから飛び降りても、ぴょんと飛び跳ねるのと大差ないくらいに、軽く降り立つことが出来ます。なぜウェイフォン様の部屋の天井にいたかというと、あれはそもそも父上から教えてもらった秘密の場所で……ああ、もう秘密ではなくなってしまいましたが……魔力操作の訓練をするための場所として、誰にも邪魔されないところを父上に教えてもらったんです」

ラオワンは平静を装って、にこやかな笑顔を作りながら、シュウヤンの質問に答えていった。だが顔は少し引き攣《つ》っている。父上が怒っていないなんて思ったのは間違いだったと思いながら、ちらちらとレイワンの顔色を窺った。レイワンは、穏やかな表情でお茶を飲んでいる。助け舟は出してくれそうになかった。

「身体強化？　魔力操作？　なんだそれは！　誰にも邪魔されないところと、ウェイフォンの部屋の天井にどんな関係がある？　兄上に教えてもらった秘密の場所ってどういうことだ？　天井だろう？」

矛先《ほこさき》がレイワンに変わって良かったと、ラオワンは胸を撫で下ろしかけたが、レイワンが我関せずという顔でお茶を飲んでいるので、シュウヤンはラオワンに向き直りさらに問い詰める姿勢を取った。

ラオワンは絶望を感じつつ、表情には出さないようにして、魔力操作について説明を始めた。持て余すほどの魔力の大きさの話から始まり、魔力の操作の仕方を北の城でレイワンから教わったことや、それから毎日欠かさず行っていたこと、今では自在に出来るようになり、その過程で身体強化が出来るようになったことや、身体強化がどういうものかについても説明した。そして魔力操作にあたっては、誰にも邪魔されず一人で集中出来る場所を必要としていて、それはラオワンの魔力放出に周りを巻き込まないためなのだということも説明した。

こうなってしまった以上は、シュウヤンの質問攻めを止めるために、すべてを正直に話すしかないと思った。

「あそこならばウェイフォンが側で監視出来るからね」

ある程度、ラオワンの説明が終わったところで、補足するようにレイワンが静かにそう言った。一気にしゃべりまくったラオワンは、ひどく疲れた顔で恨めしそうにレイワンを見た。

「なるほど……確かに以前、ラオワンの具合がたびたび悪くなっていたのは、大きすぎる魔力のせいだと兄上が話していて、魔力操作の方法を教えるために、北の城に籠ったことがあったな……そうか」

シュウヤンは話を聞くうちに思い出したらしく、感心したように何度も頷いた。

「ホンロンワン様に等しいほどの魔力量を誇るとは聞いていたけど……そうか……身体強化なんてことも出来るのか……ラオワン、お前は凄いな」

素直に褒められて、ラオワンは困ったように頭をかいた。

「あの部屋の天井には、四か所小さな窓が付いていて、開けるとそこから屋根に出ることが出来るんだ。屋根には狭いけど、これくらいの幅の平らな場所が軒みたいに付いていて、そこに座ることが出来る。私もラオワンくらいの頃に、一人になりたい時はよく行っていたんだ。だからラオワンに教えた」

　秘密の場所の種明かしまでレイワンがしてくれたので、ラオワンは少し驚いた。だがシュウヤンの方がさらに驚いている。

「兄上がよく行っていたって……一人になりたいって……なんで……」

「うるさいお前達から逃げるために決まっているだろう」

　レイワンに一刀両断されて、シュウヤンはそれ以上何も言えなくなって静かになった。さすがだ……と、ラオワンは感心していたが、レイワンからの視線を感じて我に返った。

「お前があんまり上手に魔力操作をしているので、シュウヤンがお前から竜王の覇気を感じられないと心配していたからね。説明するのも面倒くさくて、お前がやんちゃしたのを上手く利用させてもらったよ」

　レイワンがニッコリと笑ってそう言った。ラオワンは衝撃を受けて、両目を大きく見開いたままあんぐりと口を開けている。二人が静かになったので、レイワンは侍女にお茶のお代わりを頼んで笑みを深めた。

「ラオワン、私がお前を叱ったのは、天井から飛び降りるのが危険だと思ったからではない。いや、本当ならばあれはかなり危険だ。シュウヤンの言う通り、相当な高さがあるから、普通の人間であれば死んでしまうだろう。魔力の高いシーフォンでも大怪我をする。だが一番危険なのは、自分の身体強化に慢心したお前が、天井からではなく塔の屋根から飛び降りてみようと思いかねないことだ。そんなことは爪の先ほども考えたことがないというのであれば、私が見誤っていただけだ。謝罪しよう」

レイワンの言葉に、ラオワンは顔面蒼白になり、次の瞬間耳まで赤くなった。

「父上、私が愚かでした。申し訳ありません」

ラオワンはすべてを父に見抜かれていたことに衝撃を受けるとともに、他者から改めて言われたことで、その行いの愚かさを嫌というほど実感して、羞恥で顔も上げられなくなってしまった。

恐れを知らない幼子の戯言《たわごと》と同じだ。まともな大人が考えることではない。失敗したでは済まされない自殺行為だ。つい先ほど、一瞬とはいえ本気で考えてしまっていた自分の愚かさに震える。

「お前が本気で反省しているのならばこれ以上は何も言うまい」

塔から飛び降りるという発言を聞いて、それまで静かになっていたシュウヤンが再び吠えそうになるのを、レイワンが手を上げて制した。

「ラオワン、私はお前の能力について何ひとつ心配はしていない。きっと素晴らしい竜王になるだろう。やんちゃだったお前が、弟達を上手に制して、柔軟なものの見方でたくさんの人々と上手に付き合えるようになったことも、とても評価している。お前は観察力と洞察力に優れている。人心掌握に長《た》けているから外交も問題ない。それとは別に、すべてのシーフォンと竜達を把握して制御出来るのも、お前の特別な能力だね？　竜王のみが持つ力ではあるが、私には一度に全員の制御は出来ない。お前がホンロンワン様と同等の力を持つ証《あかし》だろう。私が教えられることはすべて教えた。そしてお前は十分に期待に応えた。何も案ずることなく、次の世をお前に任せられる……と言いたいが、お前の持つその力は、私にとっても未知のものだ。慢心するなと……それだけは伝えておきたい」

「父上……」

ラオワンは、赤面したまま顔を上げることが出来ずにいた。こんなに自分を恥ずかしいと思ったのは初めてだった。子供の頃に弟達とともに、たくさん悪さをして毎日のように父や母、叔父達や教育係など、たくさんの大人達から叱られ続けた。本気の雷も何度も落とされた。泣くほど怒られたことも数えきれない。

しかしあの頃のすべては、怒る大人達が怖くて泣いただけだ。悪いことをした自覚はある。反省はしても、それは『怒られたくない』という種の反省だけで、自分の犯した過ちの意味とその原因である自らの愚かさについての自覚がどれほどあったかは怪しい。

魔力操作のやり方を覚えてからは、いたずらよりも魔力操作の方が楽しくなった。身体能力が高くなり、出来ることが増えたからだ。記憶力と情報処理能力が向上し、勉強することが嘘のように楽になった。剣術も得意になった。優れた結果を出せば、大人達は称賛し、さすがは次期竜王と言われるようになる。

そして魔力操作の精度が上がってくると、すべてのシーフォンや竜達のことが分かるようになった。現在の位置や何をしているのか、何を感じているのか、すべてが把握出来る。もちろん心の中まで読むことは出来ないが、感情の起伏は感じ取ることが出来る。これが竜王の力なのだと思うと、急に自分が特別なのだと自覚するようになった。大人達の称賛など気にならなくなった。なぜなら褒められるのは当たり前だと思ったからだ。

そうなると今までやっていたいたずらが、幼稚で馬鹿馬鹿しいと思えるようになった。自分は何でも出来るのだ。わざわざ幼稚な企みで、人を脅かしたり騙したりする必要はない。本気で脅かそうと思えば、いつでも容易《たやす》く出来るのだ。そんな余裕から、大人しく振る舞うようになった。そうするだけで大人達は、皆騙されて優秀な世継ぎと褒めたたえる。それがおかしくて仕方なかった。

別に大人を見下しているわけではない。両親のことは尊敬している。叔父達のことも尊敬している。ただ要領良く生きれば、自分にとってはすべてが楽勝だと思えていた。

だけど十年前に、父の下で国王としての務めを教わるようになってから、少しばかり変わった。父にはまったく通じない。敵《かな》わない。口に出して言われたことはないが、すべてを見透かされている気がした。

要領良くこなしても、父から褒められることはなかった。真剣に取り組めば褒められた。いつしか父に褒められたくて、父に認められたくて、父の前でだけは真面目に学んでいた。

父の教えの根幹は『竜王の責務』だ。『竜王が神から最も厳しい罰を与えられたのは、自分の力に慢心するなという戒《いまし》めだ』と繰り返し言われた。人間と争わずに共存すること、そして国民を守ること、それが竜王の責務だと、何度言われたか分からない。

自分は慢心などしていない。自分の能力をよく分かっているだけだ。父のような良い竜王になる。そう思っていた。

ホンロンワン様と同等の力を自分は持っている。父よりも魔力が強いのだ……無意識にその気持ちから、父やウェイフォンを侮《あなど》っていたのだろう。

『慢心以外の何ものでもないじゃないか』

「ラオワン、死は平等だ。人間にも獣にもシーフォンにも竜王にも、等しく死は訪れる。どんなに膨大な魔力を持っていようとも、死を回避することは出来ない。そして竜王の命には、すべてのシーフォンの命がかかっている。比喩ではなく事実だ。たとえ冗談でも自らの命を脅《おびや》かしてはならない。それが竜王の責務だ」

「はい」

「お前が本気で反省しているのならばこれ以上は何も言うまい」

レイワンが静かな声で、先ほどの言葉を繰り返した。『本気で』という言葉を、レイワンがわざと入れているのだと悟ったラオワンは、ギュッと胸が痛くなる。

「父上……慢心しておりました。申し訳ありません」

ラオワンは苦し気に声を震わせながら吐き出すように言った。膝の上で両手の拳をきつく握りしめる。謝罪のために頭を下げたまま、身動きが取れずにいた。恥ずかしさで顔を上げることが出来ない。父達がどんな顔をして、自分を見ているのかを想像するのも怖かった。

失望されていたらどうしようか……そんな不安が頭をもたげる。

執務室は静寂に包まれていた。そのせいで大して時間は経っていないはずなのに、とても長い時間に感じられた。

静寂を破ったのはシュウヤンだった。堪えきれないとばかりに噴き出して、豪快に笑っている。

「いやあ～安心したよ」

ひとしきり笑った後、しみじみとした口調でそう言った。

「え？」

笑われている間も何が起こったのか分からず、戸惑いのまま顔を上げられずにいたが、さすがにそんな言葉を受けて、ラオワンが驚いたように顔を上げた。

シュウヤンと目が合う。とても優しい眼差しだった。

「お前が慢心していたと分かって安心したよ」

今度は穏やかな口調で、じっと視線を合わせながら言った。ラオワンは何を言われているのか分からずに、何度か激しく瞬きをして、シュウヤンを唖然としたまままみつめていた。

「オレの子供の頃によく似たいたずら小僧の甥だと思って、特にかわいいと思っていたのに……気がつけば、ホンロンワン様に並ぶほどの魔力を持ち、学問も剣術も天才的な才能を持ち、我が甥ながらあまりにも完璧すぎて、子供らしくない、達観しすぎて危ういとむしろ心配をしていたんだが……慢心していたと知って、未熟なところもあるじゃないかと安心したんだよ。なあ、兄上」

シュウヤンが嬉しそうにレイワンに話を振ったので、釣られるようにラオワンもレイワンへ視線を移した。そこにはとても優しい眼差しを向けるレイワンの姿があった。

「ああ……」

ラオワンは思いっきり脱力してしまい、ソファの背に体をもたせかけた。先ほどまでの絶望と緊張が嘘のようだった。失望されなかった、許された、という安堵により、頭の中が真っ白になっていた。

王の執務室で……それも王の御前で、そんな格好をするなんて、養育係のリザールが見たら小一時間は説教されることだろう。だが今のラオワンは無自覚で、完全に『父親の前で無防備になっている子供』に戻っていた。

そんなラオワンを見て、レイワンとシュウヤンは苦笑しながら顔を見合わせる。

「まあ、せっかくの休憩時間なのに説教ばかりしていてはいけないな」

「ああ、そうだよ兄上、休憩時間なのだから休憩しないとな」

レイワンとシュウヤンが交わす言葉を聞いて、ラオワンは我に返った。慌てて居住まいを正して背筋を伸ばす。少し赤くなって二人と向き合った。

「気が緩んでしまいました。無作法をお許しください」

「休憩時間だ。構わんさ」

謝罪するラオワンに、シュウヤンがニッと笑って答えて、レイワンも笑みを浮かべて頷いている。

ラオワンは再び安堵の息を吐いてお茶を飲んだ。

「そうだ……父上にひとつお尋ねしたいことがあるのですが」

「なんだい？」

「もうすぐ私は北の城で眠りにつきますが……眠りについている間の私の魔力はどうなるのでしょうか。以前は眠っている間に増えた魔力が滞《とどこお》って、朝目覚めると体が重く感じたりしていました。今は眠っている間も魔力操作が自然と出来るようになったので、まったく問題はなくなったのですけど……今回の『眠り』はとても長い期間になります。それも普通の眠りとは違うので、魔力操作が出来るのか不安になります」

ラオワンが珍しく不安を口にしたので、レイワンは真剣な表情で頷いた。

「不安はもっともだと思う。眠り方については何度も教えたから分かると思うが、普通の睡眠とは異なっている。体に満ちている魔力を少しずつ体の中心の魔力器官に集めて閉じ込めていくことを意識するように言っただろう？　つまり体内の魔力の動きを止めることによって、仮死状態に近くなるんだ。心臓の動きもとてもゆっくりになり、呼吸も少なくなる。もちろんあくまでも仮死であり、本当は生きているから髪が伸びたり爪が伸びたりするが、それは本当に僅かずつだ。百年の眠りは起きている時の一年くらいのものだ」

レイワンの話を、ラオワンは真面目に聞いていた。シュウヤンはそんな二人を黙って眺めていた。竜王の悩みは竜王にしか分からない。こういう時、自分はただのシーフォンで、兄はやはり違う存在なのだなと実感する。

ラオワンの兄弟達は、ほとんどがまだ幼いので今は何も出来ないし、まだ何も分からずにいることだろう。自分の時のことをふと思い出した。

シュウヤンは、兄レイワンが眠りについた時、まだ子供だった。兄が北の城で眠りにつくからしばらく会えなくなる……と、母から聞かされていたが、子供の考えることだ。『しばらく』なんて十日くらいのものだと思っていた。しかし兄はいつまで経っても帰ってこない。

ある日、とうとう我慢出来ずに母に聞いたら、百年以上帰ってこないと言われて、ひどくショックを受けたものだ。一晩中泣いていたことを思い出して、なんとも恥ずかしい気持ちになった。

『あの頃の兄上は、とても大人だと思っていたけど……成人したとは言ってても百歳なんてまだまだ子供じゃないか』

目の前のラオワンをみつめながら、しみじみと思った。

シュウヤンは弟ではあるが、レイワンより歳を取っているので、先に死ぬから、もうラオワンには二度と会えない。それは仕方のないことだが、レイワンも二度とラオワンに会えないのだ。竜王が死ななければ、次の竜王は目覚めない。レイワンが死なない限り、ラオワンは目覚めない。

二人にとって……いや、リューセー様も含めて親子三人、もう二度と会えなくなるなんて……竜王の宿命ではあるけれど、我が子の成長を見られないなんて、どんなに辛いだろうか……。

「シュウヤン……お前、なんで泣いているんだ？」

ふいにレイワンからそう言われて、シュウヤンは我に返った。レイワンとラオワンがとても驚いた顔で、シュウヤンを見ていた。

色々と考えていたら思わず涙が溢れていたようだ。

『どうも歳をとると涙脆《もろ》くなっていかんな』

シュウヤンはそう思いつつも、なかなか涙が止まらなくて乱暴に手でゴシゴシと目を擦る。

「なんでもありません、すみません、気にせず話を続けてください」

「いや、こっちの話はもう終わったんだ……どうしたシュウヤン」

レイワンが心配そうな顔をするので、シュウヤンはますますバツが悪い。

「目にゴミが入ったようです。ちょっと目を洗ってきます」

シュウヤンは苦し紛れの言い訳をして、逃げるように部屋を出ていってしまった。残されたレイワン達は、呆気にとられた顔をしていたが、レイワンが溜息をついて「気にするな」とラオワンに言ったので、ラオワンは素直に頷いた。

「まあとにかく……お前の膨大な魔力を閉じ込めるのは大変かもしれないが、眠りにつけば魔力器官も活動を止めるから、魔力が溜まるなどの困ったことにはならないはずだ。私も、お前ほどではないが、魔力が多いと父から言われていたけれど、特に問題なく目が覚めた。大丈夫だよ」

「はい」

ラオワンは素直に頷いて、少し安心したのか表情が和《やわ》らいだ。それを見てレイワンも安堵する。

「叔父上は大丈夫でしょうか？」

「あれは……」

レイワンには、シュウヤンが泣いていた理由は分かっていた。だから思わず苦笑する。

「私が永い眠りから目覚めた時、二人の弟がいてくれたことが何よりも心強かった。お前にはたくさんの弟妹がいる。きっとお前を支えてくれるだろう。何も心配はいらないよ」

「はい」

ラオワンは父が急にそんなことを言うので、一瞬戸惑ったが、姉弟、妹達の顔が脳裏に浮かんだので、自然と笑みが零れて頷いていた。

第1章

真っ白な部屋の中央で、モニターをみつめる一人の青年の姿があった。白衣を着た青年は、真剣な表情でモニターに映し出されている画像と、並列して弾き出されている数値を、瞬きもせずに凝視していた。

手元のランプがチカチカと点滅した。ボタンを押すとスピーカーから無機質な声が流れる。

『守屋《もりや》博士、会議のお時間です。至急A二〇一会議室へお越しください』

「了解」

一言返事をして通信を切ると、タッチパネルのキーボードを操作して、いくつかのデータを素早く入力し、立ち上がった。

足早に出口へと向かう。扉の横のセンサーに右手を軽くタッチさせると自動扉が開き、小さな部屋が現れる。そこへ入ると背後の扉が閉じて、部屋の明かりが白から青へと変わった。全方位から瞬間的にぶわっと風が吹き出して、中央に立つ青年の全身に余すことなく吹きつけた。

壁に取りつけられたモニターには、赤外線カメラで撮られた青年の全身像が映し出されている。あらゆる検査項目が箇条書きに羅列され、それが次々と緑の文字へと変わっていく。検査のチェック項目がクリアになると緑に変わり、エラーが出ると赤になる。すべての項目が緑になってオールクリアになれば、前方の扉が開いて外へ出ることが出来た。

この厳重な洗浄ルームを通らなければ、先ほどの部屋に入れないし、部屋から出ることも出来ない。

青年は廊下に出ると、大きな溜息をついた。無意識に左腕の腕時計を見る。手巻き式のアンティークな腕時計。針は午後二時を指していた。それを見て、昼食を食べていなかったことを思い出す。

「龍聖、なにボケッとしてるんだ？　会議に遅刻するぞ」

ポンッと軽く背中を叩かれて相手を見ると、同僚の藤田《ふじた》がニッと笑っていた。龍聖は一瞬むっとしたが、肩をすくめて溜息をついた。

「私の記憶が間違っていなければ……その会議に藤田博士も出席するはずですけど？」

龍聖がそう言って藤田をチラリと見ると、藤田は無精髭の生えた顎を擦りながら快活に笑った。

「そうだ！　だから遅刻だと言ったんだ」

いつも会議に遅刻している藤田は、悪びれることなく自分をネタにしている。龍聖は呆れたように苦笑した。そして二人とも特に慌てる様子もなく、ゆっくりと歩きだした。

「お前、ちゃんと帰って寝てるのか？」

「まあ……昨日はここに泊まりましたけど、徹夜はしていませんよ。ちゃんと仮眠室で寝ました」

「そっか～、偉いなぁ……オレは研究室のソファで寝たよ」

「ちゃんと眠れてますか？　短時間でもきちんと睡眠がとれるところで寝た方が良いですよ。睡眠の質は大事です」

二人は歩きながら何気ない会話をする。藤田は龍聖よりも八歳年上だったが、同僚の中でも割と気さくに話せる相手だ。藤田は面倒見がよくて、龍聖がこの研究所に来た当初から何かと構ってくる。研究所で最年少の龍聖を放っておけないようだ。

ここは未来再生研究所日本支部だ。世界規模で恐ろしい速度で人口の減少が進んでいる昨今において、人類を存続させるための研究が様々な分野で行われていた。

二千二百四年現在の日本は、人口が四千万人を切っていた。さらにその四割が高齢者というかなり深刻な状況だ。世界的にも人口は減少しているものの、日本よりはそのスピードは緩やかだ。日本人の人口の少なさは、今や危機的状況だと言われていて『絶滅危惧種に認定されてもおかしくない』と揶揄されるほどだ。

二千年ピーク時に一億三千万人もいた日本人が、二百年で約九千万人も減少してしまったのだから、そう言われても仕方がないだろう。

もっとも明治時代後期から平成時代のピーク時まで、約百年で九千万人も人口が増加したのが異常だった。今は明治時代の人口に戻りつつある。これが日本という島国の可住地の少ない国土で、自給自足で生活するために適度な人口なのだ、と述べる学者もいるが、明治時代とは医療や文化の水準が異なる環境下での人口減少が、果たして適度と言えるかどうかは怪しい。

「そういえば……噂で聞いたんだが……」

エレベーターに乗ったところで、藤田が少し言いにくそうな顔でそう言って、二階のボタンを押した後、続く言葉を言わずに黙ってしまった。扉が閉まりエレベーターが動き出す。黙ったままの藤田を、不思議そうに龍聖は見上げた。長身の藤田は、龍聖よりも頭半分ほど背が高い。

「なんです？　そんなに聞きづらいことですか？」

龍聖に問いただされて、藤田は困ったように苦笑しながら頭をかいた。

「いや、別に変な話じゃないんだ。ただ……噂が本当だったら、オレがちょっとショックかな～ってだけで……」

「それ、どんな噂なんです？」

「それが……その……お前が近々……研究所を辞めるって……」

藤田が話している途中で、エレベーターが二階に着いて扉が開いた。藤田は歯切れ悪く言ったままで、それ以上何も言わずに先にエレベーターを降りた。

「ええ、辞めますよ」

後方から龍聖にそう言われて、藤田はぎょっとした顔で足を止めて振り返る。龍聖はとても落ち着いた様子で、ゆっくりとエレベーターから降りた。ひどく焦った顔で、何と答えればいいのか悩んでいる藤田の様子を見て、龍聖は思わずクスクスと笑いだした。

「すみません、確かにここを退所しますが、別のラボへ異動になるだけです。そんなに焦らなくても……ここの仕事が嫌になったとかいうわけではありませんから」

「そ、そうか……なら良かった」

藤田はあからさまに安堵の息を漏らした。

「でもなんで藤田さんが、そんなに噂を気にしてるんですか？　それに噂が本当だったらショックだなんて……私がいなくなると寂しいんですか？」

龍聖がからかうように言うと、藤田は困ったように一瞬眉根を寄せたが、すぐに真面目な顔になった。

「まあ寂しいのは当然だろう？　これでもオレはお前をかわいがっているつもりだぜ？　それに噂だとお前がここの仕事が嫌で辞めるなんて、いや、はっきりと何が原因とは言わないが、そういうニュアンスで話す奴らがいて……その……お前がこの研究所で友達がいなくて浮いているからとか……そういう……な？　まあ噂を流している奴らのやっかみだと、オレは思っていたんだが……お前は本当に辞めるって言うし……焦るよ」

「まあ、友達がいないのは本当ですからね」

龍聖は首をすくめて苦笑いをした。

守屋龍聖は、現在十八歳だ。幼い頃から神童と呼ばれていて、十二歳で大学にスキップ入学し、十六歳で大学を卒業した。大学在学中の研究が学会で注目され、博士論文が認められて、生物学の博士号を取得する。卒業後は研究員として、この未来再生研究所日本支部に入り、今までの二年間を研究に費やしてきた。

同期と呼べる者達は龍聖よりも年上で、その上全員がまだ『研究助手』の立場だった。龍聖の方は、年齢とか肩書きを気にしていないので、みんなと仲良くすることはやぶさかでないのだが、同期からは距離を置かれてしまった。

藤田は現在二十六歳だが、龍聖が現れるまでこの研究所で最年少の研究員だった。彼も生物学の博士号を持っており、龍聖とはよく共同研究を行う機会があったため、その中で親しくなった。

「オレは友達じゃないのか？　あ～そうか、だから辞めると決める前に何も相談してくれなかったのか～」

藤田がわざとらしくがっかりしてみせると、龍聖はクスクスと笑う。

「実は家の方の手伝いをすることになって……そちらのプランはまだ公《おおやけ》にしていなくて、ラボの場所なども明かせないので、秘密裏に……の予定だったんです。でも退所するのは間違いないですから、異動ということを隠したまま、退所の手続きだけが事務局で行われたので、そんな噂が流れたんでしょう。そういうわけで、秘密なんですけど、藤田さんは友達だから、異動するってことを教えたんですよ」

「守屋財閥の仕事ならば仕方ないか」

藤田は肩をすくめて笑った。そうやって龍聖の実家のことを笑い話にしてくれるのも藤田ぐらいだ。他の者達は、ゴマを擂《す》るか敬遠するかのどちらかだ。龍聖に友達が少ない理由のひとつでもある。

守屋財閥は、政治以外はすべての分野に手を出している……と言われるくらいに幅広い事業を行っている大財閥だ。先祖を辿れば戦国時代までのきちんとした家系図がある。そうはいっても武家の血筋ではない。明治維新まで、本家筋は農村の村名主なのだから、本当の意味での『名家』では決してない。

しかし小さな農村の村名主の家で、六百年近くも代々の家系図が残っているというのは、とても貴重な存在だった。そして守屋家には秘密があった。

『藤田賢吾《けんご》博士、守屋龍聖博士、至急A二〇一会議室へお越しください』

その時、廊下に合成音声のアナウンスが響き渡った。それと同時に二人の白衣の胸ポケットで、ID兼通信装置を兼ねた名札が振動し小さなランプが赤く点滅した。

二人は顔を見合わせて溜息をつきながら、同時に胸ポケットの名札を黙らせた。

「怒られるな……」

「十五分の遅刻です。まだ怒られないでしょう」

「オレは怒られるんだよ！」

「それはいつも遅刻しているからでしょ？　自業自得です」

二人は仲良く言い合いながら、小走りに会議室へと向かった。

一週間後、龍聖は金沢《かなざわ》にある実家に戻っていた。

三日前に研究所を退所した。研究中だったもののデータなどはきちんと整理して、藤田に引き継ぐことが出来た。送別会をすると藤田が言ったが、なんとか断ることが出来た。かなり粘られてしまったが、最後は強引に別れを告げて去ってきた。

藤田の気持ちは嬉しいし、出来れば最後に二人で酒を酌《く》み交わしたいという気持ちはあった。だけど酒はそれほど強くない。酔ってしまったら、うっかり言ってはいけないことを口走ってしまいそうだった。

借りていた研究所の側のマンションも引き払って、その日のうちに実家に帰ってきた。

実家での三日間は、ほとんど仕事に近いことをしていた。本当なら身辺整理をしたり、家族と残りの時間を過ごしたり、やりたいことはたくさんあったのだが、残念なことに時間がなかった。

龍聖にも、家族にも、残された時間はとても少ない。

龍聖は自室でスーツに着替えていた。白衣を脱ぐと、普通の青年にしか見えない。綺麗に片付けられて、数冊の辞書だけが置かれた勉強机の天板をそっと撫でる。物心ついた頃から勉強が好きだった。特にガリ勉だったつもりはない。本を読むのが好きで、図鑑を眺めるのが好きで、新しいことを知るのが好きだった。息をするように勉強をしていた。それだけだ。

小学生の頃までは、学校は友達と遊ぶところで、勉強は家でするものだった。だから学校は大好きで友達もたくさんいた。一日の授業が終わると、飛んで家に帰るので、友達からは付き合いが悪いと文句を言われたが、家庭教師から教わる勉強の方が楽しいので仕方がない。

友達とは学校で、午前八時から午後三時までの七時間も毎日一緒に過ごすのだ。それで十分だと思う。

龍聖は四人兄弟の末っ子で、長兄とは十歳も歳が離れていた。長兄から聞く大学の話が面白くて、色々なことが学びたくて早く大学に行きたかった。小学六年生の時に、高等学校卒業程度認定試験に合格して、小学校卒業後は大学に進学した。

昔の日本は、スキップ入学が十七歳からしか出来なかったが、人口減少とともに成人年齢が十六歳になったり、教育制度が見直されたりして、どんな子供達にも一人一人に合った十分な教育が与えられ、自由な進路選択が出来るようになっていた。

龍聖も好きな勉強をたくさんして、やりたいと望むことには何にでも挑戦することが出来た。やりたかった研究にも没頭出来た。すべては自分の定められた運命のために、後悔のない日々を送ることが出来た。

それでもまだやり残したことはある。十八年間なんてあっという間だった。

様々な思い出の残る自室をぼんやりと眺めた。

その時、コンコンッと扉が叩かれた。視線を向けると開いたままの入口に、長兄の鴻志《こうし》が立っていた。

「兄さん……もう行かないといけないんだね」

龍聖は兄が現れた理由を察して、残念そうに先にそう告げた。

「龍聖……別に今すぐでなくても、夜でも良いし……なんなら明日でも……」

「九月二十八日十四時六分……私が生まれた日生まれた時間に儀式を行うって……決めたのは私ですから……先延ばしにすればするほど別れがたくなります。今日は朝からみんなが盛大に私の誕生日を祝ってくれて、家族みんなとたくさん話もして、別れも済んでいます。それに先延ばしにしていいほど、私達には残された時間がないでしょう?」

龍聖はゆっくりと立ち上がって、そう話しながら兄の下まで歩いていった。兄の鴻志はそんな落ち着いた様子の弟に、思わず溜息をついて苦笑する。

「お前にそんな風に気遣わせてしまうなんて、オレは兄失格だな。正直なところ昔はお前のことを哀れに思っていた。生まれながらに守屋家の犠牲になる運命を背負ったお前を……だが今となっては良かったと思っている。お前は向こうの世界で、長生きをして幸せになるんだ」

鴻志はそう言って、龍聖の頭を優しく撫でた。頭を撫でられるなど幼い頃以来だったので、龍聖は目を丸くしている。

「そうですね。私が向こうの世界で幸せになって、龍神様のことを幸せにすれば、きっと加護の力で守屋家を守ってくれるでしょう。だから頑張りますよ」

龍聖はにっこりと笑って言った。しかし今回ばかりは、その龍神様の加護が通用しないだろうと鴻志は思っているし、他の家族もそう思っていることを龍聖も感じている。それでも代々守屋家で受け継いできた伝統の儀式を辞める理由にはならない。むしろ藁《わら》にもすがる思いで儀式に臨《のぞ》むつもりで、この数年間を準備してきた。

守屋家が日本屈指の大財閥にまで繁栄したのは、すべて守屋家に代々伝わる『龍神様の加護』のおかげだった。

室町時代末期以降、加賀《かが》藩の小さな村の名主だった守屋家は、龍神様との契約により『証』を持って生まれた男子に龍聖と名付けて、十八歳になったら儀式を行って異世界にいる龍神様の下へ届けなければならなかった。その代償として、守屋家は大いなる龍神様の加護を得ることが出来た。

最初に契約を交わした守屋家の当主は、流行病《はやりやまい》と飢饉《ききん》から龍神様の加護により村と家を救われて、その後は順調に繁栄していった。

それから六百年余り、途中何度か加護が切れて危機が訪れた。儀式の継承が途切れてしまったり、儀式を遅らせたりしたせいだ。加護が切れると守屋家には恐ろしいほどの厄災が降りかかる。それは『バチが当たる』などという次元ではない。神との契約をこちらから一方的に切るのだ。本来六百年前にこの世から消え去る運命だった守屋家は、龍神様の加護により多大なる恩恵を受けてきた。それらいただいたものをすべて返さなければならないのだから、災難・厄災と言っても良いくらいの規模だ。そのたびになんとか儀式を行い家を守ってきたが、もし辞めたら守屋家は断絶するだろう。

だからもう今さら、この儀式を辞めるという選択肢は、守屋家にはない。

「龍聖、オレ達も長生きするから、心配するな」

鴻志は優しく言った。龍聖は、そんな兄の顔をじっとしばらくみつめて「約束ですよ」と小さく呟きながら、鴻志に抱きついた。

「ああ、約束する」

鴻志は力強く答えて、龍聖をそっと抱きしめた。

エルマーン王国王城の一室。普段は各所の長が集まる会議の間だが、今は十五人の男女が、深刻な顔で輪になって座っていた。全員がこの国の王子と王女……つまり兄弟だ。

「みんなに集まってもらったのは、兄上についての情報共有と、今後についてそれぞれの意見を交換するのが目的です。まずは周知のことではありますが、共通認識として以下のことを前置きします」

第二王子で宰相を務めるションシアが、皆の顔を見ながら発言した。全員がションシアに注目する。

「三年前に父上が亡くなって、それから一年後に竜王が孵《かえ》りました。この流れは従来と変わりはありませんでした。しかし竜王が誕生してから二年と二ヶ月経ちますが、いまだに兄上がお目覚めにならない。従来であれば、新しき竜王の誕生は、眠りについている皇太子の目覚めを意味するもので、ひと月ほどで目覚めるのが、今までの流れでした」

ションシアの説明に、全員が頷いた。

「私とヨウレンが何度か北の城へ確認に参りましたが、兄上に目覚めの兆候《ちょうこう》はまったく見られません。生気はなく、体も冷たいままです。浅く息遣いはあるため眠りが継続しているのは間違いありません。それに竜王の方は順調に成長し、現在は父上のウェイフォンと同等の大きさにまでなっています。半身である竜王が元気に空を飛び回っているので、兄上に生命の危機があるとは考えられません。ただ何かしらの異変が起こっているのは間違いないでしょう」

ションシアが深刻な表情でそう締めくくると、兄弟達は一斉にざわめいた。

「異変とはどういうことですか？」

第一王女のメイリンが、不安そうに質問した。同じ気持ちの者達が、そうだと口々に呟きながら、ションシアを見る。

「それについてはオレから説明する」

ションシアの隣に座っている第三王子のヨウレンが、軽く右手を挙げた。ヨウレンは外務大臣を務めている。

「父上が亡くなる前に、オレとションシアが呼ばれて、兄上のことについて注意を受けた。もしかしたら兄上は目覚めるのに少し時間がかかるかもしれないから、一年経っても目覚めない時には、オレとションシアの二人で試してほしいことがあると……」

ヨウレンはそう話しながら隣に座るションシアと顔を見合わせた。ションシアは小さく頷いた。

「この話の前に少しだけ補足させてもらうと、皇太子が北の城で眠りにつく時に、現竜王が竜王の間に結界を張るのだそうです。現竜王が崩御《ほうぎょ》すれば結界が解けて、その魔力の変化が合図となって、眠っている皇太子が目覚める……というのが竜王継承の仕組みだそうです」

ションシアが補足説明をして、ヨウレンが頷き返して再び説明を始めた。

「眠りについている皇太子は、自身の体内の魔力をぎゅっと凝縮して、魔力器官にある魔石の中に閉じ込めることで、自身を仮死状態にして眠るのです。父である竜王が結界を張ることで、さらに厳重に魔力の動きを封じていた。でも結界が解ければ、それを合図に眠っている皇太子の魔力器官がゆっくりと活動を再開して、閉じ込めていた魔力が少しずつ体の中に広がって、やがて眠りから目覚める。普通はそれに一年ほどかかるのだが……兄上が目覚めない場合は、魔力器官が固まったまま活動していない恐れがあるので、父上はオレとションシアに、眠っている兄上の体に刺激を与えるようにと言ったんだ」

「兄上のここの辺りに魔力を注いでみろと言うんだ」

ヨウレンの説明に、再びションシアが補足するように鳩尾《みぞおち》の辺りを手で押さえて、皆に示してみせた。

「魔力を注ぐ？」

「それでやってみたのですか？」

第六王子のヨンシュウと第七王子のライハンが、少しばかり前のめりになって疑問を口にした。

「オレとションシアはすでに二回ずつやってる」

「魔力を注ぐと言っても私達は父上や兄上のように、魔力を自在に操る技術はないし、相手にぶつけられるほど強い魔力を持っているわけじゃないからね。本当に少しばかりなんだけど……」

二人は少しばかり早口になって、問われたことに答えた。弟妹達が今にもそれぞれ一斉に質問を始めてしまいそうな雰囲気だったからだ。ここにいる誰もが皇太子ラオワンの身を案じている。それは次期竜王不在への不安ではない。単純に愛する長兄の身を案じてのものだ。

そして父レイワンが、ションシアとヨウレンの二人にだけ、兄のことを頼んでいたというのも不満に感じているだろう。

「父上がオレ達にだけこの頼みごとをしたのは、皆がこんな風に混乱してしまうのが分かっていたからだ。別に父上も普通に兄上が目覚めてくれればそれでいいと思っていた。目覚めない……という非常事態は避けたかったはずだし、そうなるかもという疑念が僅かにあったとしても、兄弟全員に言ったら兄上を心配して大騒ぎになっていただろう？　話はまだ途中だ。とにかくみんな落ち着いてくれ」

ヨウレンは大きな声で、一気に捲《まく》し立てて皆を鎮《しず》めようとした。全員が開きかけた口を閉ざして、不満そうにみつめ返す。

「そうね、もう少し二人の話を聞きましょう」

長姉のメイリンが穏やかな口調で皆を制したので、全員が渋々という顔で椅子に座り直した。

「父上はもしもの時は兄弟全員の力を合わせてほしいとおっしゃった。つまり兄上を目覚めさせるために、私やヨウレンだけで難しいようならば、兄弟全員で兄上の体に刺激を与えろというのです。兄弟全員にこの話を知らせ、協力し合って兄上を支えて、この国を支える。母上がいつも言っていただろう？　私達は歴代の竜王の子供の中で一番兄弟が多い。どの世代よりも竜王を支える力が強い。兄弟仲良く助け合いなさい……と」

ションシアの言葉に、皆の表情が引きしまった。隣同士で顔を見合わせて、何も言わずとも頷き合っている。エルマーン王家の十六人兄弟は、喧嘩も多いけれど仲が良い。そして全員が長兄ラオワンを愛している。

兄のために力を合わせろと言われれば、その内容を聞かなくても、全員が心を一つにすることが出来た。

さっきまで不安や不満でいっぱいだったくせに、今はもうこの部屋にいる全員が『兄上を助ける』と心をひとつにしていた。

静かになったのを見て、ヨウレンは安堵の息を漏らした。ひとつ息をついて自身も気持ちを落ち着かせると、再び説明を始めた。

「オレとションシアの二人で、父上から習った魔力の注ぎ方をみんなに教えるから、これから兄上が目覚めるまで順番にやっていこうと思う。行う頻度は週に一度だ。効果の具合を様子見しなければならないので、一週間時間を空けた方が良いと思う。違う種類の魔力に触れることで、刺激になると良いなと思っている。全員協力してくれるな？」

「もちろんです！」

ヨウレンの問いかけに、全員が勢いよく返事した。ヨウレンとションシアは顔を見合わせて苦笑いする。

「私達も竜王の間に行っても良いのですか？」

メイリンが、少しばかり戸惑いながら尋ねると、同じように妹達も不安そうな顔でヨウレン達の返事を待っていた。基本的にシーフォンの女性はあまり城の外に出ることはない。一部の女性は職務の用向きで、城下や郊外に出ることはあるが、せいぜいその程度だ。

シーフォンにとって女性は大変貴重な存在で、大切にされているから……という表向きの理由だけではなく、そもそも女性は人の身だけで半身の竜を持たないため、自由に自分で外へ出られないことが一番の理由だった。

北の城へは竜がなくては行くことが出来ない。かつて北の城を居城にしていた頃に、アルピン達を出入りさせるための昇降口はあったのだが、今は朽《く》ちて跡形もない。

「もちろんです。姉上、兄弟全員で力を合わせようと言ったじゃないですか。姉上や妹達は、我々が客車に乗せてお連れしますよ」

それを聞いた女性陣の間から歓声が上がった。皆、北の城へ入ったことがないので嬉しいようだ。もっとも北の城へ行ったことがないのは、ションシアとヨウレン以外の弟達も同じだ。

基本的に北の城は立ち入り禁止になっている。

「兄上が一日も早く目覚めてくださるように祈るとともに、兄上がいない間の国政を滞りなく執《と》り行うように、それぞれの役割を改めて……」

ションシアが今日の話をまとめようとしていた時、突然扉が激しく叩かれて、こちらが返事をするのも待たずに、勢いよく開かれた。

国内警備所属の若いシーフォンが、ひどく慌てた様子で駆け込んでくる。

「長官！　お話中申し訳ありません！　一大事です！」

「何事だ！」

国内警備長官を務める第四王子のメイジャンが、部下の無作法に眉根を寄せながら声を荒らげた。

部屋の中の全員が、何事かと驚いて注視する。

「リューセー様が！　リューセー様が神殿に降臨されました！」

「なっ……なんだって!?」

その報告に驚いたのはメイジャンだけではない。その場にいた者は一斉に驚いて立ち上がった。

「なぜリューセー様が……」

「兄上がまだ目覚めていらっしゃらないのに……」

皆が口々に驚きの声を上げげて、今の状況を理解出来ずに狼狽《ろうばい》していた。

「と、とにかく参ろう……リューセー様の側近のハデルを呼べ！」

ションシアはすでに歩きだしていた。

「全員は行かなくていい、とりあえず解散だ。姉上はリューセー様のお部屋の確認をお願いします。他の者は自分の持ち場に戻り、連絡を待て」

ヨウレンが、兄弟達に指示を出してションシアの後を追った。

「何もかもが想定外だ……」

メイジャンは頭を抱えて愚痴を零しながら、城内の混乱を鎮めるために部下とアルピンの兵士達への指示を出すべく、部屋を飛び出していった。


「リューセー様、お目覚めになりましたか？」

龍聖が目覚めると、そこは見知らぬ部屋の中で、龍聖はベッドに寝かされていた。すぐ側に立つ男性から声をかけられて、じっとその顔をみつめたまま、すぐには返事が出来ずにぼんやりとしてしまっていた。

「ここは……」

龍聖の口から無意識に出た言葉に、男性は安堵の表情に変わった。

「ここはエルマーン王国でございます。リューセー様は大和の国よりこちらにいらっしゃったのです。覚えておいでですか？」

「エルマーン王国……」

龍聖はその名前を聞いて、驚きつつも不思議とほっとしていた。

龍聖は龍神様の下へ行くための儀式を行った。守屋家に代々伝わる銀製の指輪を嵌めて、銀製の鏡を持ち、鏡の向こうから聞こえる声に耳を傾けて、龍神様の下へ行きたいと強く願った。すると鏡から光が溢れ出て、体が光に包まれたと思ったら、急に体が軽くなり一瞬浮かんだように思えた。目が回るような錯覚と、全身が熱くなるような感覚を覚えて、どこかへ落ちていくように感じた次の瞬間、石畳の上にドサリと倒れこんでいた。ひやりとした石の感触、倒れ込んだ時に右腕を打った軽い痛みに、今まで畳敷の和室にいたのに……と思って、辺りを見ようと顔を上げたら、ぐらりと視界が揺れてそのまま意識を失ってしまった。

遠くなる意識の中で、誰かが叫んでいる声が聞こえた気がしていた。

そんな回想を、ぼんやりとした頭に浮かべながら、側にいる男性の言った『エルマーン王国』という言葉に、儀式が成功して、本当に異世界に来たのだと安堵した。

「リューセー様？　どこか具合の悪いところはありますか？」

ぼんやりとした表情で、あまり反応のない龍聖に、男は少しばかり焦りの表情を見せた。

「貴方は？　龍神様ですか？」

龍聖はおそらく違うだろうと思ってはいたが、一応目の前の男性に尋ねてみた。目の前の男性は日本語を話しているが、顔立ちはあきらかに日本人ではない。白人のようだがヨーロッパ系コーカソイドとは少し違う。肌は白いが、髪と瞳は薄い茶色、目は大きいが一重で、鼻筋は通っているが低い。額の骨がやや平坦で眉間も高くない。骨格はどちらかというとモンゴロイドに近いかもしれない。優しげな面立ちでハンサムだと思った。

龍神様は、確か赤い髪をしていると聞いた。だから彼は違うと思った。

「いいえ、違います。私はリューセー様の側近でハデルと申します。常にリューセーのお側でお助けし、何者からもお守りいたします」

「側近の……ハデルさん」

「私はリューセー様の家臣です。敬称は不要です。ハデルと呼び捨ててください。リューセー様、何かお飲みになりますか？」

「はい、それでは少し水を……いえ、白湯をお願いします」

言葉を交わしたら、声が掠れて少し喉が渇いていると感じたので、ハデルの申し出を受けて飲み物を貰うことにした。水をと咄嗟に言ったものの、すぐに知らない外国で生水は飲まない方が良いと思い白湯と言い直した。

龍聖はハデルが側を離れて、飲み物を取りに行くのを見送りながら、意外と自分が冷静なことに驚いた。

『生水に気をつけるなんて、意外と余裕があったんだな』

龍聖は自分の言動に苦笑しながら、体を起こそうと試みた。用心深くゆっくりと頭を上げて、眩暈《めまい》がしないのを確認してから上体を起こした。ベッドの上に座ると改めて部屋の中を見渡した。

ベッドには天蓋がついている。写真などで見たことがあるアンティークなベッドだ。もっとも科学と文明の発達した日本にいたので『アンティーク』と思っているだけで、この世界ではきっとこれが最新の家具なのだろう。部屋の中に置かれた調度品も、すべて見事な彫刻が施されて、金の装飾で飾られた高級そうなものだ。

壁はクリーム色の無地の壁紙が張られており、絨毯《じゅうたん》もクリーム色の無地だ。調度品の豪華さに比べると、そのシンプルさがアンバランスに感じられた。

そっとベッドに敷かれているシーツを手で撫でた。とても肌触りの良い生地で、シルクのように滑らかだが綿の温かみも感じる。マットレスには厚みがあり、ほどよい弾力もあるので、綿を詰めただけではなくポケットコイルのようなものが入っているようだ。

『近代の龍聖が持ち込んだ技術なのだろうか？』

龍聖はそんなことを考えながら、自分が座るベッドを興味深く調べていた。

「リューセー様、お待たせいたしました」

そこへハデルが、白湯の入ったカップをトレーに載せて戻ってきた。

「どうぞ」

ハデルはベッドの脇に膝をついて屈むと、龍聖の前にトレーを差し出した。

「ありがとうございます」

龍聖はカップを手に取った。カップには湯気のたつ白湯が入っている。ふうっと一度息を吹きかけてから、そっと口を付けた。

『すごい！　熱すぎず、温《ぬる》すぎず、とても飲みやすい適温だ！　王族に仕《つか》える従者の仕事ってすごい！』

龍聖はひどく感心してしまった。半分ほど白湯を飲んで、側に仕えるハデルをじっとみつめた。

「リューセー様、起き上がってもよろしいのですか？」

ハデルが心配そうな顔で尋ねた。

「はい、大丈夫です。私はどれくらい気を失っていましたか？」

「二刻ほどです」

『二刻、二時間……時間の長さは同じくらいなのだろうか？』

「あの……こちらの世界は一日何時間ですか？」

「一日は二十八時間です」

「二十八時間」

龍聖はそれを聞いて少しばかり考え込んだ。地球と一日の時間が違うのであれば、自転の速度が違うのか、星の大きさが違うのかということになるが、どちらにしても異世界というだけではなく、惑星自体も違うようだ。

つまりこの世界と、龍聖のいた世界は完全な異世界で、並行世界とかではないということだ。

「ひと月が三十五日、一年は十ヶ月というのがこの世界の暦《こよみ》です。ちなみに五年ごとに十一ヶ月の年があり、増えたひと月は『天建月《てんけんづき》』と呼ばれていて、神が地上の様子を見て回るためのひと月と言われています。これはこの世界の人間達が決めた暦で、『天建月』についても、民族や住む地域によって考え方が違うようで、その月の過ごし方も様々です。祭りを行う国もあれば、ひと月の間肉を食さない国やその月だけ特殊な戒律を定めた国などもあります。私達エルマーン王国の民には、信仰する神はいませんので、特に何もいたしません。いつもと変わらぬ日常を過ごします」

ハデルはさらに説明をしてくれた。それはとても興味深い内容だった。

『一年が三百五十日ということは、公転周期は地球と大きくは変わらないってことか……地球のように毎月の日数を変えて細かく調整するのではなく、五年ごとに一ヶ月増やすなんて、随分大胆なことをするな……天文学は遅れているのかな？　それともそれで特に問題にならないくらいに、季節変動がないのかな？』

「教えてくださりありがとうございます。私が質問をするよりも先に説明してくださったのでありがたいです」

龍聖が丁寧に礼を言うと、ハデルは困ったような笑みを浮かべた。

「リューセー様が一日の時間をお尋ねになったので、差し出がましいとは思いましたが、この世界のことをお知りになりたいのかと感じて、ご説明を差し上げました。喜んでいただけたのであれば幸いですが、主人の望むものを用意するのは側近として当然のことです。わざわざお礼をおっしゃる必要はありません」

「あ……はい」

龍聖はハデルに機転が利いて頭の良いきびきびとした人だという印象を持った。優秀だから側近に選ばれたのだろうか？　と、少しばかり圧倒されていると、そんな龍聖の反応をどう取り違えたのか、ハデルはハッと顔色を変えて、一瞬考えてからニッコリと微笑んだ。

「ですが、私の側近としての初仕事で、早速リューセー様からお褒めの言葉をいただけたのは、とても誉《ほま》れに思います。お礼をおっしゃる必要はないのですが、本心を言えば本当に嬉しいです」

ハデルのその言葉に、龍聖はさらに感心をしていた。きっと龍聖が押し黙ってしまったのは、礼を言ったことを否定されてショックを受けたのだと勘違いされたのだろう。

実際は本物の側近の有能ぶりに圧倒されていただけなのだが、さらにそんな小さなことにもすぐに気を配って、笑顔で龍聖を安心させようとするなんて、本当に凄いと思った。

王族や地位の高い者に仕える有能な執事や側近は、とにかく仕事ぶりが凄いというのは、本や映像で見て知識として知ってはいたが、実物を目の当たりにすると感動しかない。

父や兄の秘書も有能だが『仕える』という意味で、少し次元が違う。コーヒーは淹れてくれても、ベストなお湯の温度までは気を配らないだろう。

「あの……私は龍神様の伴侶にならなければいけないのですよね？　そして龍神様はこの国の王様で……私はこの国の王妃になる……という認識で間違いないでしょうか？」

龍聖は自分が今まで調べてきた『龍聖』の役割について、認識に間違いがないかどうか、ひとつずつ確認の必要があることを思い出した。まさかこんなに早く、自分の身近に頼りになる人物が現れるとは思っていなかった。

ハデルは『リューセー様の側近』と言った。『リューセー様の家臣』と言った。龍聖はそんな自分の専属の従者は、正規に王妃になってからしか付けてもらえないものだと思っていた。

異世界のエルマーン王国に行き、龍神様に会った後どのような手順で伴侶になり、この世界でどのようにして王妃として認められて暮らしていくのか……分からないことは多い。

たった一人で見知らぬ世界に来たのだから、一日も早く自分の居場所を作りたいし、味方も欲しい。きっと龍神様が、一番の味方になってくれるはずだが、頼りに出来る味方は一人でも多い方が良い。

「リューセー様は、ご自身の役割を理解されていらっしゃるのですね」

ハデルが少しばかり驚いたような顔でそう言った。その反応に、龍聖は少しばかり考え込んだ。

守屋家に代々伝わってきたはずの龍神様との契約について、継承が途切れていたのは九代目龍聖の時だ。だがその龍聖の弟の守屋稔《みのる》が、異世界との交信に成功して、龍神様との契約についてや、異世界にあるエルマーン王国についてなど様々な知識を新たに得ることが出来た。

だから儀式の継承は復活して、その後はきちんと儀式を行ってきた。十代目と十一代目の龍聖は、理解した上で儀式を行いエルマーン王国に来ていたのではないのだろうか？


「私の前の龍聖は、自分の役割を理解していなかったのですか？」

龍聖が不思議そうに聞き返すと、ハデルは慌てた様子で首を振った。

「誤解を招くような言い方をして申し訳ありません。もちろん先代のリューセー様も、先々代のリューセー様も、きちんと理解されていらっしゃいました。ただ先代のリューセー様が、大和の国が随分変わってしまっているとおっしゃっていたので……もしかしたらまた九代目様の時のように、ご自身の役割について知識のないままエルマーン王国にいらっしゃることがあるかもしれないと……念のために慎重に対応するように言われているのです」

ハデルが恐縮した様子で弁明するのを聞きながら、龍聖は確かに……と思い当たることがあったので納得した。

「確かに私の前の龍聖は、龍神様の花嫁になるのが嫌で、儀式から逃げ回って行くのが遅れたのですよね。たぶんそれでこの国も龍神様も、多大な迷惑をこうむられたのではないかと思うのですが……」

龍聖が苦笑しながら言うと、ハデルは再び否定するように首を振った。

「迷惑なんてとんでもありません。先代のリューセー様は、それはそれはこの国のために心を砕いてくださり、様々な国益を与えてくださいました。そして何よりも陛下とそれは仲睦まじい夫婦になられて、お幸せに暮らしておいででした」

「そうですか」

それを聞いて、龍聖はほっと安堵の息を吐いた。

「実は、先代の龍聖が儀式を遅らせたことにより、大和の国……私達の世界の方では、苦境に陥りました。もちろんその後好転して、守屋家は再び繁栄したのですけど……九代目に続き二度目の窮地に陥った守屋家では、その後真剣に龍神様との契約について、色々と調べたのです」

九代目守屋龍聖の弟である稔は、儀式についてや、龍神様、エルマーン王国などについて得た情報を、日記に記して残していた。それは守屋家の金庫に大切に保管されていたのだが、稔は自身が息子や孫達に、儀式を受け継ぐように、日ごろから厳しく言い聞かせ続けていたので、それが家のしきたりのように口伝《くでん》で引き継がれていき、子孫の誰も金庫にある日記を改めて読む者はいなかった。

八百万《やおよろず》の神が身近で、神の存在を信じていた昔ならば、口伝でも十分信じて引き継がれてきたのだろうが、現代においては、神様は宗教上の存在であり、偶像であり、不思議な現象はただのミステリーで片付けられてしまう。

家のしきたりだから儀式は守られてきたが、『異世界にいる龍神様の花嫁になれ』などと言われて、本気で信じられるはずはなく、十一代目の龍聖が、儀式を嫌がって逃げ回ったのは仕方ないし、そんな我が儘を家族が許してしまったのも仕方がないと思う。

しかし実害が出れば話は別だ。守屋家は二回も断絶の危機に陥った。その二回とも原因が『儀式を遅らせたこと』という共通点がある以上、ただの偶然で済まされるはずはなかった。

十一代目の龍聖が儀式を行い、その後守屋家が立ち直った時に、十一代目龍聖の兄と姉は、本家の蔵を漁《あさ》り、金庫を漁り、儀式にまつわる手がかりを探し回って、真剣に調べた。

儀式に立ち会った祖父母から、龍聖が目の前で光とともに消えた……と聞いたからだ。

『龍神様との契約の儀式』は、形だけのものでもなければ、異世界に行くというのも作り話ではないと分かった。

「私達が龍神様と呼んでいる方は、この世界のエルマーン王国国王であること、そして龍聖は、その竜王の伴侶となって、生涯をともに過ごし、子供を儲《もう》けて、竜王に魂精を与えて、王妃として国の発展に尽力すること……そういう役目があることは、ちゃんと理解しています。昔の龍聖達が、殿様に仕える小姓の役割を学び、夜伽《よとぎ》の勉強までしていたのは、決して間違いではなかった……龍神様とは形だけの夫婦ではなく、本当の意味での夫婦にならなければならないのでしょう？　大丈夫です。分かっています」

冷静に淡々と話す龍聖に、ハデルは内心驚いていた。不敬になるといけないので、出来るだけ表情に出さないように気をつけているが、息を呑《の》むレベルだった。

龍聖が目覚めてから、まだ半刻も経っていない。それなのにこの落ち着いた態度は、一体どういうことなのだろう。

ハデルが側近教育の中で、何度も繰り返し教え込まれたのは、リューセー様が降臨してから、最初の対面時の対応についてだった。現在の大和の国は、時代の変化がとても激しく、当代のリューセーが、問題なくエルマーン王国に馴染んでくれたからと言って、次の代のリューセーも同じとは限らない。八代目、九代目のように、自分の役割を理解していないまま降臨することがある。

二度と八代目のような悲劇を繰り返さないために、側近による最初の対応がとても重要であると考えられていた。

まずはリューセーとの対話を慎重に試みて、どの程度まで自分の役割を理解しているのかを確認すること、そしてリューセー本人の性格などを把握すること、それらを瞬時に理解し判断して、リューセーが混乱しないように、上手く交流を試みることが、側近たる者の最も重要な使命だと教え込まれた。

龍神様を崇拝し、命を賭《と》して仕えるつもりで降臨してきていた遙か昔のリューセー達でさえ、皆が同じではなかった。それぞれに個性があり、側近との関係性も様々だ。

だが九代目以降に関しては、それに輪をかけて個性的であり、従来の側近教育の常識では考えられないような事態が起きてしまう。

そのため現在の側近には、どのような状況下でも冷静さを失わず、臨機応変に対応が出来る者が求められていた。そんな側近教育で、最も優秀だったハデルでさえ、今、冷静さを必死で保たなければならないほど、新しく降臨したリューセーに驚かされていた。

リューセーは、十八歳になると儀式を行ってエルマーン王国に降臨する。これは初代リューセーがいた大和の国で、十五、六歳が一般的に成人とみなされていたため、十八歳にもなれば十分に大人として心も体も成長しているだろうと、初代竜王ホンロンワンが判断したのだと言われている。

だが実際に降臨するリューセー達は、皆一様にとても幼い見た目をしていた。それはシーフォン達から見た印象というだけではなく、アルピンの目から見ても幼く見えた。こちらの世界では、一般的に二十歳が成人年齢だ。アルピンも昔からそうだった。シーフォンもそれに倣《なら》って、外見的に同等な年齢である百歳が成人年齢とされている。

だがリューセーが幼く見えるのは、この世界の未成年の年齢だからというわけではない。本当に見た目が幼いのだ。童顔というか、元々そういう顔立ちなのだろう。しかし中身はとてもしっかりしていて、十分に大人の振る舞いが出来ていた。そのため大和の国では、十五、六歳が成人だというのも、あながち嘘ではないのだと、皆が納得することが出来た。

しかし九代目のリューセーの話では、大和の国の成人年齢は二十歳に変わっていると言われ、十代目リューセーの話では、十八歳が成人年齢だと言っていた。それだけでも大和の国がかなり急速に様変わりしていることが分かる。

そして今、目の前にいるリューセーは、見た目は確かに幼いが、中身はハデルが目を見張るほどに落ち着いて成熟していたのだ。

「私はどれくらいで竜王陛下にお目にかかれますか?」

龍聖が続けて尋ねたので、ハデルは我に返って、そっと深く息を吸い込んだ。

「陛下にお会いいただくのは、婚礼の儀の少し前ぐらいになるかと思われます。まずはリューセー様に、この世界の暮らしに慣れていただき、この国のことを学んでいただきます」

ハデルはにこやかな雰囲気を意識しながら、当たり障りのない定型文のような返事をした。今、ハデルに出来る答えとしてはこれが精いっぱいだった。

宰相からは、まだ真実をいつの段階で伝えればいいのかという指示を貰っていない。新しいリューセーの人柄も把握出来ていないので、真実を伝えて良いのかどうかも、今は判断出来ない。

最良の道は、リューセーに婚礼までに必要な初期教育を行っている間に、竜王が目覚めてくれることだ。だがそれもせいぜい二十日が限度だろう。あまりにも長引かせてしまえば、リューセーを不安にさせてしまうだけだ。

「今日のところはゆっくりとお休みください。異世界よりいらっしゃったのですから、お体に大変負担がかかっていると思います。詳しいお話は明日いたしましょう」

ハデルはそう言って、龍聖の手からカップを受け取り、ベッドに横になるように促した。龍聖は大人しくそれに従う。

言われてみれば、体が少し重く感じたからだ。異世界への転移がどのような仕組みで行われたのか、とても興味があったのだが、実際に自分で体験してみると、ひどい眩暈に襲われて、上下左右も分からないくらいに、頭がくらくらして、体にはG《ジー》がかかったような圧迫感も覚えた。

それが一瞬だったのか、数十分だったのか、数時間だったのか、時間の感覚も分からなかった。だから自分の今の状態が万全とは確かに言いがたかった。

「少しお眠りください。後ほど医師が診察をしに参ります。その後は軽いお食事をお召し上がりください」

至れり尽くせりというほどに気を遣ってもらって、龍聖はハデルに対してなんとなく申し訳ない気分になりながらも、自然と瞼が重くなっていった。


再び会議室に兄弟が揃っていた。今回少しだけ違うのは、末席にハデルの姿があることだ。

一時は皆も混乱していたが、なんとか鎮めることが出来たし、リューセー降臨の事実については箝《かん》口令《こうれい》が敷かれた。

「ハデル、とりあえずリューセー様のご様子を、我々に教えてもらえないか？」

ションシアが、末席に座るハデルにそう声をかけると、全員が注目する中、ハデルは少し緊張した面持ちで立ち上がった。

「はい、リューセー様を王妃の私室にお運びした後、二刻ほどで意識を取り戻されました。その時に少しばかりお話をして、お疲れのご様子でしたので、夕方までお眠りになっていただき、その後医師の診察を受け軽い食事をとっていただき、今はまたお眠りになっていらっしゃいます。医師の診断では、お体にご不調なところはなく、とても健康な状態であるとのことでした」

ハデルは、淡々と報告をしこの後はきっと質問攻めに遭うだろうと、立ったままでションシアに視線を送った。ションシアは聞き終わると頷き、少しばかり考え込むように額に手を当てている。

他の兄弟達は、何か聞きたいことがある様子で、少しばかりそわそわとしていたが、ションシアが口を開かないため、皆も遠慮して我慢している。

「あ～……ハデル、一旦座ってくれ……色々と聞きたいことはあるが、先に各自の状況報告を聞いて整理しよう。混乱の収束状況を報告してくれ」

ションシアが顔を上げて、皆に注目されていることに気づき少しばかり渋い顔をした。ハデルに手を振って座らせると、隣に座るヨウレンを見て報告するように促す。

「ではオレから報告する。外務部の方へは、リューセー様降臨の連絡が届いていないため、所属するシーフォン達の中での混乱は生じていません」

「内管部にもリューセー様降臨の連絡は届いていません。リューセー様付きの侍女や料理人は、ハデルが別に管理しているため、今のところ情報漏洩は確認されていません。リューセー様が降臨された場所が神殿で、侍女などの出入りがない場所だったことも幸いしたと思われます」

外務大臣のヨウレンと、内管長のメイリンが続けて報告をした。それに続き国内警備長官のメイジャン、工房長の第二王女ミンリンと、それぞれの役職長に就いている兄弟達が、自分の管理する部署内での『リューセー降臨』に関する状況報告をして、エルマーン王国内での混乱がどの程度だったかを確認し合った。

次期竜王ラオワンが目覚めないという緊急事態下にあるため、日ごろから情報共有と内部統率を徹底していたことが功を奏した。

今回、龍聖が降臨した時、神殿にはたまたま訪れていた二人の女性シーフォン以外は、神殿長と警備の兵士二名がいるのみだった。

神殿長はすぐに来訪者を落ち着かせて、龍聖から距離を置いて待つように誘導した。警備の兵士は、一人が上官への報告に走り、残った方は神殿の扉を閉めて、他の者の出入りを禁止した。

その後の連絡は最小限の人数で行われて、会議中だったションシア達の下に最短時間で届き、ハデルの下へも速やかに連絡が行ったため、大きな混乱はないまま現在に至っていた。

「ということは、特に混乱などは起きなかったのだな？　もちろん関わった兵士達や関係各所の者達の間では、相当の動揺が走ったのだろうが、よくぞ混乱せずに速やかに対処した。日ごろからの徹底した指導が、成果を上げたみたいだな」

すべての報告を聞いたションシアは、とても満足そうに呟いた。国政に関わるすべての部署の長に、兄弟達が分担して就いているのが良かったのだ。

ラオワンが眠りについた後、将来を見据えて兄弟達で話し合った。ラオワンを支えるために何が出来るのか？　何よりも大切なのは兄弟が仲良く協力し合うことだ。人数が多いということが最大の武器で、王国内の要職を網羅《もうら》することが出来る。兄弟達が成人するたびに、随時職務を割り振っていった。

「しかし兄上、箝口令はいつまで敷くおつもりですか？　このままずっとというわけにはいかないでしょう。もちろん兄上が早く目覚めてくださるのが一番ですが……ひと月以内に何らかの決断が必要だと思います」

メイジャンがそう発言すると、ションシアは再び額に手を当てて考え込んだ。それはもちろんションシアが一番よく分かっていることで、だからこそ龍聖降臨の報を聞いてからずっと頭を抱えている。

ラオワンが目覚めていないことは、公式では発表していないが、すでに国民にも周知されていた。厳しく箝口令を敷けば、隠せることではあるのだが、さすがに三年も次期国王の戴冠がされないのは、逆に国民の不安を煽ることになってしまう。公式発表はしないが、情報漏洩については曖昧《あいまい》なままにしていた。アルピン達は、空気を読んで特に騒ぎ立てることはない。竜王の半身である黄金の竜が、元気に空を飛び回っていることも、国民を安心させ、落ち着かせていた。

国外への対応については、関所を閉鎖することはせずに、商人などの来訪者は、それまでと変わらずに受け入れた。各国との外交は、ションシアとヨウレンで行い、新王の戴冠についてはあえて言及せずにはぐらかし続けている。

ラオワンのため、エルマーン王国のため、兄弟で力を合わせるというのは、両親の教えであり、兄弟ももちろんそれが当たり前だと思っていたから、仕事を分担し絶妙に連携の取れた動きで皆で国を守っていた。

父からラオワンの目覚めに対する懸念を伝えられた時には、すでに兄弟の連携体制が構築されつつあったので、もしもの時の対応についてもあまり心配せずに済んだ。

しかし今回の『新竜王が目覚める前にリューセーが降臨する』というのは、完全に想定外だった。リューセー降臨における仕組みはいまだに謎のままだ。歴代のリューセーの証言から、大和の国の世界とエルマーン王国のある世界では、時間の流れが違うことが分かっている。しかし竜王とリューセーの年齢差に、今までズレが生じたことはないため、竜王誕生から一定の時間経過後に、大和の国でリューセーが誕生しているのは間違いなかった。

大和の国では、初代ホンロンワンと交わした契約に基づき、リューセーが十八歳になれば、儀式を行う決まりになっている。だから当代のリューセーも、十八歳でこちらへ降臨したのだ。ラオワンが目覚めているかどうかは関係ない。

それなのになぜションシアを筆頭に、兄弟の誰も『そろそろリューセー様が降臨してしまうかもしれない』という考えに至らなかったのだろう？

『本当に我ながら呆れる』

頭を抱えるションシアが、ずっと心の中で繰り返し呟いているのはそれだけだ。

『リューセー様は竜王が目覚めたのをきっかけに降臨するものだと、勝手に思い込んでいました』

この会議が始まる前に、再招集をかけて現れたヨウレンが、ションシアにだけボソリと呟いた言葉がそれだった。ションシアは態度にこそ出さなかったが、同意のあまり大きく頷きそうになっていた。

「兄上」

頭を抱えたまま考え込んでしまったションシアに、ヨウレンがそっと横から声をかけた。さほど時間は経っていないが、すぐに反応しないのはやはりよくないなと思い直し、ションシアは表情を取り繕いながら顔を上げた。

「ハデル、リューセー様はどのような感じだろうか？　何日くらい兄上のことを伏せておけると思う？」

ションシアが尋ねると、ハデルは再び立ち上がった。

「はい、納得いただけそうな理由をお伝え出来るのならば、おそらくひと月以上は真実を伏せることは可能です。ですが……リューセー様は大変頭の良い方です。疑われることなく納得していただくことは、ほぼ不可能ではないかと考えます」

ハデルが真面目な顔で言いきったので、最初は真剣に聞いていたションシアも、不可解そうに眉根を寄せて首を傾げた。

「ん？　それは……どういうことだ？　リューセー様が納得出来る理由を伝えればひと月以上は真実を伏せることが可能……だが、納得してもらうことは不可能とは？　納得させればいいのだろう？」

疑問符がたくさん張りついているような顔でションシアが聞き返した。他の者達も同じような顔をしている。ハデルは表情を変えず、少しばかり視線を落として考えを整理した。

「たとえばリューセー様は、我々とはまったく文明も生活様式も異なる異世界からいらっしゃいました。エルマーン王国に関する情報もほとんどありません。ですからこの国のしきたりとして、『婚礼までの三ヶ月間は、相手と一切顔を合わせてはなりません』……と言えば素直に納得してくださるでしょう。しかしこの嘘のしきたりを納得させてしまったら、リューセー様の教育に必要な、エルマーン王国の歴史書を読ませることが出来なくなってしまいます。リューセー様に学んでいただくものは、歴史が最優先になっています。それが出来ないとなると、語学ぐらいしか学べることがありません。婚礼の儀を行うまでは、リューセー様は自由に外に出ることは出来ませんから、十分な環境を整えて差し上げられない状態で、王妃の私室に三ヶ月もの長い間監禁することになります。それはリューセー様のお心のためにも、お体のためにもよくありません」

確かに……とみんなは唸《うな》った。

「いや、しかし何も監禁などする必要はないだろう。リューセー様の香りの影響がない距離であれば、シーフォンとも問題なく会えるのだし、リューセー様が散歩に出たいという時だけ、人払いすればいいのではないか？」

メイジャンが苦笑しながら、ハデルの言い分に異を唱《とな》えた。しかしハデルはそれを聞いて真面目な顔のまま首を振る。

「リューセー様に、香りについての説明をしなければならなくなります。そうすればそんな不便な状況で、三ヶ月……たとえで三ヶ月と申しましたが、ある程度の長い日数を『会ってはならない』とするしきたりに疑問を持たれてしまうでしょう。香りの話も教えないとすれば、常に人払いされ、遠巻きにしか会うことの叶わない皆様のことを、リューセー様がどう思われるでしょうか？　自分が避けられていると受け取られかねません。そもそも歴史を知りたいと言われた場合はどういたしますか？」

ハデルはそこまで一気に話して、すっかり静まり返ってしまったションシア達を、ゆっくりと見回した。

「リューセー様は、龍神様に会うために儀式を行って異世界にいらしているのです。その相手に会えないという最も重要な事実を隠すことは、決して良いこととは思えません。リューセー様は、自分が何のためにこの世界に来たのかを、きちんと自分でお調べになり理解していらっしゃいます。私は真実をお伝えするべきだと考えます」

「確かにハデルの言う通り……ん？　リューセー様はご自分の役割をすでにご存じなのか？」

神妙な表情で頷きかけたションシアだったが、ふと引っかかる言葉があることに気づいた。

「はい、龍神様がこの国の王であることも、自分が伴侶になり、王妃となって、王を支え国のために尽くすこと、そして魂精を王に与えて、子供を産むこともご存じでした」

ハデルのその言葉には、ションシアだけではなく、その場にいた兄弟達全員がざわめいた。

「なぜそんな……」

「九代目竜王フェイワンの第一王女シェンファ様が、異世界との通信を実現されて、リューセー様の弟君とお話しになった。途切れてしまっていた継承を正しく復活させるために、初代竜王と守屋家の契約のことや、エルマーン王国に降臨した後のリューセー様の役目や日々の暮らしなどについて伝えたと、歴史書に記されています。守屋家はその後契約を違《たが》えることなく儀式を続けているのですから、知識の継承が正しく行われているということではないのでしょうか？」

ハデルが続けて説明をしたので、さらに兄弟達はざわめいた。側にいる者同士で何か囁き合っている。おそらく子供時代に真面目に歴史の勉強をした者と、勉強していない者で意見の相違があるのだろう。

「そういえばお母様は、龍神様の花嫁になるのが嫌で、儀式から逃げ回っていたと言っていたわ」

メイリンが思い出したというように、ポンッと手を叩いてそう発言したので、それは初耳だとばかりにションシアとヨウレンが、ぎょっとした様子でメイリンを見た。

皆が勝手に話を始めたので、しばらくの間、会議の間は騒然となった。ハデルは収拾がつかない様子に、立ったままで困惑していたが、表情には出さずに皆が静まるのを待つことにした。

「皆、静かに！」

ションシアは、咳払いをして皆を鎮めた。

「ハデル、ではリューセー様に真実を話してくれ。どのように伝えるかについては、君に任せたいと思う。我々は兄上を目覚めさせることに尽力しよう」

ションシアの言葉を受けて、ハデルは一礼をしてその役目を引き受けることを承諾する意思を伝えた。


翌朝、清々《すがすが》しく目覚めたものの、見知らぬ部屋を見回して、龍聖はベッドに座ってしばらくぼんやりとしていた。自室でも、研究所の仮眠室でもない部屋で、寝ぼけまなこのまま放心したように辺りを見ている。

「そっか……エルマーン王国に来ていたんだった」

少し間をおいて、ようやく今の状況を思い出した。

「それにしてもよく寝たな」

龍聖は独り言を呟きながら、大きく背伸びをした。

儀式の前の一ヶ月は、身辺整理の意味も含めて、研究所に泊まり込むほど仕事に没頭していた。だからあまりゆっくりと眠っていなかった。ここのベッドの眠り心地がよくて、爆睡してしまった。こんなに良く寝たのは久しぶりだ。

ベッドから降りると、ゆっくり窓辺へ歩いていった。薄い生地のカーテンを捲ると、大きな窓があり、目の前に不思議な風景が広がっていた。正面に見えるのは、赤い岩肌の険しい山の稜線。空には雲ひとつない青空が広がっていて、そこには鳥ではない何かが飛んでいた。

「あれは……ドラゴン⁉」

龍聖は驚いて窓にぴったりと顔を付けながら食い入るように見つめた。目を凝《こ》らして空を飛ぶいくつかの生き物をみつめる。少しばかり近くを飛ぶ個体で、さらに姿がはっきりと確認出来た。恐竜のような四本の脚をもつ体に、蝙蝠《こうもり》のような羽毛のない翼、悠然と飛ぶのは映画などで見たことがある空想の生き物……ドラゴンだ。龍聖の知る姿に酷似《こくじ》している。

「遠いけど、あの大きさは全長十メートルくらいはあるのかな？　翼を羽ばたかせる回数が少ないけど、どういう原理で空を飛んでいるんだろう？」

生物学を学んだ身として、ひどく興味をそそられた。空想の産物だと思っていた生き物が目の前にいるのだ。

「龍神様と伝え聞いていたけど、竜の姿は西洋の竜なんだ」

窓を開ければテラスに出られそうだが、龍聖にはそれをする勇気はない。未知の生き物を前にして、果敢に立ち向かえるほどの冒険心はなかった。

その時扉をノックされた。

「は、はい」

龍聖は我に返って返事をした。すると扉が開いて、昨日話をしたハデルという男が現れた。

「リューセー様、おはようございます。昨夜はよく眠れましたか？」

「はい、おかげ様でぐっすりと眠ることが出来ました。ありがとうございます」

龍聖はハデルに向き直り、丁寧に礼を述べた。ハデルは優しく微笑んで頷いた。

「お顔の色もよろしいですね。朝食の前にお着替えをしていただきますが……湯あみはなさいますか？」

「湯あみ……それはお風呂があるということですか？」

「はい、昔のリューセー様がご希望されて、大和の国の形に近いお風呂を用意してございます」

それはとても嬉しい提案だった。龍聖はすぐに承諾して、朝風呂に入ることにした。

風呂に入り、着替えをして、朝食を取った。

風呂では何ひとつ自分ではさせてもらえず、侍女二人がかりで体中を洗ってもらって、ハーブ系の香りがする香油を、体中に塗ってもらって服も着せてもらった。

服はこの世界の民族衣装らしく、ハデルが着ている服と様式は同じだが、龍聖の服は装飾も見事でかなり豪華だ。薄くてとても軽い生地の服を、何枚か重ね着する。肌触りが良くて着心地もいい。暖かい気候のようだが、少し開けられた窓からは常に爽《さわ》やかな風が入り、湿気もないので、長袖でも暑いとは感じなかった。

朝食は豪華に何品も用意され、味付けなどは和食に似ていた。醬油や味噌が使われているようで、この国の料理なのかと聞いたら、大和の国の料理に近いものを再現していると教えられた。

この世界に慣れるまでは、和食を出してくれるようだ。

食事の後、早速この世界のことを教えてもらえることになった。龍聖は少しばかり心が弾んだ。新しい知識を得ることは、龍聖にとっていつも楽しみなことだった。

この国についての話、竜王とリューセーの関係などが簡単に説明された後、ハデルは龍聖の相手である現竜王の話を始めた。

龍聖は少しばかりハデルの雰囲気が変わったことを察して、無意識に背筋を伸ばして姿勢を正した。

竜王ラオワンは、幼少の頃より魔力がとても多く、成長とともに歴代の竜王を遥かに凌《しの》いでいった。それはこの国を作り上げた初代竜王ホンロンワンと同等とも言えるらしく、魔力が大きいということは良いことなのだと説明された。

そして現在の竜王の状態を説明された。

「目覚めていない!?　眠っているというのは仮死状態なのですよね？　大丈夫なのですか？」

龍聖はとても驚いた。

「竜王の半身である黄金の竜は、元気にしておりますから、命の危機などはありませんし、このまま目覚めないということもありません。目覚めが遅いのは、大きな魔力を持つ弊害ではないかと言われています。現在は目覚めさせるために、陛下のご兄弟が尽力されています。リューセー様は心配なさらずに、陛下が目覚めるのをお待ちください」

心配するなと言われても、はい、そうですね……とは言えるわけもない。守屋家の未来のために儀式を行い、竜王とこの国のために役立つ覚悟でここにいる。肝心の竜王に会えないという想定外の事態に、動揺を隠しきれなかった。

龍聖はしばらく無言で俯いていた。不安と焦りで気持ちがごちゃ混ぜになる。龍聖には悠長に待っていられるような余裕はなかった。一刻も早く成さねばならないことがある。

脳裏に家族の顔が浮かんだ。父と母と兄と姉……みんなが龍聖のために笑顔で送り出してくれた。皆が口々に『幸せになるんだよ』と言っていた。

龍聖は幸せにならなければならない。竜王を幸せにしなければならない。それは使命でもあった。

膝の上に載せた両手で、ぎゅっと強く拳を握る。

「リューセー様？　大丈夫ですか？」

「え？」

心配そうなハデルの声に、龍聖は我に返った。本当に心から龍聖を案じているのが伝わる。まだ会って一日しか経っていないのに、目の前のこの人物は、徹底して龍聖の家臣であろうとしていた。

「私のことよりも、皆さんは大丈夫なのですか？　王が目覚めないということは、この国にとって一大事ではないのですか？」

龍聖が思わず尋ね返すと、ハデルは龍聖を安心させるためなのか、とても穏やかな表情でじっと龍聖をみつめてひと呼吸分の間の後でゆっくりと口を開いた。

「そうですね。確かに国王不在は大変深刻な状況です。ただ現状だけを言えば、陛下にはご兄弟が大変多くいらっしゃいます。兄弟で連携して国政を担っていらっしゃるので、国が立ち行かなくなるようなことは、今のところございません。また半身の竜も健在ですので、竜達の統率も取れていて何も問題はありません。困ることがあるとすれば、やはりリューセー様のことだけです。せっかくこの世界に来ていただいたにもかかわらず、竜王との婚礼が出来ないため、とてもご不便をおかけしてしまいますことが、申し訳ない限りです」

ハデルは深々と頭を下げた。

「あ、いえ……そんな……私に謝罪する必要などありません。竜王様のことはとても心配ですが、この国の皆様が、今のところ問題なくお過ごしなのでしたら、新参者の私があれこれ悩んだところで、どうしようもありませんね。私は少しでも早くこの国に慣れたいと思います」

落ち着きを取り戻した龍聖が、気を取り直して前向きな発言をしたので、ハデルも安堵したようだ。

「それでは早速ですが、明日の午後、この国の宰相であるションシア様から、リューセー様にご挨拶をしたいとの申し出がありますが、お会いになりますか？」

「はい、もちろんです」

龍聖は嬉しそうに頷いた。

「ションシア様にお会いするのが嬉しいですか？　まだどのような方がご説明していなかったと思いますが……」

龍聖の嬉しそうな反応は、少しばかり意外だったので、ハデルは思わずそんなことを尋ねていた。

「新しい出会いは楽しみです。特に宰相ならば、この国で王様の次に偉い方でしょう？　それに先ほど教えていただいたお話によると、私のことは竜の聖人として、王妃として、皆様が大切にしてくださるというのですから、お会いするこの国の方は、皆様私の味方になってくださるのですよね？　私はこの国に知り合いも身内も誰もいませんから、一人でも多く知り合いを作れるのならば心強いです」

『本当にこの方は頭の良い方だ』

ハデルはそう思って心から感心した。

本来リューセーが最も頼りにするべき相手は、伴侶となる竜王だ。だが今はそれを当てにすることが出来ない。たった一人でこの世界に来て、今もとても不安なはずだ。気持ちを切り替えて、他に頼れる者を作ろうと、前向きに考えられるリューセーは、とても頭の良い方なのだと思った。

「ションシア様は、陛下の弟で第二王子でいらっしゃいます。物静かでとても冷静な方です」

ハデルが続けて説明をすると、龍聖は興味深そうに頷いた。

「明日、ションシア様にお会いするまでに、もう少し詳しくこの国のことなどをお教えいたします」

「はい、勉強は大好きです。よろしくお願いします」

龍聖はハキハキとそう答えた。

「それからリューセー様のお好きなお色は何ですか？」

「好きな色……ですか？」

突然の質問に、龍聖は首を傾げた。

「こちらの王妃の私室は、前の王妃様が亡くなられた後、新しい王妃様のために改装をされています。ですが壁紙と絨毯は、新しい王妃様のお好みに合わせるため、無色……白いままにしてあります。お好きな色を教えていただければ、その色に合わせて変えるのが伝統になっています。またお召し物につきましても、王妃様の好きなお色を基色として、色々と揃えさせていただきたく思います」

説明を聞いて龍聖はなるほどと呟いた。調度品に比べて壁や絨毯が病院みたいにシンプルで、アンバランスだと思っていたことに納得がいった。

「そうですね……好きな色は藤色や白緑《びゃくろく》……あ、薄い紫や薄い緑などの淡い色が好きです」

「かしこまりました。ではそのように心得て、身の回りの物を揃えさせていただきます」

ハデルは丁寧にお辞儀をして、了解の意を示した。


翌日の午後、ションシアが王妃の私室を訪問した。

「初めてお目にかかります。ショソンシアと申します。宰相をしております。リューセー様にお会いするのを楽しみにしておりました」

ショソンシアは丁重にお辞儀をして挨拶した。

「守屋龍聖です。龍神様とのお約束を果たすために参りました。まだこの世界に来て三日目なので、良く分からないことばかりですが、どうぞよろしくお願いします」

龍聖は少しばかり緊張した面持ちでそう挨拶をした。

王妃の私室の居間で、龍聖は部屋の一番奥に立っていた。ショソンシアは入口から入ってすぐの所に立っている。

「どうぞお掛けになってください」

龍聖は先に椅子に座り、ショソンシアにそう促した。この作法の手順は、昨日ハデルから教わった。宰相のショソンシアよりも、龍聖の方が位が高いため、先に龍聖が座らないと相手も座ることが出来ない。先に座ってから、相手に座るように促しなさいと教わった。

また会話についても注意を受けた。ショソンシアに対して、本来ならば敬称も敬語も必要ないのだが、いきなりは龍聖も慣れていないため難しいと思うので、まずは相手にへりくだらないように、言葉遣いに注意するように言われた。

これに龍聖は、研究所でのことを思い出していた。龍聖が十六歳で研究所に入った時、助手が全員年上だったので、とてもやり辛かった。大学時代は、周りがみんな年上とは言っても学生だから、それほど気を遣わずに済んだ。しかし職場では違う。助手にとって、自分は上司だ。命令系統を崩すわけにはいかないし、下手にへりくだると馬鹿にされて、まともに助手の仕事をしてくれなくなる。

『まあそれとも少し違うのだろうけど……』

椅子に腰かけた宰相をみつめながらそんなことを思った。

「離れたところから失礼いたします。竜王の弟がこんなおじさんで驚かれたことでしょう。こちらの生活はいかがですか？　何か不便なことはありませんか？」

ションシアが和やかな雰囲気を醸《かも》し出しながら、立て続けに質問をしてきた。少し緊張気味の龍聖を気遣ってくれているのだろうと感じて、龍聖はそっと深呼吸をした。

「お気遣いいただきありがとうございます。ハデルから色々と教わっておりますので、私がシーフォンの皆様とはまだ近づくことが出来ないことも、宰相が眠っている竜王様よりも歳を重ねていること も承知しています。私の方は、このような部屋をご用意いただき、側近のハデルもいますので、何不自由なく過ごしています。今後何か不便に感じることがあったとしても、ハデルに言えばすぐに解決で出来ると思うので、何も心配していません」

落ち着きを取り戻した龍聖が、すらすらと質問に答えたので、ションシアは少しばかり感心するように、小さく何度も頷いている。

「私も貴方にお会いするのを楽しみにしていました」

「ほお……嬉しいですが、それは何か理由がおありなのですか？」

「はい、竜王様の……ラオワン様のことを色々と聞きたかったのです。ハデルから聞く話は、あくまでも情報としてのものなので……ハデルはラオワン様に会ったことがありませんし、アルピン？　ですから、素顔を知ることはないでしょう。ですから弟である貴方から、ラオワン様の人となりを教えていただきたいのです」

覚えたばかりの『アルピン』という言葉を、上手く発音出来たか、少し自信がなくて疑問形になってしまったが、ションシアは分かってくれたようで、微笑みながら頷いている。

「それはなんとも嬉しいお話です。リューセー様から、そのように積極的に兄上のことをお尋ねいただけるなんて……いくらでもお話しいたしましょう」

ションシアは上機嫌で、ラオワンの話をたくさんしてくれた。ハデルから聞いた通り、本当に兄弟仲が良いのだな……と龍聖も自然となごみながら話に聞き入った。

面会の約束の一時間があっという間に過ぎてしまい、ションシアはまだ話し足りないのか、とても残念そうに詫びの言葉を残して帰っていった。

「リューセー様、いかがでしたか？」

侍女達が慌ただしく片付けをしているのを横目に、ハデルは龍聖を窓辺に避難させながら尋ねた。

「ションシア様の髪の色がとても綺麗だと思いました」

龍聖が薄いエメラルドグリーンの髪色を思い出して、嬉しそうな笑顔でそう言ったので、第一声がそれかと少し驚きつつも、『そういえばリューセー様は、淡い色がお好きだとおっしゃっていたな』と、ハデルも釣られて笑顔になった。

「シーフォンの皆様はとても色鮮やかな髪をしていらっしゃいます。これからたぶん他のご兄弟も、面会を希望されると思いますので、色々な髪の色を見ることが出来ますよ」

二人はクスクスと笑い合った。

「もっとこの国のことが知りたくなりました」

龍聖は窓の外を眺めながら、弾む声でそう言った。

「ハデル、ここに書いた内容の本を借りてきてもらえる？」

龍聖はそう言ってハデルにメモを渡した。ハデルはメモに書かれているものに、さっと目を通すと「かしこまりました」と慣れた様子で承諾する。

侍女に後のことを任せて、ハデルは足早に書庫へ向かった。

龍聖は机の上に無造作に置かれた数冊の本と、たくさんの紙の束をぼんやりとみつめて溜息をついた。ペンを置いて立ち上がり、窓辺へ歩いていく。

カーテンをめくって、窓の外の景色を眺めた。

龍聖がこの世界に来て、五年の歳月が流れていた。窓から望む景色にもすっかりと慣れた。この国の言葉も覚えて、今ではすらすらと冗談交じりにしゃべることも出来る。

勉強の方もかなり進んでいた。本来リューセーのために必要な教育課程は、一年で済んでしまった。王妃として必要な社交マナーや、国政に関する知識もすべて覚えてしまった。

今やっていることは個人研究のようなものだ。ハデルから渡された『龍聖誓詞』という九代目龍聖が書き記した本を元に、この世界についての研究を始めていた。

王城内にある書庫には、たくさんの書物があった。もちろん龍聖が読んだことのない本ばかりだ。それを自由に読めるだけでも楽しい。

龍聖はエルマーン王国での日々を、しっかりと満喫していた。ただ何不自由なく……というわけではない。

龍聖の世界は、五年前とほとんど変わりはない。三十畳ほどの居間と二十畳ほどの寝室と広めのテラス。龍聖の世界はこの王妃の私室だけだ。でも決して部屋の中に監禁されているわけではない。王妃の私室がある王城の最上階は、ワンフロアがすべて王の家族だけの居住空間だ。この階層だけならば自由に行き来することが出来る。

ただここに現在住んでいるのは龍聖とハデルだけだ。たくさんの部屋はあるがすべて空室で、ご近所付き合いなどはない。それでも百メートルは優にありそうな長い廊下を、ぶらぶらと往復するだけでちょっとした気分転換にはなる。

ラオワンの兄弟達が、三日に一度は面会に来てくれるので、全員とすっかり仲良くなった。毎日することがたくさんあって、退屈することはない。

勉強にしても、面会にしても、一日のスケジュールにしても、決して強要されることはない。龍聖の好きにしていいと言われている。それこそ勉強も何もしたくないと言えば、一日中ゴロゴロしていても、誰もそれを咎《とが》めることはない。

好きな読書をして、好きな研究をして、人間関係も良好で、身の回りのことは侍女やハデルがすべてしてくれて、端から見れば悠々自適な生活を送っている。

幸せな生活……か、どうかは分からない。

「幸せって何だっけ……」

龍聖は窓の外を飛ぶ竜を眺めながらポツリと呟いた。

五年経った今も、竜王ラオワンは目覚めていない。

長引く国王の不在で、さすがに対外的に支障が出てきたため架空の戴冠式を行って、現在の国王はラオワンと正式発表はされた。だが当然ながら、ラオワンが表に出ることはなく、外交は宰相のションシアと外務大臣のヨウレンが、これまで通り行っていた。

ラオワンの兄弟達のおかげで、大きな問題は何も起こっていない。エルマーン王国は平穏に日々が過ぎている。

しかしラオワンの兄弟達の間では、少しずつ焦りが見え始めていた。いくら長命の彼らであっても、七年の歳月は決して短くはない。

『本当に兄上は目覚めるのだろうか？』という不安が、少しずつ心に積み重なっていく。

それは龍聖も同じだった。

「リューセー様」

呼ばれて、はっと我に返った龍聖が振り返ると、いつの間に戻ったのかハデルが立っていた。頼んだ本を抱えている。龍聖をみつめる視線が心配そうに揺れた。龍聖はニッコリと微笑み返す。

「借りてきてくれたんだね。ありがとう」

龍聖は明るく振る舞って、ハデルの下へ行き本を受け取った。別に無理をしているわけではない。だから『振る舞う』というのは語弊があるかもしれないが、意図的に笑顔でハデルの心配を取り去ろうとしているのだから、やっぱり少しわざとらしいかもしれない。

『こんなことを考えている時点で無理しているよね』

龍聖は本をテーブルに置いて、椅子に座り直しながら心の中で溜息をついた。

「これから北の城へ行かれますか？」

そんな龍聖の心の内を知っているのか、ハデルが話題を変えてきた。

「あれ？　もうそんな日だっけ？」

本気で忘れていたので、少し驚いた顔でハデルを見ると、ハデルは微笑みながら頷いた。

「今日は第五王子のショウエン様の当番日です。先ほど私が書庫に向かう途中で、ショウエン様の使いの方に、準備が出来ているのでリューセー様のご都合の良い時にお声がけくださいと言われました」

「そうですか……」

龍聖は時計に視線を送って少しばかり考えた。時計は十二時を指していた。昼食までにまだ二時間ある。いつもは午後から行っていたが、今から行っても特に問題はなさそうだ。

「いつもより早いけど、午前中に行きますか」

「かしこまりました」

ハデルはすぐに指示を出し始めた。いつもながら惚れ惚れするほど手際が良い。侍女達が慌ただしく動き始めた。

龍聖はあっという間に着替えさせられて、その間にショウエンへの使いも出された。三十分もかからずにすべての準備が整えられた。荷物を持ったハデルが笑顔で立っている。

「よろしいですか？」

「はい」

ハデルに確認されたので、龍聖は笑顔で頷いた。

二人は部屋を出ると、護衛の兵士に付き添われて、中央塔へ向かった。龍聖が王の居住区以外で、唯一出入りが許されている場所だ。

長い階段を上りきって最上階に着くと、広々とした大きな部屋の中央に、巨大な黄金の竜が鎮座していた。

「竜王様、ご機嫌いかがですか？」

龍聖が一礼してにこやかに挨拶をすると、竜王はググッと鳴いて軽く頭を下げた。挨拶を返されたので龍聖は思わず笑顔になる。

「今日もよろしくお願いします」

龍聖の言葉に応えるように、竜王は身を屈めると頭を床の上につけた。龍聖は側まで近づいて、竜王の頭の上になんとかよじ登った。下でハデルがハラハラしながら見守っている。

龍聖が頭の上に完全に乗ったのを確認すると、竜王はゆっくりと頭を持ち上げて、長い首を曲げて頭を背中の上にまで持っていく。龍聖は安定したところで、頭から背中の上に飛び降りた。

「リューセー様、大丈夫ですか？」

「ハデル、大丈夫だよ」

これが初めてではないのだが、ハデルはいつも心配で仕方がなかった。龍聖の無事を確認すると、ハデルは荷物を持って部屋の脇に置かれている客車に乗り込んだ。

竜王はゆっくり体を起こして、首を上に伸ばすと天井から下がっている太い鎖を口に咥えて強く引く。するとガラガラと大きな音を立てて歯車が回り、壁の一部がゆっくりと開いていく。眩しい外の光に、一瞬目がくらんで龍聖はギュッと目を閉じた。強い風が吹き込んでくる。

竜王はまるで『行くぞ』というように、一言グルッと鳴いて、歩きだした。そして客車の上に取り付けられた取っ手のようなものを口に咥えると、羽を広げて出口に向かって歩きだす。

龍聖は竜王の背中の上に腹ばいになって、大きな鱗にしがみついた。ふわっと浮遊感があって目を開けると、すでに空を飛んでいた。

龍聖は少しだけ体を起こして辺りを見回した。本当は立ち上がりたいのだが、強い風に飛ばされそうで怖かった。それでもこうして空を飛ぶのは好きだ。とても気持ちいいし、何よりも外に出られるのが嬉しかった。

龍聖は週に一度北の城へ通っていた。ラオワンの兄弟達はラオワンを目覚めさせるために魔力によるショック療法を継続している。それに便乗して、龍聖もラオワンの世話をするために通っているのだ。

始めて三年になる。きっかけは兄弟達との面会の中で、兄弟達がラオワンをなんとか目覚めさせようと、北の城に通って眠っているラオワンの魔力器官に魔力を注いで刺激を与えているという話を聞いたことだ。

龍聖はその非科学的な医療行為にとても関心を持つと同時に、眠っているラオワンに会いたいと思った。そして自分にも何か出来ないかと、熱心に相談をした結果、龍聖のことを不憫《ふびん》に思った兄弟達が話し合って、ラオワンの身支度を龍聖にしてもらおうと提案したのだ。

それ以来、兄弟達が北の城へ赴く日に合わせて、龍聖も北の城へ通うようになった。

最初は北の城へ龍聖を運ぶ手段について兄弟達が悩んでいたが、その時すでに龍聖は竜王と何度か対面しており、ある日竜王がその背に龍聖を乗せて、短時間ではあるが空を飛んだのを見て、竜王に北の城まで運んでもらうことが決まった。

ハデルについては、龍聖に絶対にお供《とも》すると言って聞かなかったため、当初はハデルが乗る客車を兄弟が乗る竜で運ぶつもりだったが、これも竜王が運ぶことを承諾したので、今のような形になっている。

客車が揺れて怖くないのだろうか？　と龍聖は思っていたが、ハデルは顔を青くしながらも『まったく問題ありません』と言うので、その忠誠心には少しばかり感動した。

竜王は北の城がある山の頂《いただき》に降り立つと、まず口に咥えていた客車を、山を削って作られた小さな広場に降ろして、次に背中に乗っている龍聖を頭に乗せると、広場にそっと降ろした。

「ありがとうございます」

龍聖は竜王に礼を言い、先に来て待っていたショウエンに出迎えられて、ハデルとともに北の城の中へ入っていった。

「それでは何かありましたら近くにおりますのでお呼びください」

竜王の間の奥、ラオワンが眠る小さな部屋の前で、龍聖はハデルから荷物を受け取ると、ハデルからそう言って見送られて小部屋の中に入っていった。

ハデルは小部屋の中に入ることは許されていない。少し離れたところに立ち、龍聖が出てくるのを静かに待った。

同じく小部屋の外の、少し離れたテーブルの置かれている場所で、ショウエンが椅子に座って待機している。すでに魔力での刺激を与え終わった後で、ショウエンは難しい顔で自分の両手をじっとみつめていた。彼らもまたラオワンを目覚めさせる手立ては他にないか、常に模索している。

龍聖がラオワンの世話をしてくれると言った時も、少しばかり変化を期待した。眠っていてもリューセーの香りに惹《ひ》かれて目覚めるのではないかと思ったからだ。

しかし龍聖が世話を始めてから三年経っても、いまだに変化は見られない。

ただションシアが『最初の頃よりも少しばかり血色がよくなったように思う』と言い出したので、確証はないが、僅かな期待を寄せるしかなかった。

龍聖は部屋に入ると、中央のベッドに眠るラオワンをじっとみつめた。

初めてこの部屋に来た時は、赤い光が灯された狭い空間と、神秘的で不思議な雰囲気に、科学では証明出来ないものの存在を肌で感じた。

そしてベッドで死んだように眠る赤い髪の青年の美しさに目を奪われた。

『こんなに綺麗な人が存在するんだ』と息を呑んだ。『赤い髪』は比喩だと思っていたが、本当に赤だった。もちろん兄弟達のカラフルな髪を見慣れていたので、『赤い髪って赤毛じゃなくて、本当に赤いのだろうな』とは思っていたが、ここまで鮮やかな深紅の髪とは思わなかった。

仮死状態で百年以上も経っているにもかかわらず、その肉体からは筋肉の衰えなどは見受けられない。逞しく若い青年の肉体がそこにあった。

すべてにおいて完璧なまでに整ったその容姿は、人間離れした美しさで『龍神様』なのだなと、心から思えた。

龍聖は気を取り直して、自分がすべきことに取りかかった。

服を脱がせて、体を丁寧に拭いた。背中を拭くのは力を要して大変だったが、その体の重みが彼の存在をリアルに感じることが出来る唯一のものなので、龍聖には少しばかり嬉しいことだった。

最初は彼を裸にすることが恥ずかしかった。しかし脊髄反射や瞳孔反射を確認しても、まったく反応を見せない人形のような状態に、いつしか羞恥もなくなり、黙々と世話をするようになった。

息もしていないし、心臓も鼓動していない。正確には呼吸も鼓動もあるのだが、通常の百分の一ほどの生命活動だ。二分に一度呼吸と鼓動があるという感じで、よほど注意して観察しなければ分からない。本当に死んでいるみたいだ。

服を着替えさせ終わり、髪を梳《す》きながら、間近でラオワンの顔をみつめた。

目を開いたらどんな顔になるのだろう？　声はどんな声なのだろう？　話したら？　立ち上がったら？　すべて想像するしかない。こんなに近くにいるのに、目の前の彼からは何も感じられない。

竜王の伴侶になり、竜王を支えるためにこの世界にやってきた。だがまだ何ひとつ出来ていない。

こんなふうに世話をしても、彼が幸せに感じることはないのだ。

竜王が幸せになれば、守屋家も繁栄する。そう教わったのに、まだ彼を幸せにすることが出来ずにいる。

二度目の苦難に陥った十一代目龍聖の家族は、守屋稔が残した日記を元に調査して、ある結論に至った。『龍神様の加護』とは何か？　それは『永続的な幸運』だった。昔であれば、日照りが続いても湧き水に恵まれ、豊作が続く。商いを始めれば成功する。ただ歴史は動かせないし、人の生死にも関与出来ない。地震や大火や戦争は防げないが、逃げ延びることは出来る。家を失い、家族に犠牲が出ても、血は途絶えることなく家は続いて、再び財を築いていく。常に幸運に恵まれる。

加護を失うのは、幸運が尽きることだ。それは何もない普通になるのではなく、運に見放されるということだ。

十一代目の龍聖が儀式を遅らせたために、両親が危篤状態に陥った。加護は基本的に生死には関与しないのだから、加護を失った結果両親が死に瀕したわけではない。父親の心筋梗塞も、母親のくも膜下出血も、その時代の医療技術からすれば、治療可能な病だった。

それが危篤状態にまでなったのは、あらゆる治療の不可解な失敗（機器の不調、薬が効かないなど）が重なったことによるものだ。それらは決して医療ミスではなく、原因不明だったのだが、龍聖が儀式を行うと、嘘のように治療の効果が現れて、二人は回復した。

龍聖が異世界に行き、竜王と結ばれて子を成し、エルマーン王国が繁栄すれば、日本の守屋家も繁栄する。

『竜王を幸せにして、自分も幸せになることが、ふたつの世界の家族が幸せになる道です』

守屋稔の手記に書かれていた九代目龍聖の言葉だ。それは簡単なことのようで、とても難しいことなのだと、今の龍聖は思い知らされる。

今頃守屋家はどうなっているのだろうか？　破滅の道を進んでいないだろうか？

『それでなくても時間がないというのに……』

髪を梳いていた手が止まる。

いつまでこうしていればいいのだろうか？　本当に彼は目覚めるのだろうか？　もしも目覚めなかったら……。

龍聖の脳裏に家族の顔が浮かんだ。

『オレ達も長生きするから、心配するな』そう言って笑った兄の顔が思い浮かぶ。

この世界の五年とは、向こうの世界で何年になるのだろうか？　時間の流れが違うから、たぶん向こうではまだ一、二年くらいしか経っていないはずだ。それでもその一年さえ、残された家族にとってはとても貴重な時間だということを、龍聖はよく知っている。一日だって無駄に出来ないのに……。

エルマーン王国の生活がとても穏やかなので、つい忘れそうになってしまう。それを忘れないために、龍聖はあえてラオワンの世話をしたいと申し出た。

この部屋に来て、死んだように眠るラオワンを見ると現実を思い出す。一緒に来てラオワンを目覚めさせようと手を尽くしているラオワンの兄弟達の様子を見ると、決してエルマーン王国が安泰ではないことも思い知らされる。

「どうして……」

龍聖の口から無意識に心の声が漏れていた。両手がラオワンの服の胸元を握りしめる。

「どうして……どうして起きてくれないのですか？　どうして……私に会いたくないのですか？　私は必要ありませんか？　私は……私はこんなにも……こんなにも貴方を必要としているのに！」

龍聖はラオワンの体が揺れるほど、服の胸元を強く握ったまま慟哭《どうこく》した。

竜王を幸せにして、自分も幸せになろうとこんなにも思っているのに、何も出来ない虚無感だけが日々募っていく。

「もうこれ以上耐えられない……ラオワン……ラオワン……お願い……起きて……私を抱きしめて……」

龍聖はラオワンの胸に顔を伏せると、慟哭しながらしがみつく。涙が止まらなかった。ずっと我慢していた何かが、ぷつりと切れた気がした。絶望が龍聖の体を支配する。

「リューセー……」

消え入りそうな掠れた声が耳に届いた。龍聖の泣き声にかき消されてしまいそうだったが、背中を誰かに触れられて、龍聖はびくりと体を震わせながら口を噤《つぐ》んだ。一瞬、ショウエンかハデルが部屋に入ってきたのかと思ったからだ。

泣いているところを見られてしまったと、我に返って身を固くした。

「リューセー……」

「え？」

今度は、はっきりと耳に届いた。さっきよりも少しばかり声が大きかったせいもある。間近で聞こえる耳慣れない声に、龍聖は驚いて顔を上げた。声のする方を見ると、こちらを見つめる金色の瞳と視線が合った。

「リューセー……」

「ラオ……ワン……？」

龍聖は大きく目を見開いて、ぶるぶると唇を震わせた。夢を見ているのではないだろうか？　それとも悲しすぎて頭がおかしくなって、幻覚でも見ているのだろうか？　そうぐるぐると考えながら、真っ直ぐにみつめてくる金色の瞳から視線を外せずにいた。

その金色の瞳が揺れて、少し目を細めるとまた「リューセー」と名前を呼んだ。

「そんなに……泣かないで……おくれ……」

まだ上手く舌が動かないのか、ラオワンはたどたどしく言葉を紡いだ。だがはっきりと聞き取れる。ラオワンの唇が動いている。

「ラオワン!!」

龍聖は悲鳴のような声を上げていた。

「リューセー様！　大丈夫ですか！」

半開きになっていた扉が勢いよく開かれて、ショウエンが飛び込んできた。その後ろには、心配そうに中を覗き込むハデルの姿もある。

二人は中から龍聖の泣き声が聞こえてきたので、心配しながら扉の前でハラハラと中の様子を窺っていたのだ。

「あ、兄上！」

飛び込んできたショウエンは、驚いて振り返った泣き顔の龍聖の向こうに、確かに目を開けてこちらを見るラオワンを見た。

「兄上!!」

ショウエンはもう一度叫んでいた。あまりの声の大きさに、ラオワンは少し顔を顰《しか》めて苦笑する。

「君は……ショウエン……かな？」

「兄上――っ!!」

ショウエンが喜びと驚きで混乱状態になっている中、龍聖は自分の背中に添えられたラオワンの手に気づいた。力が上手く入らない手で、それでも懸命に龍聖を抱きしめようと試みているらしい。驚いた顔の龍聖と、再び視線が合ってラオワンが微笑んだ。

「やっと……泣き止んだね」

「ラオワン」

龍聖は再び涙がこみ上げてきた。思わずラオワンの胸に突っ伏して泣いた。しかしそれは先ほどまでの慟哭とは違った。嬉しくて涙が止まらなかった。ラオワンの胸は、先ほどまでと別物のように温もりがあり、耳には鼓動が聞こえていた。

ふわりと微《かす》かだが、甘い花の香りが感じられる。それは今まで一度もラオワンから感じなかったものだ。

「リューセー」

「ラオワン」

二人は互いの名前を呼び合い、安堵したように微笑み合った。

第3章

「え？　ラオワン様に会えるの？」

朝食が済んだ後、龍聖《りゅうせい》はいつものようにテーブルに本を並べて、調べ物を始めていた。そこへ誰かからの使いが訪ねてきたので、応対したハデルが「陛下がリューセー様をお呼びになっていらっしゃいます」と龍聖に伝えたのだ。

あの日……ラオワンが目覚めた日から五日が経過していた。ラオワンは自分で起き上がれるようになるまでは、あの部屋にいた方が良いと判断されて、そのまま別れて龍聖は戻ってきた。

まだしばらくは会えないと思っていただけに、呼ばれたと聞いて龍聖は驚いている。

「今朝、陛下はこちらの城にお戻りになったそうです。今は隣の王の私室にいらっしゃいます」

「まだ五日しか経《た》っていないのに……もう自分で起き上がれるようになったということ？」

「そうですね……私も今使いの者からの報《しら》せで初めて知ったものですから、状況を把握しておりません。申し訳ありません」

ハデルに謝られて、龍聖は別にハデルが謝ることじゃないけど……と呟《つぶや》きながらも、まだよく理解出来ない様子で、開いていた本を閉じた。

「とにかく呼ばれているのならば、行かないと失礼だよね？　あれ？　だけど婚礼前だから近づくことは出来ないのか……」

龍聖は独り言のように呟きながら、ふとラオワンが目覚めた時のことを思い出していた。もうすでにラオワンに抱きついてしまっている。思い返せばあの時に良い香りがしたのは、噂の『互いが惹《ひ》かれ合う香り』なのだろうと思った。

それにしても初対面がいきなり号泣した顔というのは、なんとも気まずくて仕方がない。龍聖にとっては三年間会っていたのだが、ラオワンはあれが龍聖との初対面になる。

『私の泣き声に驚いて目を覚ましたのかな？』

まさかとは思いつつも、まるで映画か何かのようなタイミングに、原因の一端はあるのかもしれないと思わずにはいられない。

「どうなさいますか？」

いつの間にかハデルが目の前に立っていて、龍聖の顔を覗《のぞ》き込むようにして尋《たず》ねてきた。龍聖は目を丸くして驚いたが、すぐに気を取り直して溜息とともに立ち上がる。

「どうするも何も……行かないと……着替えが必要なのかな？」

「リューセー様、何か気にかかることがあるのですか？」

「え？」

それまでモヤモヤと考えながら上の空になっていたので、そんな自分の態度がハデルに余計な心配をさせていたなど思いもよらなかった。改めてハデルをみつめたら、とても心配そうに眉根を寄せている。

あの時、ラオワンが目覚めたことで大騒ぎになったため、なぜ龍聖が泣いていたのかはうやむやになってしまった。そのせいで、どうやらハデルにもショウエンにも、ラオワンが目覚めた喜びで、龍聖が泣いていたのだと思われているようだ。

今さらその逆だとは言い出せず、まあ別に誤解されたままでも良いかと思って、あえて放っておいている。

「ハデル、違うんだ。今までずっとラオワン様のお世話をしてきたのに、意識のあるラオワン様に会うのは初めてだから、どんな顔をして会えばいいのか分からなくて……少し恥ずかしいのと、少し緊張するのが正直な気持ちかな」

困った顔をして龍聖がそう説明したので、ハデルは納得したようだった。ニッコリと微笑んで頷《うなず》いた。

「確かにそうですね。リューセー様のお気持ちも分かります。リューセー様も初対面のような気持ちでお会いになればよろしいのではありませんか？」

ハデルの言葉に、龍聖は少し気が楽になった。ハデルは曖昧《あいまい》な返事はしない。いつも明確な提案をしてくれるので、龍聖も何かと相談がしやすかった。

「そうだね。そうすることにしようかな」

龍聖が笑顔で頷いたので、ハデルはすぐに侍女に指示を出して、着替えの準備を始めた。


龍聖が王の私室を訪れると、中へ案内された。初めて入る王の私室に、龍聖は思わずきょろきょろと見回してしまった。

居間と称される部屋がとにかく広くて驚いた。置かれている家具から察するに、リビング&ダイニングなのだろうが、王妃の私室の居間と比べたら倍以上の広さがある。王妃の私室でさえ広いと思っていたのに、さすがは王様の部屋だと変に感心した。

「こちらで陛下がお待ちです」

居間にはションシアがいて、龍聖を出迎えると奥にある寝室を指してそう言った。

「入っても良いのですか？」

龍聖が戸惑いながら尋ねると、ションシアはニッコリと笑って頷く。

「もちろんです」

扉が開いて中に入るように促された。

寝室に入ると天蓋付きの大きなベッドがあった。そこに深紅の髪の青年が座っている。龍聖の姿を見ると笑顔になった。

ベッドから少し離れた場所に、椅子がひとつ置いてある。ハデルに促されて龍聖は椅子の側《そば》に立った。ベッドまでの距離は二メートル弱、ベッドがとても大きいので、中央に座るラオワンまでの距離は、三メートル以上はある。これだけ離れれば問題ないのだろう。顔を見て話をするのにそれほど不便は感じないが、少し大きな声を出さなければならないから、体調が万全ではないはずのラオワンは、大変じゃないのだろうか？　と龍聖は少し気にかかった。

「このような格好で申し訳ない。私はもう起きても大丈夫なのだけど、せめて今日までは安静にしていてほしいと、うるさい連中が多くてね……」

ラオワンがチラリと入口の側に立つションシアに視線を向けながら言ったので、釣られるように龍聖が視線を向けると、ションシアは苦笑している。

「リューセー、まあとりあえず座ってくれ」

「はい」

龍聖は素直に頷いて椅子に座った。ラオワンは『起きても大丈夫』と言っている通り、確かに見た感じもとても元気そうだった。声も良く通り、言葉遣いもはっきりしている。顔色も肌艶も良い。とても五日前まで仮死状態だった人物には見えない。

「リューセー、一刻も早く君に会いたかったんだ」

ラオワンが笑顔でさらりとそんなことを言うので、龍聖は少しばかり赤くなってしまった。

「あの時はまだ体が思うように動かなかったし、しゃべることもままならなかったからね。それに弟達が大騒ぎしたし……とにかくせっかく君と初めて会うことが出来たというのに、ろくな出会いじゃなかったから、仕切り直しをしたかったんだ。君に話したいこともあったしね」

ラオワンは少し首をすくめて、おどけたように言った。龍聖はションシアから事前に聞いた話の通り、ラオワンは明るくて人当たりの良い人だと感じた。

「あの……本当にお体は大丈夫なのですか？　今朝こちらにお戻りになったばかりだと伺《うかが》いましたが……」

龍聖は念のために確認をした。見るからに元気そうではあるが、もしかしたら空元気《からげんき》かもしれない。いや、疑いようもなく元気そうなのだが、どう考えても信じられなかった。

彼は百年以上も仮死状態にあった。龍聖も三年間世話をしてきたので知っている。死人のように体温が感じられず、筋肉も固まっていた。それがたった五日で、自分で歩けるまでに回復するなんてありえない。生物学的に考えてもありえない。

「ああ、本当に元気だよ。なんなら今から歩いてみせようか？」

ラオワンはクスリと笑ってから、両手を上に上げてみせて、からかうような口調で言った。スムーズに両手が上がる様子を見ただけでも、龍聖は驚いて目を丸くする。

「いえ、いえ、大丈夫です。お元気ならば良いのです」

龍聖は慌てて制した。見なくても背後でションシアが焦っている様子が感じられる。

「そんなことより、リューセー、私は君に礼が言いたかったんだ」

「そんなことよりって……え？　礼……ですか？」

龍聖は困惑しながら聞き返した。ラオワンは笑顔で頷く。

「君がずっと長い間、私の世話をしてくれたことへの礼だよ」

当然というようにラオワンが言った。龍聖は一瞬ちらりとションシアを見た。三年間世話をしていた話を、ションシアがしたと思ったのだ。わざわざ言う必要はないのにと思う。目覚めて間もないラオワンには、他にもたくさん話すべきことがあるだろう。優先順位から考えて、こんな戻ってすぐのラオワンに、礼を言わせてしまうようなことは、緊急に伝えるべき話ではないと思った。

だがションシアは驚いた顔をしていた。その反応に少し引っかかりつつも、龍聖はラオワンに礼の必要はないと言おうとした。

「ラオワン様、それは……」

「リューセー、私はずっと知っていたんだよ。君が私の下に来てくれていたことはずっと分かっていた。私の体を丁寧に拭いてくれたり、髪を梳《す》いてくれたり、着替えさせてくれたり……本当に丁寧に優しく世話をしてくれたことが嬉しかったんだ」

「え!?」

ラオワンの言葉に驚いたのは龍聖だけではなかった。その場にいたションシアとハデルも同様に驚いている。

「あの……それはずっと意識があったということでしょうか？」

龍聖が驚きつつも尋ねると、ラオワンは少しばかり考えるように視線を落として黙り込んだ。太腿の上に置かれた両の手を、ゆっくりと開いたり閉じたりしている。

「意識はあったと思うんだけど、ずっと夢を見ているような感じだったんだ。そのうちにそれが夢ではなく、私の半身が見ているものが、頭の中に流れ込んできているのだと気づいた。少しずつ半身と意思の疎通を図るようになって、それから意識がはっきりとし始めたという感じかな……？」

自分の記憶を整理しながら話をしているのか、口調はとてもゆっくりだった。視線を上げて龍聖と目が合うと笑みを浮かべる。

「いつ意識が戻ったのかは分からない。半身が卵から孵《かえ》った後に歴代の皇太子が目覚める経過と同じだったのか……つまり一年以内に意識が戻っていたのか、もっと遅かったのか……。意識がはっきりした後も、日々の半分以上はぼんやりと夢の中にいるような感じだったしね。寝たり起きたりを繰り返していた。そもそも目を開けることが出来ないから、意識が戻ったとしても覚醒しているという実感が自分でもなかったんだ」

ラオワンは丁寧に龍聖に対して説明した。それらの話も、ションシアには初耳だったようで、いちいち動揺している気配が伝わってくる。龍聖はそちらのことも気になっていたが、ラオワンはまったく気にしていない様子だし、何よりもじっとみつめられて、視線を外せずにいた。

『金色の瞳が綺麗だ』

龍聖はそう思いながら、竜の方の瞳も金色だったと思い出す。

彫りが深く鼻筋が通っていて、眉の形も目の形や大きさも、唇の形や大きさも、その顔の造形が見事なまでに完璧だった。まじまじといくらみつめても、悪いところが見つからないほどに美しい顔をしている。

アーモンド形のやや切れ長の目は、白目と瞳のバランスも良く、縁取る睫《まつげ》毛は長いが、量は適量なので重たげには見えない。二重のラインも平行で美しい。鼻は美しいギリシャ鼻で、Eラインも綺麗だ。

龍聖はラオワンに真っ直ぐにみつめられるのが恥ずかしくて、でも視線を逸《そ》らすのは不敬になると思って外せず、羞恥から逃れるために、そんな風にラオワンの顔の造形について分析をしていた。

ふいにラオワンがクスクスと肩を震わせて笑い始めたので、はっと我に返った。こちらをみつめながらも、堪《こら》えきれないというように口元に拳《こぶし》を添えて笑っている。

「あ……あの……」

「そんなに真剣にみつめられると、穴が空《あ》いてしまいそうだよ。私の顔におかしなところがあるのかな？　私の話よりもそっちが気になる？」

「ああ！　いえ！　ち、違います。とんだご無礼をしてしまい申し訳ありませんでした。ラオワン様のお顔がとても美しいと思って、じっくり観察してしまいました！」

龍聖は赤面して飛び上がりそうになるほど驚きつつも、慌てて早口で弁明をした。その言い訳の言葉に、ラオワンは快活に笑いだし、ションシアも声を抑えて笑っている。ハデルは困った顔をしていた。

龍聖は失敗したのだと気づいて、耳まで赤くなりながらたまらず俯《うつむ》いてしまった。

「見惚れるではなくて、観察というのは面白いね！」

追い打ちをかけるようなラオワンの言葉に、龍聖は自分の失言を突きつけられて、いっそう赤くなった。顔を上げられそうにない。

「リューセーの方が美しいよ。一目惚れしてしまうほどだ」

「そのようなことは……」

ラオワンの面前でなければ、頭を抱えて蹲《うずくま》りたかった。

ラオワンはとても楽しそうにひとしきり笑った後、大きく息を吐いて少し真面目な顔になった。

「リューセー」

呼ぶ声が先ほどまでと少し違うことを感じて、龍聖は赤面したまま恐る恐る顔を上げた。ラオワンが真剣な顔でこちらを見ている。

「長い間苦労をさせてしまって申し訳なかった。君の私への献身は、いくら感謝してもしきれないほどだ。ずっとずっと言いたかった。動かない体で、開かない目で、発せられない声で、なかなか上手く覚醒出来ず苛立《いらだ》ちながらも、ずっとずっと君に感謝していた。本当にありがとう」

ラオワンは深く頭を下げた。龍聖は驚いて反応が出来なかった。

「君とはもっともっとたくさん話したいことがあるんだ。……それにこれ以上長く待たせたくないから、すぐにでも婚礼の儀を行いたいのだけど、さすがにまだそこまでは私の体も機能が回復していない。兄弟達ともきちんと話が出来ていないし、今の国の状況も何も確認していない。やらなければいけないことが多すぎて、整理に時間がもう少しかかりそうだけど……とにかく……とにかく一番に君に会って礼を言いたかったんだ」

ラオワンは一気にそう話して、一度深く息を吸い込むと満面の笑顔になった。

「リューセー、ありがとう。誰よりも君に会いたかったよ」

龍聖は『私もです』と言いたかったが口には出来なかった。恥ずかしかったからでも、言いづらかったからでもない。ラオワンの笑顔が眩《まぶ》しくて、心を奪われてしまったからだった。

「今日のところは、残念だけどここまでだね。ションシアが怒り出す前に、面会は終了しなければ」

「兄上！　人聞きの悪いことを言わないでください！　私は別にリューセー様との時間を邪魔したいわけではありません」

ションシアが悪者にされたと憤慨《ふんがい》している。ラオワンは楽しそうに笑って、ハデルに視線を送った。それを受けて、ハデルが龍聖に立ち上がるように促して、退席の挨拶《あいさつ》を述べた。

龍聖も一礼をして、大人しくその場を後にする。ションシアに会釈《えしゃく》して、寝室を出るとぼんやりとした様子のままで、ハデルに連れられて自室に戻った。

王妃の私室の扉がバタリと閉まる音を聞いて、龍聖は大きな溜息をつき、脱力したようにふらふらと歩いてソファに崩れるように腰を下ろした。

「リューセー様！　大丈夫ですか⁉」

ハデルが驚いて悲鳴のような声を上げながら、リューセーに駆け寄った。

「大丈夫、大丈夫、気が抜けただけだから」

龍聖はハデルに向かって、ひらひらと手を振りながら弱々しく笑ってそう答えた。その、とても大丈夫に見えない姿に、ハデルは目を吊り上げた。

「全然大丈夫には見えません！　どこが悪いのですか？　医師を呼びます！」

「待って、待って……本当に大丈夫だから……それよりお茶をちょうだい」

お茶の用意を頼まれたら、それを優先するしかない。ハデルが不服そうにしながらも視線を辺りに向けると、侍女が足早にキッチンからお湯の入ったポットを持って現れた。

ハデルはポットを受け取り、手早くお茶の用意を始めた。龍聖はその間、ソファにだらりと体を預けて、放心状態になっている。

「リューセー様、お茶をお持ちしました。本当に大丈夫ですか？」

龍聖は無言のままで手を上げて頷き、カップを手に取ると何度か息を吹きかけて、ゆっくりとお茶を飲んだ。数口飲んで、ほうっと息を吐きようやくひと心地つく。

「ハデル、ごめんね。なんかもうちょっといっぱい、いっぱいになっちゃって……もう大丈夫、本当に大丈夫です」

龍聖は半分自分に言い聞かせるように言って、何度か頷いた後また溜息をつき、残りのお茶を飲み干した。カップをソーサーに置いて、改めてハデルの顔を見上げる。

「そんな顔しないで……ラオワン様と話をするのが、なんか夢みたいで……緊張もしていたし、頭の中がなんか爆発しそうになってて……誰かに会って、こんな風になるのは初めてだったから、ちょっと挙動不審になっちゃったね」

龍聖は恥ずかしそうにクスクスと笑い始めた。それまで心配で動揺していたハデルだったが、龍聖の笑顔を見てようやく胸を撫で下ろした。

「私もリューセー様がそのような態度をなさるのは初めてなので、一体どうしたのかと心配でなりませんでした。何もなくて良かったです……それにしても……三年間も陛下のお世話をなさっていたのではありませんか……話をするのは初めてでも、お顔もお体もずっと近くで見ていて、お体を拭くのに触ったりもしていらっしゃいましたから、てっきり慣れているのだと思っていました」

ハデルが苦笑しながら言うので、龍聖はぶるぶると激しく首を横に振った。

「慣れるとか慣れないとか、そういう次元じゃなかった……全然別物だった」

「別物……ですか？」

ハデルは不思議そうに首を傾げる。

「私が三年間世話をしてきたのは、ラオワン様によく似た人形だよ……仮死状態だったんだ。触ると硬くて冷たくて……本当に死んでいるみたいで……見た目だって……生気がない人間の顔なんて、血行がないから顔色は青白いし、くすんでいるし、表情筋も動かないから、別人みたいに見えるんだ……でも私は起きている時のラオワン様を知らなかったから、それが普通で……だから今日会ったのは、本当に別人みたいで……」

龍聖はそう言いながら思い出したのか、頬を染めて両手で顔を覆った。

「あんな綺麗な人間なんて見たことないよ……」

顔を手で覆ったまま唸《うな》るように呟いた。

「別人みたいでお嫌になったんですか？」

「逆、逆、逆！」

ハデルがよく分からないという顔で尋ねると、龍聖は座ったまま足をバタバタさせた。

「嫌になんてならないから動揺しているんでしょ……」

龍聖は真っ赤な顔を覆う両手の人差し指と中指の間を少し開いて、目だけを出しながら、恨めしそうに呟いて、じっとハデルを見た。

ハデルはそれですべてを察したが、いつもの冷静沈着な龍聖とも思えない言動に、驚いて目を見張った。

「リューセー様は陛下を好きになったのですね？　今まで恋愛などはしたことがあるのですか？」

「好きだった人はいるけど、付き合ったことはないよ……初恋は小学校六年生の時の担任の芳賀絵里《はがえり》先生。私が大学に行きたいと言ったら、とても熱心に高等学校卒業程度認定試験を受けるための手続きをしてくれたり、色々と相談に乗ってくれたりして優しい先生だったんだ」

ハデルは龍聖の言っていることの半分も分からなかったが、初恋の相手は学校の先生だったということは分かった。

「その方への想いと比べてどうでしたか？」

「いや、比べられないでしょう……さすがの私も……それくらいは分かります」

龍聖は顔を覆っていた両手を外して、唇を尖らせながら俯いてそう言った。

ハデルは思わず笑みを零《こぼ》していた。頭が良くて、どこか達観したところのある方が、このように年相応の姿を見せてくださるなんて……と、ハデルは嬉しく思っていた。

「よろしゅうございましたね」

「え？」

「陛下がお元気そうで」

ハデルはにこやかにそう言いながら、空いたカップにお茶を注いだ。

「はい」

龍聖は笑顔で頷いた。

時は四日前に遡《さかのぼ》る。

その日は朝からションシアが北の城を訪れていた。昨日、ラオワンが目覚めたと、当番だった第五王子のショウエンから報告があった時は、すぐにでも飛んでいきたかったのだが、兄弟全員が飛んでいきそうになるのを抑えるので一日が終わってしまった。

ラオワンが体の動きを取り戻し、城に帰ってくるまでは、ションシアが宰相としてラオワンの様子を見に行くことをやや強引に皆に納得させた。

ションシアは逸《はや》る気持ちを抑えながら、北の城の薄暗い廊下を歩いた。手にはちょっとした荷物を持っている。コップやナフキンなど、ラオワンの世話に必要なものだ。身だしなみの方は、日ごろから龍聖が整えていたので、改めてションシアがすることはない。本城へ戻る日に着替えを持ってくるくらいだ。

「まだしばらくは起き上がれないだろうから、水は私が飲ませて差し上げないといけないよな」

独り言を呟きながら速足で歩いた。突き当たりに辿り着くと、鍵を開けて大きな鉄の扉を開いた。光が溢《あふ》れ出て、すでに見慣れた真っ白な竜王の間が現れる。中に入りラオワンが眠る奥の部屋へ向かった。近づくと扉が少しばかり開いていることに気づき、眉根を寄せた。

『いつもきちんと閉めるように、口酸っぱく言っているのになんということだ。兄上が目覚めたことで混乱していたのだろうが、これは不用心すぎる。侵入者があって（ありえないが）兄上に何かあったらどうするのだ』と、心の中で憤慨しながら、帰ったらショウエンを説教しないといけないなと思いつつ扉を開けた。

「おや……その遠浅の海のような淡い髪色は、ションシアだね？」

そんな言葉で出迎えられて、ションシアは驚愕しながら入口に立ち尽くした。

笑顔のラオワンが、元気そうな顔色でベッドに座っていたからだ。

「あ、あ、兄上！　ど、ど、どうやって起き上がられたのですか！」

ションシアがひどく動揺しているのを、不思議そうな顔でラオワンはみつめている。

「どうやってって……こうやって……起き上がっ」

「そういうことを言っているんじゃありません！」

ションシアの問いに、ラオワンは素直なのかふざけているのか、肘をついてベッドから起き上がる仕草をしてみせたので、ションシアは思わず大きな声を上げていた。その声に驚いてラオワンは目を丸くしたが、続いて噴き出すと大声で笑い始めた。

ラオワンの笑い声に、今度はションシアが目を丸くする。だが少し笑っただけですぐに咳き込み始めてしまった。

「あ、兄上！」

ションシアが思わず駆け寄る。ひどく咳き込むラオワンに戸惑いつつ、背中を擦った。

「水……水を……」

「は、はい」

ラオワンに水を求められて、ションシアは慌てて部屋を飛び出した。だがすぐに引き返して、入口に落とした荷物の中からコップを取り出すと、再び走り出した。

ションシアは水が湧き出ているところまで走り、コップに水を汲《く》むと再び走って戻る。

「兄上！　水です！」

ションシアがコップを差し出すと、まだ咳き込み中のラオワンが受け取り、両手に持って水を飲み始めた。ゴクゴクと音を立てて勢いよく飲む様子を、ションシアは呆然《ぼうぜん》とみつめている。一気に水を飲み干し、ラオワンは大きく息を吐きながら、コップをションシアに返した。

「ありがとう……急に笑ったから……喉がびっくりしたみたいだ。カラカラに渇いていたんだよ……助かった。あ、いや、君が私を笑わせたのが原因だけどね」

ラオワンはふふっと笑って、間近にあるションシアの顔をみつめる。

「大きくなったね」

目を細めて嬉しそうに言うラオワンに、ションシアはグッとこみ上げてくるものがあった。

「兄上……再びお会い出来て嬉しいです」

「ああ、私も嬉しいよ」

二人は懐かしそうに見つめ合って、しばらく言葉もなかった。だがすぐにションシアが我に返った。

「兄上、昨日目覚めたばかりですよね？　まだしばらく動けないのでは？」

「ああ、あれから少しずつ魔力を体の中に満たしていったから、もうだいぶん動けるんだよ……でももちろんそんなにすぐに元通りというわけにはいかないけど……節々が痛いというか……関節が軋《きし》むし、筋肉も固まっていたからね、解すのにもう少しかかりそうだ」

「いや、もう少しって……普通は十日とか二十日とか、ゆっくり目覚めながら、体を動かしていくんじゃないんですか？」

ションシアは呆《あき》れてしまった。ラオワンが規格外すぎる。こうして話をしている間も、ラオワンは両手を動かしたり、首を回したりしていた。

「目覚めるのに七年もかかったんだろ？　もう十分じゃないか……それよりもリューセーは？」

ラオワンは、何を言っているのお前とでも言いたそうな、かわいそうな子を見る目でションシアを見たが、すぐに気持ちを切り替えて出入口の方を探すように視線を送った。

「リューセー様はいらしていません」

「なぜ!?」

それを聞いたラオワンは、ひどく驚いた。ションシアは、ラオワンがなぜ驚いているのか分からずに首を傾げる。

「昨日リューセー様が、兄上の体を綺麗にしてくださったばかりです。そんなに毎日は必要ないでしょう。それに兄上は目覚めましたから、もう婚礼の儀までは側に寄ることも出来ません。こんな狭い部屋では距離をとるのは無理でしょう」

淡々と説明するションシアを、ラオワンは信じられないという顔で眉根を寄せてみつめている。

「ならばもう城へ戻る」

そう言ってラオワンがベッドから降りようとするので、ションシアは慌ててそれを止めた。

「だ、だめですよ！　何を言っているんですか！　兄上の回復が尋常《じんじょう》でなく早いと言っても、いくらなんでもそれは無茶です。この部屋の中だから良いのであって、たぶん外に出たら体がひどく重く感じるでしょう。自分で歩けるようになるまでは無茶はしないでください」

ションシアは必死で止めようと、早口で注意を促していたが次第に口調が弱々しくなっていく。ラオワンが見ると、ションシアはひどく青い顔をしていた。魔力酔いだ。皇太子が眠りにつくこの小部屋には、ホンロンワンの宝玉が備え付けられていて、常に魔力に満ちている。仮死状態の体に負担を与えないためだ。

その強い魔力は、竜王は平気だが、体内魔力が竜王よりも遙かに少ない他のシーフォンには、かなりきつく感じるもので、長くいると魔力酔いを起こしてしまうのだ。

「ションシア、もう帰りなさい。この部屋には長くいられないだろう。君が卒倒しても、さすがに私は運んでやれないからね」

「わ……分かりました。すみません」

ションシアは大人しく従うことにした。ラオワンの言う通り、自分がここで無理をして倒れてしまったら、もとも子もない。持ってきた荷物を、ラオワンの枕元に置いた。

「コップとかタオルとかが入っています。まだ兄上は歩けないようですから、水差しに水を入れて置いておきますので、飲めるようでしたら飲んでください。それとこれは兄弟達からの手紙です。こちらも読めるようなら読んでください。くれぐれも無理はなさらずに……また明日参ります」

ションシアはフラフラになりながら帰っていった。

翌日、再びションシアが北の城へ向かうと、竜王の間に入るなり驚きの声を上げた。

「あ、あ、兄上!!」

なぜならば竜王の間に置かれたテーブルセットの椅子に、ラオワンが座っていたからだ。ラオワンが寝ていた奥の小部屋から、テーブルのある場所までは十歩以上は歩かなければならない。それも摑まる手すりも何もないのだ。一人で歩いていったのか？　どうやって？　とションシアの頭の中で疑問がぐるぐると渦巻《うずま》いた。

思わず駆け寄ると、ラオワンはコップで水を飲みながら、のんびりとした様子で手紙を読んでいた。

「やあションシア……なんだい？　今日も驚いているのかい？　せっかくの再会だというのに、昨日から君は驚いて混乱してばかりだね。少しはゆっくり君と再会を喜び合いたいんだけどね」

ションシアを見て、クスリと笑いながらラオワンがそう言った。それを聞いたションシアは、我に返って自分の昨日からの態度を深く反省する。

「申し訳ありません……私もこんな驚いたり動揺したりすることは滅多《めった》にないのですが……兄上、その……本当に喜んでいるんですよ？　兄上のお体を心配して、口うるさく言っているだけです。見ての通り私はもう若くはありません。心配の方が先立ってしまうのです」

ションシアが苦笑しながら穏やかな口調を取り戻してそう語った。そんなションシアを、優しい眼差しでみつめていたラオワンが、向かいの椅子に座るように目配せをする。ションシアは大人しくそれに従った。

「まだそろそろとゆっくり、すり足のようにしか歩けないんだけどね。あの後立ち上がる練習を何度かして、体を十分解してから寝たんだ。それで今日は部屋を出てみることにした。あの部屋だと、君とゆっくり話が出来ないからね。それに早く動けるようになりたいし……もちろん無理はしていないよ」

今にも小言が漏れそうなションシアの気配を察して、ラオワンがいたずらっぽく笑いながら最後に一言付け加えた。そして元気にぐるぐると腕を回してみせる。

ションシアは呆れたようにラオワンを眺めてから、大きな溜息をついた。昔から兄は超人的なところがあって、よく驚かされたものだ。子供の頃はほとんど歳が変わらないせいで、いつも一緒になって遊んでいて、やんちゃなラオワンとヨウレンが起こす騒ぎに、ションシアは巻き込まれてばかりいた。でもラオワンの魔力が大きくなってから、少しずつ関係性も変わっていった。

魔力を制御出来ずに苦しそうにしている時も、決して弱音を吐かない兄が、自分よりも少しだけ大人に感じていた。

魔力の制御が出来るようになってからは、どんどん才能を発揮して、ヨウレンとやんちゃをしつつも、いつも余裕のある様子に、とても敵《かな》わないなと思うようになった。

「ションシアも大きな声で怒鳴ったり出来るんだね。驚いたよ」

「本当に……昨日は取り乱してしまい申し訳ありません。これでも宰相をしておりますので、普段は冷静でいるようにしていますが……」

「いや、悪い意味で言っているんじゃないよ。ちゃんとしっかりしているんだなって、頼もしく感じていたんだ」

ラオワンがふふっと笑いながら言ったが、そのからかっているような独特の言い回しがとても懐かしくて、ションシアは胸がきゅっと締めつけられるのを感じていた。目の前にいるラオワンは、その見た目もそうだが、別れた時のまま……何ひとつ変わっていない。自分も子供の頃に戻ってしまいそうな、そんな不思議な気持ちに包まれていた。

「兄弟達もみんな元気にしているみたいだね。この三人……シーファ、イースン、カイアンは、私が眠った後に生まれた兄弟だね？　それで全部で十六人兄弟か……母上も頑張ったんだな～」

「はい、母上は最後まで何も変わらず、いつもの母上でした」

「そう……」

二人はなんだかしんみりとしてしまった。ションシアが気を遣って何か話さなければと考えていると、先にラオワンが口を開いた。

「君は私が思っていたよりも若く見えるんだけど……二百歳ぐらいかな？」

「……そうですね。今年で二百十八歳です」

ションシアは少し言いづらそうに答えた。その返事にラオワンは一瞬息を呑んだ。沈黙が流れて、なんとも重苦しい雰囲気になる。ラオワンが何を考えているのかが、ションシアには痛いほどよく分かった。ションシア達にしても、当時はとてもショックだった。

「母上が早くに身罷《みまか》られたのです。その二年後に父上も身罷られました。三百三十歳でした。兄上が眠りについてから、今年で百十二年です」

「そう……どこか悪かったのかい？　歴代のリューセーと比べると五十年は寿命が短いと思うんだけど……」

ションシアは一度深く息を吸い込んだ。この話題はきっとラオワンから尋ねられると思っていたので、何を話さなければならないかは決まっている。あまり感情的にならずに事実だけを伝えようと思った。

「どこも悪くないです。母上はとてもお元気でした。ずっと変わらず、遊びも仕事も全力で、父上とも仲睦まじく、子供達一人一人に愛情を注がれて、やりたいことは進んでやる。やっておけばよかったなんて後悔はしたくない、というのが母上の口癖でした……そして……ある日突然でした。突然……ゼンマイが切れたように起き上がれなくなり……どんどん生気がなくなっていって、ひと月後に静かに息を引き取りました。本当に楽しかった……本当に幸せだった……と最後まで笑顔で言っていました」

ションシアは淡々と話した。あまり色々と考えてしまったら、泣いてしまうと思ったので、ラオワンの顔も出来るだけ見ないようにして話をした。

ラオワンは眉間にしわを寄せたまま視線を落として黙って聞いている。

「後で父上から聞いたのですが、亡くなる一年ほど前から、二人で『もうそろそろかもしれない』と話していたそうです。竜王とリューセーは互いに繋がっていて、残りの時間が分かるのだとか……母上は『たくさん子供を産んだから仕方ないね』と言っていたと……」

「子供を産むと寿命を縮めるのか？」

それまで黙って聞いていたラオワンが、はっとしたように反応した。視線が合って、ションシアは困ったように目を伏せた。

「本当のところは分かりません……リューセーは子供を身籠《みごも》るために魂精《こんせい》を使います。魂精には限りがあって……リューセーにはそれが分かるようなのです。竜王は魂精を貰って生きていますから、それでリューセーと繋がっているのでしょう。だからリューセーが、そろそろ寿命かもしれないと感じれば、竜王にも分かるのではないかと……母上は私達に何も言わなかったし、父上も詳しくは教えてくれなかったので、聞いた話の端々から想像しただけですが……」

ションシアはそこまで言って、一瞬言葉を止めた。じっとラオワンをみつめる。

「リューセーのことも、竜王のことも、我々シーフォンには理解が及びません。兄上が竜王になれば分かるのかもしれませんが……」

するとラオワンが目を逸らした。じっとしばらく何かを考えていたが、ションシアに手を振った。

「今日はありがとう。また来てくれ」

「はい、ではこれで失礼します」

ションシアはすっと立ち上がり、一礼をして立ち去った。ラオワンには色々と受け入れなければいけないことがあるだろうと思った。だからションシアは邪魔にならないように立ち去るだけだ。

翌日、ションシアが竜王の間を訪れると、ゆっくりとした歩調だが、ラオワンが一人で歩いていた。広い竜王の間の広間を、内周にそって散歩していると言った。

「え？　いつから歩いているのですか？」

ぽかんとした顔でションシアが尋ねると、今朝起きてからだと返ってきた。時間の感覚が分からないので、いつからかは分からないが、とりあえず三周はしていると言った。半刻くらいだろうか？と、ションシアは呆れながら思った。

「ほら、もうこんなに歩けるのだから、城へ戻っても良いだろう」

ラオワンが得意気に言ったので、ションシアはガクリと肩を落としながら溜息をつく。

「目覚めてからまだ四日ですよ？　兄上の努力は認めますが、私はもう少し養生した方が良いと思うんですけどね」

ションシアはラオワンを宥《なだ》めて、少しばかり国の様子などを話してからその日は帰っていった。

さらに翌日、ションシアは竜王の間の扉の前で足を止めて佇んでいた。昨日の今日でそんなに驚くような変化はないと思うが……せいぜいもっとしっかり歩けるようになったぐらいだろう……また帰りたいと言うだろうラオワンを、どうしようかと考えると気が重かった。

七年も目覚めなかったという想定外のことがあったのだ。ションシアにしてみたら、どうしてもラオワンの体が心配になってしまう。とにかく目覚めてさえくれれば本望だったから、今はラオワンに対して何も求めていなかった。まだしばらくは国王不在でも兄弟達で、国政はなんとかなる。

リューセーにしても、本人の目の前でラオワンが目覚めたのだ。もうしばらくは待ってくれるだろう。

今日は何と言って宥めようか……と思いながら扉を開いた。

「わぁっ！」

思わずションシアは悲鳴を上げていた。扉を開けたら目の前にラオワンが立っていたからだ。

「あ、兄上！　いかがなさいましたか？」

「お前が来る気配がしたから待っていたんだ。もういいだろう。私は城へ戻るぞ」

押し切られて、ションシアには止めることが出来なかった。

ラオワンとともに北の城を出ると、外には黄金の竜が待っていた。

「やあ、ようやく会えたね。私の半身」

ラオワンが嬉しそうに声をかけると、黄金の竜はグググッと喉を鳴らした。

「立派な姿だ。父上のウェイフォンに負けないほどだ。名前をつけないといけないね。実は前から決めていたんだ……お前の名前は『ヤマト』だ。大和《やまと》の国のヤマトだ」

黄金の竜は名前を貰うと、オオオオォォォォッと咆哮《ほうこう》を上げた。喜んでいるようだった。おかげでションシアの竜は逃げ出してしまったが……。

ラオワンが城に戻ると、真っ直ぐに王の私室へ案内した。急なことなので兄弟達にも知らせる暇がなかったし、王の私室の方だって、すべての準備が整っているわけではない。

今は間もなくラオワンが戻ってくるということで、大急ぎで王の私室を整えている最中だった。内装や家具などは、七年前に改装済みだった。すぐに目覚めると思ったからだ。だが長く目覚めなかったため、専属の侍女や兵士はいったん解散になり、部屋は閉ざされていた。

ションシアはラオワンに寝室でしばらく大人しくしているように頼んで、兄弟達を招集しなければ……と、焦りながらこれからの段取りを考えていると、ラオワンが真面目な顔で「リューセーに会いたい」と言った。

目を丸くするションシアに、再度ラオワンが「至急会いたい」と言った。その真剣な眼差しには、微《かす》かな威圧を感じるほどだった。それは『命令』だとションシアは思った。

ションシアは、平常心をなんとか保ちつつ、ラオワンに礼をして「かしこまりました」と短く答えると、すぐに王妃の私室へ使いを出した。

ションシアは『忘れていた』と心の中で呟いた。

『兄上はもう竜王なのだ』

こうして本城に戻ったラオワンが、最初に会ったのは兄弟ではなく龍聖ということになったのだった。

ラオワンが戻ってきた翌日、龍聖は再びラオワンに呼ばれて、王の私室を訪問していた。

今度は寝室ではなく、書斎に通された。その上人払いがされたので、部屋にはラオワンと二人きりだ。もちろん向かい合う二人の距離は三メートルほどある。扉も少し開けられていて、扉の向こうにはハデルが控えていた。

『何かあればすぐに私を呼んでください』とハデルがとても神妙な面持ちで言ったのだが、あれはどういう意味だろう？　と龍聖は一瞬考えた。あの言い方だと、ラオワンの体を心配しての言葉ではない。無体なことをされたら助けを呼びなさい、と言っているように感じたのは気のせいではないと思う。

『でも……』と龍聖は思案した。

ラオワンはこれから婚礼をする相手だ。伴侶となる相手だ。その上この国の国王だ。もしも彼が龍聖に対して性的な行為を求めてきたとしても、それを断る権利が龍聖にあるとは思えない。それに龍聖自身もそれを当然のこととして受け入れるだろう。万が一、嫌だと思った場合、助けを呼べば本当にハデルは助けてくれるのだろうか？　国王を相手に？　本当に？　ハデルってそんなに凄い人なの？

龍聖は昨日に続きなんでまたラオワンに呼ばれたのか分からずに、緊張した面持ちで椅子に座りながら、現実逃避をするようにそんなことを考えていた。

「リューセー、よく来てくれたね。ありがとう」

ラオワンが優しく声をかけたので、龍聖はビクリと震えて顔を上げた。笑顔のラオワンがいる。昨日見たのは夢ではなかったようだ。本当に綺麗な顔で、笑うともっと綺麗に輝く、凄い……そう思って、目を見開いてしまった。

「リューセー？　緊張しているのかい？　昨日も緊張していたよね？　様子がおかしかったけど……そんなに私を相手にすると緊張するのかな？　三年も世話をしてくれたから、私としてはもう君とはすっかり打ち解けているつもりだったんだけど……それとも私が思っていたのと違ってがっかりした？　好みではなかった？」

ラオワンが次々に質問を投げかけてくるが、口調はとても柔らかくて別に責めている感じはない。少し面白がっているようにも感じて、昨日もそうだったが、これは彼独特の話し方なのかな？　と龍聖は思いながら、ぼんやりと聞いていた。

質問されているのに、ぼんやりと聞いてしまっているのは、その美しさに見惚れて圧倒されているからだ。思考が現実逃避を続けている。神様みたいに圧倒的な存在感の相手を前にして、誰が普通に対話など出来るのだろうか？　そもそも研究員なんて、コミュ障で引き籠りが多いのだ。

もっとも龍聖の場合は、家庭環境のせいで物心つく前から、色々なパーティに出席させられていたから、社交スキルは高い方だ。

それでも……それでも対処不能になってしまうことはある。仕方ない。

「リューセー？」

あまりにも反応が薄いので、さすがのラオワンも少しばかり不安になってきた。

「え？　あ、はい」

少しラオワンの口調が変わったと思い、龍聖は慌てて返事をした。

「もしかして……私の話を聞いていなかった？」

「い、いえ！　聞いています。ちゃんと聞いています。昨日も今日も緊張しています。ラオワン様を相手にして緊張しないはずはありません。三年間お世話をさせていただきましたが、眠っていらっしゃるのと、起きていらっしゃるのでは、全然……違うのです。嫌いとかいうわけでは決してありません。思っていたのと違うなんてことは到底ありえません。好みは……」

龍聖は早口で次々と質問に答え始めた。しかし最後の問いへの答えは少し言い淀む。赤くなって困ったように視線を落とした。

「好みかどうかは……分かりません。その……私は特に……好みがあるわけではないのです。恋愛経験もありませんし……好きだった人はいますが、子供の頃の話で……それも好みの女性だったから好きだったのかさえ怪しいです。ただラオワン様はとても素晴らしい方だと思いますし、私がこのように緊張してしまうのも……ラオワン様が、とても美しすぎて直視できないからなんです」

「私が……美しすぎるから直視出来ない？」

ラオワンは思いがけない言葉に、何度か目を瞬かせて首を傾げた。

「はい、神々《こうごう》しいというか……今までこんなに美しい顔の方を見たことがないので……あ、もちろん造形の美しさも当然なのですが、なんというか……人知を超えたものというか……すみません。変なことを言っているのは分かっています」

龍聖はラオワンからじっとみつめられながら話し続けることに耐えられず、最後の方は消え入るような声になって、耳まで赤くなって俯いてしまった。

『呆れてる……たぶんあの顔は呆れてる』

龍聖はいたたまれない気持ちになっていた。物心ついた頃から神童と呼ばれて、十二歳で大学に入って博士号まで取ったというのに、あまりにも語彙力が残念すぎる。母国語ではないからというわけでもなく、しっかりと日本語で会話しているにもかかわらず、まともな表現が出来ないなんて……龍聖は自分の残念さに肩を落とした。

沈黙が流れた。

今ラオワンがどんな顔をしているのか見るのが怖くて、龍聖はずっと俯いている。

すると「ふふ……ふ……ふふふ……」という途切れ途切れの笑い声のようなものが聞こえてきた。

龍聖が顔を上げると、ラオワンが口元を手で押さえて、必死に我慢しようとしていたが、堪えきれずに笑いが漏れていた。肩を震わせて顔が紅潮している。

龍聖がぽかんとした顔で見ていることに気づき、ラオワンは慌てて取り繕おうとしたが、失敗してぶっと噴き出したかと思うと、大声で笑い始めた。

「ご、ごめん……ぷっ……くくっ……君が……あんまり……かわいいものだから……」

ラオワンは懸命に言い訳をしようとしているが、笑いが止められずにいる。

龍聖はラオワンが笑い終わるまで、見守るしかなかった。

「リューセー……ごめん、別に君を馬鹿にしているわけじゃないんだよ。本当に君がかわいくて……えっと……とにかく、君は私のことを嫌っているわけじゃないんだね？　それならいいんだ。緊張なんて慣れてくればしなくなるだろうし……それよりも、今日は君と二人だけで話をしたいことがあるんだ」

ラオワンは咳ばらいをひとつして気持ちを切り替えると、真面目な顔でそう切り出した。龍聖はその瞬間に、緊張も吹き飛んで、身構えるように背筋を伸ばした。

「リューセー、私が目覚めた時、君は泣いていたね？　あれはどうしてなんだい？」

「え？」

まったく予想外の話に、龍聖は答えに戸惑った。

「私が目覚めないのが悲しくて泣いていた……というわけではないだろう？　何かもっと深い訳があるのではないかと思って……人に聞かれたくない話かもしれないと、人払いをしたんだ」

ラオワンは至って真面目だった。先ほどまでとは雰囲気も違う。龍聖はとっさに色々なことを考えた。

あの時、何か余計なことを口走らなかっただろうか？　ラオワンは何か気づいているのだろうか？　竜王は異世界の大和の国……日本の様子も知ることが出来るのだろうか？　そんなことを考えながら、どこまで打ち明けて良いものか探っていた。

「どうしてラオワン様は、そう思ったのですか？」

龍聖が慎重になって探りを入れるように尋ね返した。

「君があんな風に心を乱して泣き崩れるなんて初めてだったからだよ」

「え？」

ラオワンの言っていることが理解出来なくて、龍聖は怪訝《けげん》そうに眉根を寄せた。まるで龍聖のことを前から知っているような言い方に聞こえたからだ。歴代の龍聖と取り違えているのだろうか？　とも思った。

「リューセー、言っただろう？　私はずっと分かっていたんだよ。三年間……いや、正確には三年間かどうか分からないけど、私が意識を取り戻したのは最近じゃない。ずっと前だ。ずっと長い間、何度も何度も君が来てくれて、私の世話をしてくれたことは知ってるんだよ」

龍聖はそれを聞いて、確かに昨日そんなことを言っていたと思い出した。

「目を開けることも体を動かすことも何も出来なかったけど、意識はあったし、君が私の体に触れるのも感じていた。音も聞こえていた。君はいつも黙々と世話をして、ほとんど私に話しかけることなどなかったけど、たまに独り言を漏らすことがあって……それを聞いた時に、ああ、君の声は綺麗だなって思っていたんだ」

龍聖は少し赤くなった。

「時々私の変化のなさに溜息をついたり、寂しそうにしたり、体を拭く時の力加減や手の動きで、焦りとか喜びとか、その時のリューセーの感情なんかも、僅《わず》かながら伝わっていた。リューセー……私はね、ずっと幸せだったんだ」

龍聖はラオワンの言った言葉が聞き間違いかと思って、少し前のめりになった。

「え？」

龍聖は思わず聞き返していた。

「幸せだったんだ。君が会いに来てくれるのを待つ間や、君が私の世話をしてくれる間、ずっとそれを楽しみにしていたし、私はなかなか目覚めることが出来なかったけど、君が来てくれたことで、目覚めるまでの間ずっと幸せだったんだよ」

「幸せ……だったのですか？」

「そうだよ」

それは龍聖にとって救いの言葉だった。初めて報われたような気がした。ラオワンが目覚めた時よりも、今の方がもっと嬉しいと思った。

「過去形ですか？　今は？」

「もちろん今も幸せだよ」

龍聖のかわいい質問に、ラオワンは思わず微笑みながら答えた。すると龍聖の両目からぽろりと涙が零れ落ちた。ラオワンはぎょっとして、思わず腰を浮かせた。

「リュ……リューセー？」

駆け寄りたい気持ちを抑えて、ラオワンは中腰のままおろおろとし始めた。龍聖は両手で顔を覆うと、静かに涙を流した。嗚咽《おえつ》などはない。ただただ静かに涙を流した。

『良かった……』

それは安堵の涙だった。龍神様を幸せにすれば、守屋《もりや》家には龍神様の加護が与えられる。この五年間、それだけが龍聖の愁《うれ》いだった。せっかくこの世界に来たのに、龍神様に会うことが出来ず、幸せにすることも出来ない。守屋家はどうなってしまうのだろう？　無力さを感じながら、ただ時が流れるのを見送るしかなかった。

「失礼しました」

龍聖は涙を拭きながら顔を上げてラオワンをみつめた。

「安心したら涙が出てしまっただけです。大丈夫です」

もう大丈夫だと龍聖は自分自身に言い聞かせていた。愁いはなくなったはずだ。本当に加護が届いているかは分からないが、無力感に苛《さいな》まれることは少なくとももうないのだ。

これからは自分を信じて、ラオワンを支え続ければいい。そうすればきっと事態は好転するはずだ。

「ラオワン様、あの時泣いていたのは、残してきた家族のことを心配していたからです。ラオワン様と結ばれて幸せにならなければ、龍神様の加護を与えてもらえないと……そう思っていたので……私の前の龍聖は、儀式をするのが遅れたために、加護が消えて守屋家には大変な災難が降りかかったと聞きました。だから心配になっていたのです」

龍聖の説明を聞いて、ラオワンはすべてに納得したようだった。笑顔で頷いている。

「確かにそうだな。君が不安になるのも当然だ。だけど今言った通り、私は目覚める前から幸せだったんだ、君とともにいて……。だから大和の国では何も悪いことは起きていないはずだよ」

「はい、そう信じることにします」

龍聖も笑顔で頷いた。泣いて少し目が赤くなっていたが、涙は止まっていた。ラオワンはほっとして、椅子に座り直した。

「それじゃあ、あとは君が私に緊張しなくなって、私のことを好きになってもらうだけだね」

ラオワンが肩をすくめながらそう言ったが、龍聖は首を横に振った。

「それなら大丈夫です。こうしてお話をして、おかげ様でだいぶん緊張もしなくなりましたし……私は元々ラオワン様のことが好きです。愛や恋のそれとは、まだ少し違うかもしれませんが……好きです」

龍聖の告白に、ラオワンは少し驚いたが、すぐに嬉しそうな笑顔に変わった。

「良かった……本当に良かったよ。それじゃあ、安心出来たところで、少しばかりこれからの話をするね」

「はい」

「私はこの後、正式に戴冠式を行って国王になり、国の今の状況を把握して、滞《とどこお》っている仕事を整理しなければならないんだ。だからしばらく君とは会えなくなる。次に会うのは婚礼の儀の時だ。婚礼の儀は二十日ほど先になるだろう。本当は婚礼の前にもっと君に会いたいし、たぶん何度かは会えるはずだけど……約束は出来ないから……婚礼の儀が済まないと、君は自由になれないから、もうしばらく不自由な思いをさせてしまうけど、許してほしい」

「はい、私のことは大丈夫です。それに……二十日なんてあっという間だと思います」

龍聖は笑顔でそう答えた。

龍聖の言う通り、二十日という月日はあっという間に過ぎ去り、結局二人は一度も会えないまま婚礼の日を迎えた。

竜王ヤマトは、婚礼衣装に身を包んだ二人を背に乗せて、エルマーン王国の上空をゆっくりと旋回していた。

「サービスで長めに飛んでくれているらしいよ」

ラオワンはニッと笑って、隣に立つ龍聖に囁きかけた。だが龍聖は顔を強張らせて、それどころではないようだった。

「リューセー？　ヤマトには何度も乗っていただろう？　今さら怖いことなんてないと思っていたんだけど……」

肩を抱きながら、体も硬くなっていることに気づいて、ラオワンは不思議そうに龍聖の顔を覗き込んだ。

「私が乗る時はいつも背中の上に張りつくように寝そべって乗っていたんです。こんな風に背中の上に立つなんて初めてなんです」

龍聖はそう言いながらも、ラオワンの体にしがみついていた。

「そんなにしがみつかなくても大丈夫だよ……それにしても……ヤマトの背中にも、しがみついていたのかい？　かわいいなぁ」

ラオワンは楽しそうに笑っているが、龍聖は全然笑えなかった。シートベルトも安全バーも何もないのに立って乗るなんて信じられない！　と思っていた。

「ヤマト！　リューセーが怖がっているから、早く北の城へ向かっておくれ」

ラオワンに言われて、ヤマトは残念そうに北の城へ向かってゆっくりと降下を始めた。


二人は竜王の間に行き、奥にある婚礼の儀のための部屋を開けて、二人で仲良くベッドメイクをした。それが終わると、ラオワンが「少し座ろう」と言うので、竜王の間の中央にあるテーブルに向かった。

二人は向き合って座ると、ラオワンが持ってきた荷物の中から、果物が入った籠《かご》と、皿とコップを出してテーブルに並べた。

「リューセー、今日は一日話をして過ごそう」

テーブルに頬杖をついて、ラオワンが提案した。龍聖は戸惑いつつ頷いた。

「君の言う通り二十日なんてあっという間で、私は忙しすぎて君と会う時間を作ることが出来なかった。お互いに知らないことが多すぎるから、今日はお互いを知るための時間にしたいと思ったんだ」

ラオワンは言い終わると、満足そうに笑った。龍聖は黙って聞いていたが、小さく「うーん」と唸《うな》って首を捻《ひね》った。

「それは別に構いませんけど……先に儀式を済ませてから、後でゆっくり話をした方がよくないですか？」

龍聖がさらっと反論したので、ラオワンは驚いて目を丸くした。龍聖の様子を見る限り、特に悪気はないようだ。

「どうしてそう思うんだい？」

ラオワンが優しく尋ねると、龍聖は真面目な顔で説明を始めた。

「まず私はセックスの……性行為の経験がまったくありません。知識としては知っていますが……アナルを……お尻の穴を使っての自慰行為はしたことがありません。だから正直に言うと少し怖いし、一度で上手《うま》くいかなかったらどうしようという不安もあります。ラオワン様にお任せしますが……お手間をおかけしますし……ここでの滞在が三日間ならば、不安要素は早めに取り除いた方が良いと思うのです」

理路整然と説明されて、ラオワンは開いた口が塞がらずにいたが、我に返って笑顔を作った。

「君の言うことは分かる。ついでに言うと私も未経験だ。竜王という立場上、他の者と練習をするというわけにもいかないからね」

「そうなのですか？　……練習のために、専門の相手を用意されるのかと思っていました」

龍聖は素直に驚いているが、それを言われたラオワンは、少しばかり複雑な表情になっていた。

「君の世界の王族はそうなのかい？」

「いいえ、詳しくは知りません」

「まあ……こちらの世界でも人間の国の王族は、未成年のうちに年上の側室を迎えて経験をさせたりすると聞いたことがあるから……そういうのもあるのだろうけど……とにかく私は未経験だ」

「じゃあ、なおさら早めにした方が良いのではありませんか？」

龍聖が首を傾げるので、ラオワンは溜息をついた。

「君は……抵抗はないのかい？」

「ラオワン様と性行為をすることですか？　でもこちらの世界に来る前から、避けては通れないことだと分かっていましたし……それに私はラオワン様と結ばれなければ、本当の『リューセー』にはなれないのでしょう？　香りも消えないし……それに香りを嗅げば、催淫効果があるので、性行為をしたくなるのでしょう？　そうすれば怖いという気持ちもなくなるし、抵抗感もなくなるし、大丈夫ですよ。それよりも私はその『香り』の仕組みがどうなっているか気になります。フェロモンを分泌する場所が体のどこかにあるのか……それにラオワン様と結ばれることで、私の体がどのように変化するのか調べたいですね」

龍聖が少し早口になって、すらすらと話を始めたので、ラオワンは呆気《あっけ》にとられた様子で聞いていた。

「君は……面白いことを言うね」

「そうですか？　私は研究者だったので、生物学のなんですけど……そういうことに興味があるんです」

「へえ～……君は学者なのか」

「はい」

ニコニコしている龍聖に釣られて、ラオワンもニコニコと笑った。

「こちらの世界に来てから、何か研究をしてみたのかい？」

「まだ研究には至っていませんが……今は研究のために色々と資料を集めています」

「何か研究したいことがあるのかい？」

その言葉に、龍聖の表情がパアッと明るくなった。瞳をキラキラと輝かせて、背筋を伸ばして話し始めた。

「研究したいことはたくさんあるんです。まず竜について研究したいです。体の構造とか、魔力にも興味がありますし、人間の体とふたつに分かれていると聞きましたが、人間と竜という、まったく違う生物が『半身』として同じ命を分け合っているというのは、とても興味深いです。どのように繋がっているのかも調べたいです。それからシーフォンの体の構造も、人間とどこまで同じなのか、本当はDNAまで調べたいのですが、残念ながらこちらの世界にはそれを調べる装置も薬品もないので無理ですね。でも医師の方々に協力をお願い出来れば、何か調べる方法がないか探してみたいです。それからこの世界の生物の進化の過程も調べたいですね。人間と亜人が、どのような進化の過程で分岐したのかも知りたいですし……」

嬉々《きき》として話す様子を、ラオワンは呆然と眺めていた。言っていることが分かるようで分からない。一部の言葉が分からないというのもあるが、そもそもなぜそんなに竜の体の構造に興味があるのか理解出来なかった。

しかし彼に似たような人物を知っている。別に誰ということはないのだが、うちの医師団に、そういう者達が多く存在しているのを知っている。医学の発展のためと言いながらも、たまに目的が違うように感じることがある。あれに似ていた。

龍聖が嬉しそうにずっと話を続けるので、ラオワンは止めることなく頬杖をついて聞いていた。話の内容はあまりよく分からない。だが龍聖が楽しそうなのが、見ていて嬉しかった。

白い柔らかそうな頬を上気させて、真っ黒な瞳をきらきらと輝かせて、熱心に話す姿がかわいらしい。

龍聖の気の済むまで話をさせていると、さすがに少し話し疲れたのか、喉が渇いたのか、ふうっと大きく息を吐いて、龍聖は笑顔でラオワンをみつめた。が、次の瞬間、さっと顔色が変わった。赤みが差していた頰が白くなり笑顔が消えた。

「すみません……話に夢中になってしまって……ラオワン様にはまったく興味のない話でしたよね」

「いや、面白かったよ。確かに内容は半分くらいしか理解出来なかったけど、君が楽しそうなのが何より良かった」

ラオワンはそう言いながら立ち上がり、水差しに水を汲んで戻ると、コップに注いで龍聖に渡した。龍聖はコップを受け取ると、素直に水を飲んだ。やはり喉が渇いていたようだ。

「リューセー、私が言ったのはこういうことだよ。こんな風に話をしてみないと相手が分からないだろう。私は今、ほんの一部かもしれないけど君のことを知ることが出来た。君は真面目で、頭が良くて、好奇心旺盛で、研究熱心だ。少なくとも私の兄弟の中には君のような人はいない。楽しいよ」

「ありがとうございます」

龍聖は赤くなって恥ずかしそうに礼を言った。

「あの……ではラオワン様のことを私にも教えてください」

龍聖が期待を込めて言ったが、ラオワンは困ったように苦笑して頭をかいた。

「それが……君みたいに熱中しているものがないし、語れることもないんだ」

「色々と聞いてはいるんです。ションシア様達から……でも人から聞くのと、ラオワン様ご自身から聞くのとは違うでしょ？」

「そうだね……今日は色々と複雑な気持ちになったんだよ」

ラオワンは少しオーバーに頭を抱える仕草をしてみせた。龍聖は不思議そうにしている。

「婚礼の儀を神殿で行った時、兄弟達に見守られていたけれど、全員が君と親しくしていて……私よりも距離が近い気がして……ああ、気持ちの距離ね。ヤマトもそうだ。ヤマトとも仲良しだっただろう？　五年間目覚めなかったことが悔やまれたよ」

「それは……焼きもちですか？」

「そうだね、そうなるね」

ラオワンがチッと小さく舌打ちしたので、龍聖は笑いだした。

二人は色々な話をして盛り上がった。気がつくとすっかり距離が縮まっている。

「随分《ずいぶん》話し込んでしまったけど、もう夜だからそろそろ休もうか？」

「え？　そうなんですか？　ここにいると時間の経過が分かりません」

「窓がないからね、時計もないし」

「ラオワン様はなぜ時間が分かったんですか？」

「ヤマトに教えてもらったんだよ」

それを聞いて龍聖が驚いている。

「どうやって通じ合っているんですか？　テレパシーのようなものなのかな……？」

急に考え込んでしまった龍聖を見て、ラオワンはクスクスと笑った。

「そのうち、私はリューセーに解剖されてしまいそうだね」

「そんなことはしません！」

ラオワンがからかうように言ったので、龍聖は赤くなって否定した。ラオワンは笑いながら立ち上がって、龍聖に手を差し出した。不思議そうにその手を取った龍聖を、エスコートするように立ち上がらせて歩きだす。そのまま奥にある婚礼の儀を行う部屋に入っていった。

部屋の中には大きなベッドがひとつあるだけだ。二人はとりあえずベッドに座った。

「リューセー、君といると本当に楽しい。これからずっと君と一緒にいられるなんて考えただけでワクワクするよ」

「そんなことは……」

龍聖が照れ隠しに否定しようとしたが、ラオワンがそっと龍聖の頭を撫でたので、驚いて言葉を飲み込んだ。そんな風に体に触れられるのは初めてだったからだ。神殿から北の城に移動する間に、手を引かれたり、肩を抱かれたりした。でもそれらは必要な行動のひとつだった。肩を抱かれたのは、ヤマトの背中に乗っている時に、龍聖が飛ばされないように支えるためだったたし、手を引かれたのは龍聖が迷わないように、ラオワンが連れていってくれたからだ。

どちらも意味がある行動だから、触れられたという感覚がない。しかし頭を撫でるという行為は、意味のある必要な行動ではない。いや、それなりの意味はあるのかもしれないけれど、一緒に歩くために手を繋いだり、飛ばされないように支えるために肩を抱いたりというのとは違う。

たぶん好意を示すためのものだ。つまり感情表現のための行動で、ラオワンが龍聖のことをかわいいとか愛しいとか思って頭を撫でているのだ。

龍聖はそんなことを咄嗟《とっさ》に察して、驚いてしまった。

「私はすっかり君に夢中だ」

ラオワンの囁きはとても甘かった。さっきまで会話を交わしていた時とは違っている。

龍聖は無意識に心臓を高鳴らせていた。

「リューセー、香りを嗅いでみないかい？」

「え？」

さらに驚く言葉を聞いて、龍聖は息を呑《の》んだ。

「それって……」

「さっき君が早めに済ませた方が良いと言っただろう？　私も確かにその通りだと思う。香りに興味があったみたいだし……どこから香りがするのか調べてみるかい？」

　いつもの龍聖ならば、研究のお誘いには喜んで乗る。だけど今は安易に乗っかることが出来なかった。それが意味することを知っているからだ。思わず少しだけ腰が引けたのは、ラオワンが頭を撫でた後だったからだ。

「どうする？」

　いくら恋愛経験のない龍聖でも、本能でそれらの機微を察することは出来る。甘い誘惑だ。

　ラオワンが優しい笑顔で尋ねる。無理強いはしない。だけど誘惑はしてくる。

「はい……良いですよ」

　本当は少し怖かったが、龍聖は承諾した。

「じゃあ、指輪を外そうか」

「はい……あ、待ってください」

　指輪に手をかけたが、急に龍聖が立ち上がった。

「先に服を脱ぎます」

「え？」

ラオワンが止める暇もなく、龍聖は服を脱ぎ始めた。

「せっかくの綺麗な衣装がしわくちゃになってしまうのは嫌だし、行為の最中に服を脱ぐのに手間取るのも嫌ですから」

龍聖がさっさと脱いでいるので、呆気にとられていたラオワンも立ち上がって脱ぎ始めた。

「君には私の体の隅々まで見られてしまっているからな」

男らしくすべてを脱いだラオワンにそう言われて、龍聖は思わずラオワンの全身を見た。逞《たくま》しい筋肉のついた体だった。確かに何度も見た。だけど顔と一緒で、死人のように寝ていた体と、今のラオワンの体は別ものだ。まったく別人のような肉体美がそこにあった。

龍聖は思わず赤くなって目を逸らした。

「リューセー、指輪を」

促されたので、龍聖は考える余裕もなく、指輪を外していた。少し間をおいて、ふわりと良い香りが漂ってくる。ラオワンも指輪を外したようだ。

それは今まで嗅いだことのない香りだった。香水とも違う。石鹼や柔軟剤とも違う。だが自然にある花の香りとも違った。

『これは……嗅覚で感じている香りじゃない……』

龍聖がそんな風に結論づけた頃には、頭がぼんやりとしていた。

ラオワンの大きな手が、龍聖の頰を撫でた。龍聖が思わず目を閉じると、唇に触れる感触がして、目を開けると目の前にラオワンの顔があった。ぼんやりとしてしまった意識のせいで、深く考えられない。ただ口づけはとても気持ち良かった。

ついばむような軽い口づけを何度も交わした。もっと口づけたいと互いが思い求め合う。クチュリと音を立てて唇を吸って、吸い返された。ラオワンが優しく体を抱きしめたので、そのまま身を委《ゆだ》ねた。

ふわりと体が浮いて、抱き上げられたのだと分かった時には、もうベッドに横たえられていた。その間も絶え間なく口づけが続いていた。

香りがとても濃くなった。でもむせかえるような感覚はない。甘い香りは、頭と体を痺れさせた。ぞくぞくと背中がざわめく。いやらしい気持ちが体の奥から湧き上がってくる。股間が熱を持っていて、頭の片隅で、勃起しちゃったんだな……と思った。

人前でそんな風になるなんて初めての経験だ。性行為をしたことがないから当然なのだが、知識を得た時は、他人の前でそんな恥ずかしいことが出来るのかな？　と思っていた。もちろん性交をするからには、相手は他人とはいっても恋人だったりするはずだ。だけど風俗に行けば、まったく初対面の相手でも、そういうことをしたりする。

自分だったら恥ずかしさが先行して、きっと起《た》たないだろうと思っていた。でも今は、触られてもいないのに、どんどん熱くなっているのが分かる。もしかしたらこのまま射精してしまうかもしれない。そうしたら気持ちいいだろうな……そう思ったら、びくりと腰が震えて射精してしまっていた。

龍聖に覆い被《かぶ》さるようにして、夢中で唇を貪っていたラオワンの腹に、龍聖の精液がかかる。ラオワンはそれを手で触って、濡れていることに気づいた。そのまま犯人を捜すように、龍聖の下半身を弄《まさぐ》る。

「あっ！」

思わず龍聖が声を上げた。性器を握られて、びくりと反応する。射精したばかりのそれはとても敏感になっていた。

「あっあっあっ……あぁぁぁっっ」

龍聖はあっという間に二度目の射精をしていた。二人から漂う甘い香りに、それとは違う雄の匂いが混じる。

「ああっ……いやっ……いやっ……あぁぁっ」

ラオワンはさらに龍聖の性器を弄り続けた。上下に擦り上げたり、先端を親指の腹で弄《いじ》ったりした。優しく、時には激しく、性器をしごき続けるので、龍聖は何度も射精感に襲われて、気持ちよすぎて頭がおかしくなりそうだった。

荒い息遣いと喘ぎ声が、途切れることなく口から漏れ出る。そんな龍聖の性器に熱くて硬いものが当てられた。その感触にびくりと腰が震える。ラオワンの性器が添えられて、二本一緒にしごかれ始めたのだ。

龍聖の耳元で、ラオワンの荒い息遣いが聞こえた。ラオワンも余裕がないのか、それとも香りのせいで頭が朦朧《もうろう》としているのか、その口からは甘い囁きは聞かれなかった。

時々喉が鳴り、漏れそうな声を堪えるために、龍聖の首筋に噛みつくように強く吸いついた。

「やぁ……あぁんっ……んっんっ……ああ……あーっ」

ラオワンの手の動きが速くなり、やがて二人は一緒に射精していた。二人分の精液で濡れた龍聖の白い腹を、ラオワンが両手で撫でて手を濡らした。その手で龍聖の双丘を弄り始める。

朦朧とする龍聖には、何が起こっているのか考える意識がなくなっていた。ラオワンの指が、後孔に入ってきても、体が反応して震えるだけだ。

後孔を解すように弄られて、体の中がひどく熱くなったと思ったら、ラオワンの男根がすでに挿入されていた。

「ああ……リューセー……」

吐息とともに名前を呼ばれて、龍聖は薄く目を開けた。視界に広がるのは、真っ赤な長い髪だ。部屋の赤い光のせいで、燃えるような赤に見える。

「ラオワン……」

龍聖が応《こた》えるように名前を呼んだ。すると体の中の熱い塊《かたまり》がより大きく膨《ふく》らんだ。下腹を押し上げられるような感覚に、少し苦しさを覚えて眉根を寄せる。

ラオワンが小刻みに腰を揺すり始めた。

「あっ……あっ……あぁぁっ……んんっ……」

体の中を埋める熱い肉塊が動くたびに、龍聖は切ない声を漏らした。

「リューセー……リューセー……リューセー……」

余裕がまったくなくなっているラオワンは、ただうわ言のように龍聖の名前を呼びながら、腰を動かしている。やがて小さく呻《うめ》いて、ぶるりと腰が跳ねると、龍聖の中に精を注ぎ込んだ。

ひやりと冷たいものが額に当てられて、龍聖は驚いて目を開けた。

「ラオワン様」

目の前に、心配そうな顔で覗き込むラオワンの顔があった。

「リューセー……良かった。いつまでも目を覚まさないから心配したよ。体は大丈夫かい？」

ラオワンの顔をみつめながら、ぼんやりと聞いていた龍聖だったが、次第に記憶がはっきりしてきた。

「あ……上手く出来たのでしょうか？」

龍聖の第一声を聞いて、ラオワンは苦笑した。

「なんとかちゃんと繋がることは出来たみたいだけど……すまない。実は私もあまりよく覚えていないんだ。なんか完全に香りに酔ってしまったみたいで、本能のままに君を抱いてしまった。ちゃんと余裕を持って出来るつもりでいたんだけど……恥ずかしいよ」

ラオワンはそう言って赤くなりながら困ったように笑った。龍聖は一生懸命に思い返したが、断片的にしか思い出せない。でもとにかく気持ちが良かったということは覚えていた。

そっと後ろに手を回して、後孔の辺りに指で触れてみる。じわじわと鈍《にぶ》い痛みが残っていて、指で触れると少し敏感になっていた。確かに繋がったらしいというのは分かった。

「私はほとんど覚えていないのですが、とても気持ち良かったということは覚えています。だからラオワン様は上手に出来たのだと思います」

「いや……」

ラオワンは否定しようと思って言いかけた言葉を飲み込んだ。記憶が曖昧ではあるが、前戯は何ひとつ出来なかったことだけは分かる。父から譲り受けた性交に関する本で、相手を気持ちよくさせる技術などを覚えたのだが、やはり実践となると違うなと思った。

「私はどれくらい眠っていましたか？」

反省中のラオワンに、龍聖がまだ少しぼんやりとした顔で尋ねた。

「たぶん丸一日眠っていたと思うよ。私が目を覚ましてから、さらに半日は眠っていたからね。砂時計も残り一日半になっている」

ラオワンが指した先には、ベッドの側に置かれた大きな砂時計があった。婚姻の儀式のためにこの部屋に籠《こも》る三日間を測る時計だ。

「すみません、一日無駄にしてしまいましたね」

龍聖が驚いて体を起こした。だがラオワンがそっと龍聖の体を押し返して、再び寝るように促した。

「私と繋がったことで、君の体が変化しているから、安静に寝ていて構わないんだよ。何も三日間ずっと性交をし続ける必要はないんだ。そもそもは一度性交をして、君の体を変えることが真の目的だからね。体の変化にはかなりの負担がかかる。この部屋は魔力で満ちているから、痛みも和《やわ》らいで、君は楽でいられるんだ」

「子供を産める体になったということですよね」

「ああ、そうだよ」

龍聖は不思議そうな顔で自分のお腹を撫でた。

「今はもう何も感じないので、変化が終わったということでしょうか？」

「そうだね」

「どうなっているのか、自分の体をスキャンしたいです」

「すきゃん？」

ラオワンは初めて聞く言葉に首を傾げた。

「いえ、何でもありません」

龍聖は赤くなって首を振った。

「水を飲むかい？」

「はい」

龍聖が頷くと、ラオワンはベッドの側に用意していた水差しからコップに水を注いで龍聖に渡した。龍聖は体を起こして水を飲んだ。

「お腹は空いていないかい？」

「不思議と空いていません」

龍聖の答えを聞きながら、ラオワンが優しく頬を撫でた。龍聖は恥ずかしくて視線を落としながらも、撫でられるままにじっとしていた。ラオワンの手がとても心地よかった。

「リューセー……私は肝心なことを言ってなかった」

「肝心なこと……ですか？」

チラリと視線を上げると、ラオワンがとても優しい眼差しを向けていた。

「ああ、リューセー、愛しているよ」

ラオワンはそう言いながら顔を近づけてきた。龍聖は思わず目を瞑《つむ》る。すると口づけられた。優しい口づけだと思った。

チュッチュッと二回ついばまれて、顔が離れていく。

「ラオワン様」

「ん？」

あんなに直視出来ないと思っていた美しい顔が目の前にある。今は少し違う感情が芽生えていた。恐れ多いなどとはもう思っていない。

「私も……ラオワン様を愛しています」

少し恥じらいながら告白すると、ラオワンが嬉しそうに満面の笑みを浮かべた。


二人は服を着て、竜王の間の中央にあるテーブルセットの椅子に仲良く並んで座っていた。今日が最後の日で、もう少ししたら迎えが来るはずだ。

あれから何度か挑戦して、ラオワンも意識を飛ばすことなく、きちんと龍聖を気持ちよくさせる前戯をすることが出来た。挿入しても龍聖があまり痛がらなくなったので、城へ戻ってもたぶん大丈夫だろうと安堵する。

「ラオワン様……城に戻る前に、話しておきたいことがあります」

急に龍聖が真面目な顔でそんなことを言いだしたので、ラオワンは頷き返した。ラオワンは龍聖が何かを隠していると思っていた。それで以前、ラオワンが目覚める前に泣いていた理由を聞き出そうとしたのだ。あの時の龍聖は嘘はついていないようだったが、あれがすべてではないようだとも感じていた。

もしかしたらその話をするのかも……龍聖が話しだすのを待ちながら、ふとラオワンはそう思っていた。

いた。

「実は……大和の国で……いえ、大和の国がある世界が、今大変なことになっているんです」

「大変なこと？」

「世界が滅亡するかもしれません」

「え!?」

それはとても衝撃的な話だった。

「滅亡って……戦争でも起きるのかい？」

ラオワンは動揺しながらも、想像出来る範囲で尋ねた。しかし龍聖は静かに首を横に振った。

「この世界でも『星』という概念はありますよね？」

「ああ、空に瞬いているあれだろう？」

「そうです。そして私達が住んでいるこの場所……ここも惑星という星なのだということはご存じですか？」

「え？　いや……知らない」

龍聖は少し考えた後、天体についての説明をした。星、太陽、月……それらについて、簡単に説明をした。

「じゃあ……我々はあの月のように丸い大地の上に立っているということなのかい？」

「そうです」

ラオワンは信じられないというように頭を抱えた。

龍聖は書庫にある書物を調べて、この世界には天文学はあるものの、かなり遅れていることを知った。星や月や太陽については、様々な研究がされているが、自分達が住んでいる星については、考えることさえもしていなかった。宇宙という概念も、惑星に住んでいるという概念もない。おそらく進歩が遅れているのは、この世界にある独特な力や非科学的な存在のせいだと龍聖は考えていた。

神や竜、エルフや獣人などの亜人が実在し、魔力というものが存在する。

天空には神がいる。霊的なものなのかどうかは分からないが、龍聖のいた世界とは異なり、偶像ではなく本当に存在するのだ。

もちろん龍聖は見たことがないし、この世界の人間のほとんどが見たことがないだろう。だが竜は神の存在を知っている。初代竜王ホンロンワンは、神と対話し、天罰まで食らっているのだ。実害がある以上、それがすべて空想とは言いがたい。そして何よりも、現に龍聖は異世界から転移してきている。神の力を信じざるを得ない。

そんな世界に生きるラオワンに、天体の話を理解してもらうのは難しい。だからあくまでも龍聖のいた異世界では……という言い方で話を続けた。

龍聖が儀式を行った後の地球では、十年以内に近くを通る彗星の影響で、世界が滅亡するかもしれないのだ。

最新の観測機器を使って導き出した結果では、彗星の尾が大きく地球に接触すると出ている。大量の氷の塊や隕石が降り注ぎ、地上に直接の被害があるだけではなく、爆発などで起きる粉塵《ふんじん》や水蒸気で空が覆われ、氷河期が訪れるかもしれない。

彗星の進路を変えることは不可能で、地球の人類に出来るのは、可能な限り多くの人間を生き残らせるために、あらゆる対策を検討することだけだった。

龍聖が所属していた未来再生研究所は、そういう目的の下に作られていた。

「では最悪の場合は、次の龍聖が生まれないかもしれない……と？」

「はい」

長い沈黙が続いた。ラオワンはとても深刻な様子で考え込んでいる。どれくらいの時間が経ったのかは分からない。実際には半刻も経っていないと思うが、龍聖にはとても長い時間に感じられた。

このことをラオワンにどう打ち明けるべきかずっと悩んでいた。打ち明けないという選択肢はない。でもどのタイミングで打ち明ければいいのか、龍聖は悩みに悩んだ。

そしてなぜ今打ち明けたのか……それは龍聖がラオワンを愛し始めたからだ。

愛する人に隠し事は出来ない。それにラオワンならば、受け止めてくれるような気がした。怒らせてしまうかもしれない。絶望させてしまうかもしれない。それでもきっとラオワンならば、一緒に考えてくれるはずだ。何か救う手立てはないのか。

いや、もしも何も出来なくても、共に悩み、支えてくれる人が欲しかった。

「リューセー」

「は、はい」

ぼんやりと考えていたら、ラオワンに名前を呼ばれた。

「大丈夫だよ」

「え？」

ラオワンは、とても穏やかに笑みを浮かべて、迷いのない真っ直ぐな眼差しを、龍聖に向けていた。

「心配しなくても大丈夫だ。きっと竜王の加護が守屋家を守るよ」

「ラオワン様……」

ラオワンが手を伸ばしてきて、龍聖の頭を優しく撫でた。

「ずっと一人で抱え込んでいたんだね……大丈夫だよ。もちろん根拠なんてない。大和の国が助かる保証はない。でもこの国だって……エルマーン王国だって、何度も絶滅の危機を乗り越えてきた。それはリューセーのおかげだ。リューセーがこの世界に来てくれたから、我々は命を繋ぎ続けることが出来た。そして今、君がここにいる。だからきっと大丈夫だ。きっとなんとかなるよ。二人で考えよう」

「はい……はい……」

龍聖は泣きそうになるのを堪えながら、何度も頷いた。ラオワンの手の力強さに救われた気がした。


エルマーン王国は平和の中にあった。日々は穏やかに過ぎていく。

龍聖から大和の国の危機を知らされたラオワンだったが、それは彼の胸の内に留《とど》められて、誰にも伝えることはなかった。

二人はとても仲睦まじく、それまでの想定外だった様々なことは、すべて嘘だったかのように、皆の記憶から薄れていった。

龍聖は医学や農業などに彼の知識を使って、エルマーン王国の発展に尽力した。ラオワンの仕事を手伝うこともあり、ラオワンの執務室に、龍聖の姿が見られることがたびたびあった。

二人は共に大和の国を救う手立てを模索していた。もちろんすぐに何かが出来るわけではないが、資料を集めて調べることで、ヒントが見つかるかもしれない。エルマーン王国の過去の歴史や、竜王と龍聖の関係に関することや、竜王の力に関することなど、今まで深く調べてこなかったことに手を付けていった。

「ラオワン、竜王しか読むことが出来ない禁書があるんだよね？」

「リューセー……それは今聞かないといけないことなのかい？」

寝室で二人が睦み合っている最中だというのに、龍聖がそんなことを言うのでラオワンは呆れた顔で聞き返した。だが愛撫する手を止めるつもりはない。

「ごめん……ずっと気になっていたことが……んっ……あって……」

敏感になっている乳頭を舌で弄られて、龍聖は頬を上気させながら話を続けた。

「禁書のことでかい？」

「うん……みんなが竜だった頃、人間達の文明は栄えていて、空を飛ぶ乗り物とか、竜を殺せる武器とかを持っていたんだよね？」

「そうだけど……なぜ知っているんだい？」

ラオワンは尋ねつつ、乳首を口に含んで吸い上げた。

「あっ……ああっ……んっ」

龍聖がたまらず喘ぎ声を上げる。身を捩《よじ》らせて息を乱しながら、少し恨めしそうにラオワンを睨んだ。

「ラオワン……ちょっと話をさせてよ……あっ……」

「これが終わったらね」

「だめだよ……いつも気を失っちゃうんだから……ああっ」

龍聖は甘えるような声を上げて、愛撫を続けるラオワンの手を少し抓《つね》った。

「イテッ……リューセー……分かったよ。それで？」

ラオワンは渋々という顔で、龍聖の体を解放した。龍聖は乱れる息を整えながら体を起こした。

「龍聖誓詞にそのことが少し書いてあるんだ。禁書のこと。それで気になって色々と調べたんだけど……とても興味深い資料を見つけたんだ」

「興味深い資料？」

ラオワンはベッドの上に胡坐《あぐら》をかいて座っていた。そんなことより早く続きがしたいという顔でいる。

「今のこの世界にある鉱山は、鉱石を掘るためのものじゃないんだ。前世界の遺物を掘り出していたんだよ」

「遺物？」

「鉄で出来た乗り物や機械などの残骸のことだよ。それを溶かして鉄のインゴットを作っていたんだ」

龍聖がすごい発見だという顔で言ったが、ラオワンには何のことか分からなかった。

「リューセー、私は鉄をどうやって作るかなんて知らないんだ。だからそれがどういうことかも分からない」

ラオワンが困ったように言うので、龍聖は「そうか」と呟いて、鉄鉱石から鉄を作る話などを説明した。

「なるほどそういう石があるのか……それで……それがどうしたんだ？」

「この世界には、銅と鉄しか利用されている金属がないんだ。ステンレスやアルミニウムやチタンはないんだよ。燃料も木炭か石炭しかない。石油はないんだ……つまり前世界の文明が、かなり進んでいたのだとしたら、その頃に採《と》り尽くして、浅い層には化石燃料がほとんど残っていないんだ。鉱石もね。だからこの世界の人達は、弱い火力で鉄の残骸から精錬出来るものしか作れない。技術が途絶えている上に、もう手に入らないものが多いんだ。つまり……龍聖誓詞で、九代目龍聖が案じていた『人類による科学文明の発達』は、たぶん不可能なんだよ。飛行機も作れないし、高性能の爆弾も作れない。もうこの世界には、竜を殺せる武器は生まれないはずなんだよ」

ラオワンはとても驚いた顔をしていた。

「かつてホンロンワン様達が戦った人間の持つ『竜を殺せる武器』を、もう人間達は作ることが出来ないのか？」

「そうだよ……たぶんね。絶対という確信はないけど……でもね、一度人類が滅びかけてから……竜達が天罰を受けて、エルマーン王国を作ってからもう二千年以上が経っているんだ。私達の世界では、今のこの世界と同じくらいの文明から、僅か九百年ぐらいで、空飛ぶ乗り物も、竜を殺せるような武器も作れるほどに文明が発達しているんだ。この世界が二千年もずっと文明が停滞しているのはおかしいんだよ」

龍聖が熱弁するので、ようやくラオワンも、それがとても重要な発見なのだと理解し始めた。だが

「う～ん」と言って考え込んだ。

「だけどそれを知ったところで……何がどうなるんだ？」

「どうもならないけど……少なくとももう我々は人間を脅威に思わなくても良いんだ。ただ粛々《しゅくしゅく》と、天罰を避けて生きていけばいいだけなんだよ」

龍聖が「ね！」とかわいく言ったので、ラオワンはようやく悟ったという顔をした。

「確かにそうだな……我々の生活は何も変わらないけれど、いつかまた人間達に襲われるかもという心配はしなくても良いわけだ。この世界で、今まで通り静かに暮らしていけるのだな」

「そうだよ」

ラオワンは龍聖を抱きしめて口づけた。

「リューセーは賢いな」

「まだまだ分からないことばかりだけど……ひとつずつ理解していけば、何かのヒントにはなるよね」

二人は微笑み合って、深く口づけを交わした。

二人にはもう守るべきものがある。先日生まれたばかりの世継ぎだ。今は卵保管室でゆっくりと成長している。我が子のために、未来をどうにかしたいと二人は抗《あらが》い続けていた。


龍聖は胸に抱えている卵を、大切そうにみつめていた。

「不思議だよね」

「また言ってる」

隣に座るラオワンがクスクスと笑った。

「私が卵を産むなんて、どういう原理になっているんだろう？　って言うんだろ？」

ラオワンが龍聖の真似をして言ったので、龍聖はぷうっと膨れてから、ラオワンを肘でつついた。

「だって本当に不思議なんだから仕方がないでしょう？　人間が卵を産むのも不思議だけど、私は男なのに子供を産めるのも不思議だし、こうして私が魂精を注ぐと卵が成長するっていうのも不思議……生まれた時はアヒルの卵ぐらいだったのにね、今はダチョウの卵ぐらいだ。もっと大きくなるんでしょう？」

「ダチョウが何かは分からないけど……そうだね。これくらいの大きさにはなるよ」

ラオワンが両手で丸を作って大きさを表した。

「バスケットボールぐらいかな？」

「それが何かは分からないけどね」

ラオワンがいちいちツッコミを入れるので、龍聖は口を尖らせてみせた。二人のやりとりを、部屋の外でハデルが微笑ましく聞いていた。

二人は本当に仲が良い。龍聖は精力的に政務の手伝いもしているので、二人は一緒にいることが多い。おかげでハデルも、王の私室以外にいることが多かった。

『でも皇太子がお生まれになったら、そういうわけにはいかなくなる』

ハデルは今後について、真剣に考えていた。

ハデルは龍聖の側近なので、龍聖が外出する際には必ずお供をする。ラオワンと龍聖が二人で散歩に出かける時でさえ、必ずお供をしていた。

その一方で、ハデルは王の私室において、家政を取り仕切る役目も担っていた。ハデルが龍聖と共に外出している間の王の私室の管理は、事前に侍女頭や兵士達に指示をしておけば特に困ることはない。

しかし皇太子が生まれた今は、少しばかり事情が変わってしまった。大切な皇太子を、乳母と侍女達だけに任せて、王の私室を長い時間空けることは出来ない。生まれたばかりの皇太子の身に、何かが起こった時に、アルピンである侍女達では対処できない恐れがある。だからといって、ハデルが龍聖の側を離れるわけにもいかない。

一、二時間程度ならば問題ないが、政務の手伝いは半日以上かかる。せっかく優れた能力を生かして、龍聖が政務を手伝っているというのに、皇太子のために仕事を減らしてくださいとは言いづらかった。

ハデルはラオワンに相談した。龍聖に相談したら、仕事を辞めると言い出しかねない。でも龍聖は何か目的があって、仕事に携わっている気がしていた。ハデルには何も言わないが、いつも何かを熱心に調べている。それを邪魔したくはなかった。

ラオワンは事情を理解してくれて、すぐに対策を考えると言った。結果としてラオワンの妹、第三王女のファンルイが、ハデルがいない間の代理として王の私室の家内長を務めることになった。

こうしていつも兄弟達が助け合っている。

『兄弟が多いと便利だね』

龍聖はいつもそう思っていたが、自分がたくさん産むのは無理そうだな……とも思っていた。

そして待望の皇太子が卵から孵る日が来た。

ラオワンと龍聖が見守る中、すでに小さな穴が空いた卵から、用心深く殻《から》を少しずつ割って取り除く作業が進められていた。

卵の護衛責任者を担ったのは、ラオワン達兄弟の末っ子カイアンだ。

「兄上、リューセー様、あとは容易《たやす》く殻を取り除けますので、お二人で協力して皇太子を外に出してあげてください」

カイアンが丁寧に殻にひびを入れて、三分の一ほど取り除いたところでそう二人に伝えた。二人は恐る恐る残りの殻を取り除いていった。

もう赤子の顔は見えている。

「本当に赤ちゃんが入ってる……」

龍聖は感動の声を漏らした。ふわふわとした赤い髪がかわいい。

「さあ、もう出してやってもいいと思うよ。リューセー、抱き上げてごらん」

「え？　いや、ちょっと怖いよ……なんか殻で傷をつけてしまいそう」

龍聖は卵の中に手を入れようとしたが、怖くなってすぐに引っ込めてしまった。

「じゃあ、私が取り上げるよ？」

ラオワンはそう言うと、卵の中にそっと手を差し入れて、ゆっくりと中の赤子をすくい上げるように、卵の中から取り出した。だが途中まで出しかけたところで、ラオワンは異変に気がついた。赤子が金色の卵を抱いていないのだ。注意深く見るが卵の中には見当たらない。

『半身がいない!?』

ラオワンはぎょっとしてしばらくそのままの状態で固まってしまった。

「どうかしたの？」

ラオワンの様子がおかしいので、龍聖が心配そうに尋ねた。

「いや、何でもないよ、さあ、私の世継ぎだ」

ラオワンは赤子を抱き上げて、龍聖に渡した。赤子は大きな声を上げて泣き出した。

「え？　え？　私の抱き方が悪いの？」

龍聖が不安そうにおろおろとしながら、ラオワンと部屋の中を覗き込んでいるハデルを交互に見て助けを求めた。

「リューセー様、きっと半身を取られて怒っているんですよ」

ハデルが笑いながら答えたので、龍聖は不思議そうに首を傾げる。ラオワンは動揺を隠しながら笑顔を作った。

「ああ、半身の卵は私が預かった。これからある場所に持っていかないといけないんだ」

ラオワンは卵を懐に持っているふりをしてそう言った。

「リューセー、この子の名前はホンシュワンだ。ホンロンワン様にあやかって名付けた」

「ホンシュワン……良い名前ですね」

龍聖は腕の中で泣いている我が子を必死であやしながらそう言った。

「ホンシュワン……お父様みたいに立派な竜王になるんだよ」

龍聖が優しくそう言い聞かせているのをみつめながら、ラオワンは複雑な気持ちでいた。

この五十年ほどの間に、卵を持たずに生まれてくる男子が数人いた。今までも遡れば九代目竜王の時代から生まれていたが、これまでは百年に一人程度のものだった。

だが直近五十年では、すでに六人もいた。いずれもシーフォンの特徴(長命、不思議な髪色)を持って生まれており、魔力もあったので、単に『卵を持たない特殊な子供』という扱いになっていた。

ただし彼らは皆、両親の血筋に関係なく、高めの魔力を持っており、またシーフォンにとってなくてはならない『ジンシエ』を食さなくても生きていけることが分かっている。

一部では神の天罰を免《まぬか》れ、許された者ではないのか？　と論ずる者もいたが、シーフォンとしての尊厳である『竜』を持っていないのは、たとえ許されたと言っても喜べないと、皆が思っていた。

ラオワンは、我が子ホンシュワンが半身を持たずに生まれてきてしまったことで、それらの『卵を持たない特殊な子供』なのかと思い悩んだ。

普通のシーフォンでさえ、肩身の狭い思いをしているというのに、世継ぎである皇太子が半身を持たないとは、一体どういうことなのだろうと思う。竜王は人の身も竜も『竜王』だ。

人の身の竜王が、その魔力でシーフォン達を鎮《しず》めて、竜の竜王が竜達を統《す》べている。半身を持たない竜王は、竜を統べることが出来ないだろう。それはすでに竜族の絶滅を意味しているのではないのだろうか？

早く誰かに相談すべきかもしれないが、誰に相談すれば良いのかも分からない。弟達に相談しても仕方がない。本当は龍聖に相談すべきなのだが、龍聖もまた大和の国の大きな問題を抱えている。

『まさか大和の国の絶滅の危機と、ホンシュワンに半身がいないのは、何か繋がりがあるのだろうか!?』

ラオワンは毎日人知れず思い悩み苦しみ続けた。

ある日のこと、いつものように執務室でラオワンと龍聖とションシアの三人が、それぞれの仕事をしている時、ひどく慌てた様子の侍女が、執務室にやってきた。龍聖付きの侍女だ。ハデルがすぐに応対したが、ハデルもただならぬ様子で龍聖の下へ駆け戻った。

「リューセー様、すぐにお部屋へお戻りください。ホンシュワン殿下の様子がおかしいそうです」

龍聖は驚いて立ち上がり、ラオワンも同じように立ち上がった。二人は急いで王の私室へ向かった。

二人が駆けつけると、ファンルイと医師が真っ青な顔で、部屋の真ん中に立っている。窓辺に置かれた小さなベッドの側には乳母がおろおろとした様子でいた。

「ファンルイ！　何があった！」

ラオワンがすぐに妹のファンルイを問いただした。龍聖はホンシュワンの下へ真っ直ぐに駆け寄る。

「兄上、申し訳ありません、ホンシュワンの魔力が強すぎて、私達は近づくことが出来ないのです」

「陛下、ホンシュワン様は魔力の暴走を起こされています」

ファンルイと医師が、必死の形相《ぎょうそう》でそう言った。

「まさか！」

それを聞いたラオワンはとても驚いて、窓辺にいるホンシュワンの下へ駆け寄った。確かに近づくだけで魔力が溢れているのが分かる。

「リューセー、私に任せてくれ」

龍聖の腕の中で、赤い顔でぐったりとしているホンシュワンを、ラオワンは抱き上げた。小さな体のお腹の辺りに手を添えると、魔力の流れを調整し始めた。慎重に少しずつ……それはとても神経をすり減らす作業だった。

本来、魔力が発現するのは、二十歳(外見年齢四歳)を過ぎてからだ。こんな四歳(外見年齢一歳未満)にも満たない赤子が魔力を発現することはない。その上暴走するほどの強い魔力などありえなかった。小さな体だ。魔力器官も未熟でとても小さい。それを代わりに調整してやるのだ。とても繊細な魔力操作が必要だった。

ようやく顔色も戻り、穏やかに寝息を立てるようになったので、ラオワンはホッと安堵した。

「リューセー、もう大丈夫だよ。医師に診《み》せるからもう少し待っておくれ」

ラオワンはホンシュワンの様子を龍聖に見せながら、医師を呼び寄せた。診断の結果、体に異常はなく、少し疲労しているので、数日眠ったままだろうが回復すると言われた。

ラオワンも龍聖も心から安堵した。


「ホンシュワンは魔力の暴走を起こしたんだ。体に対して魔力が大きすぎると、魔力器官が上手く働かずに、体の中に魔力だまりが出来る、それで普通は具合が悪くなって気づくのだが、そのまま気づかずに放っておくと、溜まった魔力が暴走してしまうんだ。だけど普通あんな小さな赤子には、まだ魔力が発現しないはずなんだ」

ラオワンの説明を聞いて、龍聖は戸惑っている。一緒に聞いていたハデルとファンルイ、医師もひどく動揺していた。

「どういうことですか？　あの子はこれからどうなるんですか？」

龍聖がすがるようにラオワンを見た。

「たぶん魔力がとてつもなく大きいのだと思う。現在の魔力量は大したことはない。シーフォンの五十歳（外見年齢十歳）くらいの子供ならば、普通の魔力量だ。だが四歳の赤子には多すぎる。普通はあのように魔力酔いを起こしたり、暴走したりした場合は、上手く全身に魔力を拡散するように魔力器官に調整を促してやれば治まるのだが、あの子にそれをやっても解決しない。さっきも言ったように、四歳児の体には通常は魔力が存在しないからだ。今は私が魔力を抜き取った。それしか今は治療法がない」

龍聖も他の者達も、呆然としていた。

「では……あの子はこれから……」

「これから私が毎朝、あの子から魔力を吸い取ろう。そうすれば問題はない。数日続けてみて、一日に発現する魔力量が分かれば、今後どのようにしていけばいいか分かるだろう」

ラオワンは龍聖を安心させようと優しく微笑みながら言った。龍聖はまだ不安そうだが、とりあえずの対策が分かったので胸を撫で下ろしたようだった。

ラオワンはその後、ハデルと医師に今後についての対応を話した。もしもの時の対処法だ。医師には魔力を抜く装置を作れないかも相談した。医師はすぐに調べますと言って、一礼をして去っていった。

ラオワンは執務室に戻ると言ったが、龍聖はホンシュワンの側に残った。

廊下に出たラオワンは、とても険しい表情になり、ゆっくりと歩きだした。行き先は執務室ではなく、中央塔へ続く階段だった。

その後ろをバタバタと護衛の専属兵士が付いてきた。皆、不思議そうにチラチラと視線を交わし合っている。どこに行くのだろう？　と思っているのだ。

ふいに階段の前でラオワンが足を止めた。くるりと振り返り四人の兵士達を見つめた。

「君は……確かこの中で一番長く私の護衛をしているな」

ふいに一人の兵士を指《ゆび》さして言ったので、指《さ》された兵士は少し焦りつつも「はい！」と大きく返事をした。

「うん、君にしよう。これから執務室へ行きションシアに、私が『出かける』と言ったと伝えてくれ。行先を聞かれても知らないと言え。もちろん私が行き先を教えていないから知らないとしか言えないだろうが……ヤマトに乗って出かけたということも言ってはならない。何を聞かれても私からの伝言以外は何も言うな。分かったね」

「は、はい」

兵士は困惑の表情で頷いた。

「残りはここで待機だ。君もお使いが終わったらここに戻ってきてみんなと待機だ。ションシアがもしもここに来ても、全員何もしゃべらずにここに待機しているように。大丈夫、君達は私の専属兵士だ。宰相には君達に何か命じる権限はない」

「分かりました！」

残りの三人は、力強く返事をして、きちんと壁際に整列した。それをラオワンは頷きながらみつめる。

「君、名前は？」

伝言係を言いつけられた兵士に、ラオワンが尋ねた。

「レ、レイサと申します」

「ではレイサ、時間を稼ぎたいから、執務室へはゆっくり歩いていってくれ……頼んだよ」

「はい、承《うけたまわ》りました！」

レイサと名乗る兵士は、ラオワンに敬礼をすると、反対の方向へ歩き出した。

ラオワンは、すぐに階段を駆け上がり始めた。

『ヤマト、すぐに出発の用意をしてくれ、それから竜達には私達を見て見ぬふりをするように命じてくれ』

ヤマトに心話で伝えながら、塔の最上階へ向かう。今動かなければという決意を胸に、ラオワンは駆けていった。

龍聖はひどく憔悴《しょうすい》して、ホンシュワンが眠る小さなベッドの側にいた。時々そっと髪を撫でたり、頬を撫でたりしている。

乳母がおろおろとしながら後ろに控えていたのだが、ハデルが龍聖に気づかれないように呼び寄せて、家に帰って次の当番日までゆっくりと休むように告げた。それを聞いた乳母は自分がクビになってしまうのではないかと思ったらしく、何度も謝るのでハデルはそうではないと宥《なだ》めた。

アルピンである乳母にとって今日のような出来事は、初めての経験だっただろう。世話をしていた赤子が突然ぐったりとし、今にも死にそうに見えたのだ。その上唯一の頼りであるハデルの代わりを任されていたファンルイは、真っ青になって震えながら『私は近づけません』と言い、さらに呼んできた医師までも同じように真っ青になって近づけないと言うのだ。

魔力などまったく感じ取れないアルピンにとっては、何が起こっているのかさえ分からずに、大切な皇太子が目の前で死にそうになっていたのだ。トラウマになってもおかしくないだろう。

だから一度離れて気持ちを切り替えた方が良いと思ったのだ。

現在ホンシュワンの乳母は三人体制だった。朝出勤して二十八時間交代を三人で回している。丸一日泊まり込みで仕事をしたら翌朝帰宅して二日休む。

ホンシュワンは、もうどこも悪くなく眠れば元気になること、魔力が原因なのでアルピンである我々ではどうしようもなかったことなどを丁寧に説明して、遠目からだが顔色も良くなって安らかに眠っているホンシュワンの様子も見せて、ようやく安心した様子の乳母を帰宅させた。

「リューセー様、昼食がまだでしょう。少し食べませんか？」

ハデルが様子を窺って、そっと声をかけた。

「うん……でも……」

龍聖はホンシュワンから離れられないという顔で言い淀む。

「さっき陛下がおっしゃったでしょう？　魔力を抜いたからもう大丈夫だと。医師も体に問題はないと言っていました。ただ眠っているだけです。すぐ見えるところにいるのですから、食事くらいとっても大丈夫ですよ。リューセー様がお倒れになる方が困ります」

ハデルに宥められている最中に、龍聖のお腹がクゥと鳴った。龍聖は赤くなってお腹を押さえたが、ハデルが「体が正直で良かったです」と笑顔で言って、侍女に指示してすぐに食事の用意をさせた。

五分も経たないうちに、テーブルの上には食事が並べられた。龍聖の好物ばかりだった。それを見てハデルは一瞬驚いたように侍女を見た。侍女達は顔を見合わせて微笑んでいる。

おそらくハデルが龍聖に話しかけるよりも前から、落ち込んでいる龍聖を見て、侍女達が誰に言われたわけでもなく、好物ばかりを料理し始めたのだろう。みんな龍聖に元気になってもらいたいと思っているのだ。

「あれ？　今日は魚肉餃子と、あさりモドキの酒蒸しと、エビフライのタルタルソース……好きなのばっかりだ……ありがとう」

料理を見て、龍聖は嬉しそうに侍女達に礼を言った。龍聖に笑顔が戻ったのでみんなが安堵する。

美味しそうに食べていたが、途中で何度もホンシュワンを気にしていた。食事が終わると、すぐにホンシュワンの下へ行こうとするので、ハデルがそれを引き留める。

「リューセー様、少しお話をしましょう」

ハデルは龍聖をソファに座らせた。

「ここからだとホンシュワンが見えないから……」

龍聖が不安そうに言うので、ハデルは座っている龍聖の正面にひざまずいて龍聖の手を握り、ゆっくりと小さく首を横に振った。

「リューセー様、そんなにすぐに容態は変わりません。侍女が側で見ておりますので大丈夫です。今は私と話す時間を少しだけいただけませんか？」

ハデルが落ち着いた口調で、じっと目を見て言ったので、龍聖は戸惑うように瞳を揺らしたが「分かった」と頷いた。

「リューセー様、ホンシュワン様の急病に、とても慌てて心配なさったというのはよく分かります。ですが卵の頃から、お世継ぎは他の子供と比べて魔力が安定するのが遅いから、よく熱を出したり、具合が悪くなったりしますよという話をさせていただいていたと思います。ラオワン様もそれで大変ご苦労されたので、ご自身の体験談を話して聞かせてくださいました。ですから最初は驚いたとしても、こんなにいつまでも動揺して不安になられるとは思っていませんでした。何か他に理由があるのですか？」

ハデルの話を聞いて、龍聖は眉根を寄せながら困ったように唇を噛んだ。そのじっと考えている様子が、ハデルには龍聖が何かを隠そうとしているように見えてしまった。

「私には言えませんか？」

続く言葉に、龍聖は泣きそうな顔をした。ハデルは龍聖の僅かな表情の変化も見逃すまいとした。龍聖を追い詰めるつもりはない。家臣として主《あるじ》のことは信じている。しかし何か引っかかっている自分の勘も信じたかった。何かが違うと……主らしくないものがあると引っかかってしまった以上、その違和感をはっきりさせたかった。

十四年あまり、朝に夕に側に仕えてきた。決して揺らがない主従の絆が出来ていると声高に言えるほど、長い付き合いではないかもしれない。でも短いとも思わない。

龍聖がこの世界に一人でやってきた時から、誰よりも側にいて、誰よりも味方でいた。一日も早く自分のことを信じてもらえるように努力した。欲を言うなら、竜王よりも信頼されたいとまで思った。

「どうしてハデルはそう思うんだい？　どうして他に何か理由があると思うの？　私はただ自分が許せなかった。生まれたばかりの子供を放り出して、自分のやりたいことばかり……親らしいことなんて、毎日朝と夜に魂精をあげるくらい……でもその時にホンシュワンの異変に……気づかないといけなかったのに、気づけなかった……」

龍聖がむきになって食ってかかる。私を疑っているのか？　と腹を立ててみせる。それなのに少しも声音に怒りを感じないのはなぜだろう？　龍聖が優しいからではない。怒りの矛先《ほこさき》がハデルではなく、龍聖自身に向けられているからだ。龍聖は今自分に対して怒っている。

それは龍聖が今言った『親らしいことが出来なかった自分が許せない』という怒りではない。それもたぶん本心だろうとハデルは思った。でもハデルに対して怒っているように見せかけた前半のはっきりとした物言いに対して、後半の言い淀むような言葉の裏に、何か喪失感のようなものを感じた。

そこにヒントがある。龍聖がハデルに何かを訴えている。ハデルは必死に考えた。何かを見落としている。

ホンシュワンの急病の報せを聞いて、この部屋に駆けつけてから今までの状況を思い出していた。そこでの龍聖の言動に、ハデルが何か引っかかりを感じたから、今それを聞き出そうとしているのだ。主の悩みを解決したい。何か心の重荷になっていることがあるのならば、自分がそれを請け負いたい。ただそれだけのことだ。

そして瞬時にあることに気がついた。龍聖には、ラオワンと二人だけで共有している何かがある。あの時、蚊帳《かや》の外だったのは、ハデルと乳母とファンルイと医師……龍聖が頼ったのはラオワンだけだった。龍聖がラオワンに依存しているというのならば、それは仕方のない話だ。夫婦なのだし、この国の王なのだから、それは決して間違いではない。

でもそうではないと思った。あれは依存とは違う。ラオワンを妄信しているという態度ではない。

「リューセー様！　私を信じてもらえませんか？」

ハデルは日本語でそう言った。龍聖がはっとしたように目を見開いた。

「何か胸につかえるものがあるのならば、出してしまった方がすっきりしますよ？　誰にも聞かれたくないことでも、壁に向かって話すよりは良いと思いませんか？　私では頼りにならないかもしれませんが、少なくとも私は世界で一番のリューセー様の味方です。私の忠誠は、竜王陛下ではなくリューセー様に捧げています。リューセー様から死ねと言われれば、躊躇《ちゅうちょ》なく死ねます」

ハデルは堂々とした口調でそう言った。すべて日本語だ。

ハデルは思い出していた。龍聖はこの世界に来て、竜王が目覚めていないと知ってから、必死でこの国の言葉を覚えようとした。ハデルもションシア達もみんな日本語が話せるのだから、無理はしなくても良いと言っても、語学を最優先した。理由は、外出もままならずほとんどを王妃の私室で過ごすのに、侍女や兵士達と話が出来ないのは不便だからというものだった。

龍聖の言うことはもっともなのだが、それでも少しずつゆっくり覚えればいいことだ。他にも学ばなければならないことがたくさんあった。

今思えばあの頃から、すでに龍聖は一人で何かと戦っていたのだ。少しでも多く味方を作ろうとしていた。その龍聖が持っていた独特の空気感が、ラオワンと結ばれた頃から変化した。きっとラオワンには打ち明けたのだ。龍聖が抱えているものを。

そして今また何かが変わろうとしている。愛する我が子の危機を目の当たりにして、龍聖は抱えきれなくなっている。苦しそうにしている。

ハデルに合図を送っている。

『これは私の独りよがりではない』

ハデルは自分を鼓舞した。

しばらくじっと見つめ合っていた。龍聖の瞳が迷っているように揺れる。ハデルは視線を逸らさずに、ただひたすらに待った。

「ハデル……決して誰にも言わないと約束して」

「もちろんです」

ハデルは変わらぬ落ち着いた様子で答えた。一瞬辺りを窺った。周囲に侍女はいない。窓辺にあるホンシュワンのベッドの側に一人いるだけだ。だが今話しているくらいの大きさの声ならば、聴きとることは難しいだろう。侍女達は日本語が分からない。簡単な挨拶を二言三言覚えただけだ。

それでも用心するに越したことはない。

「大丈夫です。リューセー様が話したいことだけ話してください」

ハデルは微笑みかけた。龍聖はハデルに握られていた手を、ぎゅっと握り返した。

「実は……私がこの世界に来た頃、大和の国では……」

龍聖はとつとつと語り始めた。おそらくこちらの世界とはまったく文化の異なる事象や物事を、ハデルにも分かりやすくするために、言葉を選んでいるせいだろう。

ゆっくりと語られるその話は、ハデルの想像を遥かに超えた衝撃的なものだった。しかし今はショックを受けている場合ではない。あくまでもハデルは壁に徹することにした。

すべてを聞き終わって、ハデルは愕然として腰を抜かしてしまいそうだった。向こうの世界が滅亡の危機に瀕《ひん》している。大和の国が……とか、守屋家が……などという次元ではなかった。世界が滅亡してしまうのならば、竜王との契約もリューセーも消えてしまう。つまり次の代のリューセーが降臨しなくなるのだ。次代の竜王であるホンシュワンは魂精が貰えずに死に至り、跡継ぎを残さずに竜王が死ねば、シーフォンもまた滅亡する。

「ラオワンにはこのことを伝えてあって……ただ未来を待つだけではなくて、何か自分達で出来ることはないか、色々と模索しているんだ。まだこれと言った成果はないけれど、調べたおかげで色々と分かったこともあるし……。だけどホンシュワンが生まれたら、前よりもなんか未来のことが現実味を帯びてきてしまって……この子のリューセーは来ないかもしれないとか思うと……辛くて……悪い方に考えないようにしても……今回みたいなことがあると、すべてが守屋家のせいのような気持ちになってしまって……エルマーン王国と守屋家は契約という縁で繋がってる。こちらの世界で悪いことが起きると、守屋家で何か良くないことが起きているせいではないのかと……心配で……不安で……でもそういうことはラオワンには愚痴でも言えないから……言えばラオワンも不安にさせてしまうから……」

龍聖はそこまでなんとか話しきると、ぐっと下唇を噛んだ。

ハデルは『ああ……』と心の中で大きな溜息と呻きを漏らした。間違っていなかった。龍聖の小さな救命信号を見逃していなかった。思い悩みすぎて気鬱《きうつ》になってしまう前に、話を聞くことが出来て良かったと、ハデルはつくづく思った。

特に何も答えることなく、ただ龍聖の手をしっかりと握りしめ続けた。最初は冷たかった龍聖の指先が次第に温かくなっていくのを感じた。

「ありがとうハデル。話したら少し楽になった」

龍聖が心から安堵したという顔で礼を言った。先ほどまでとは随分表情が変わっていた。憑《つ》き物が落ちたような顔をしている。

「私は何も出来ませんが、リューセー様が抱える重い荷物を、一緒に持つことは出来ます。いつでもどんなことでも一言ご相談ください。私はリューセー様の側近です」

「うん、ありがとう。ラオワンは私と同じ立場の当事者だから、一緒に解決しようと頑張る同志ではあるけれど、だからこそ愚痴や弱音を吐けなくて……自分一人では抱えきれなくて……助けてほしいわけじゃなく、ただ誰かに話を聞いてほしかったみたいだ」

ようやく龍聖に笑顔が戻った。きっと大丈夫だとハデルは思った。このエルマーン王国は、今まで何度も危機を乗り越えてきた。今度もきっと大丈夫だ。今聞いた話は心の奥底にしまうことにした。

「ところでリューセー様、先ほど陛下が、医師にホンシュワン殿下の魔力を吸い取るような装置を作れないかと話していました。医師はすぐに調べると言っていましたが……そういうものの研究や開発は、リューセー様こそお得意なのではありませんか？」

突然のハデルの提案に、龍聖は目を丸くしたが、その瞳がキラリと輝いた。

「そうだね……それは良い考えだ。早速……あ、そっか……」

今日のところは、乳母もファンルイも帰してしまっていた。龍聖は窓辺に置かれた小さなベッドに視線を向けて、溜息をついた。

「リューセー様、今日は私が殿下を見ておりますので、行ってらっしゃってください。その代わり護衛を呼びますので少しばかりお待ちいただけますか？」

「護衛って、いつもついてきてくれる兵士の方々ではないの？」

「もちろん兵士も護衛しますが、アルピンの兵士だけでは、リューセー様の護衛として心もとないので、メイジャン様にお願いして、どなたかシーフォンの方に護衛していただきます。言えばきっとご兄弟のどなたかが飛んでいらっしゃいますよ」

ハデルはそう言ってクスリと笑った。

「皆さんお忙しいのに申し訳ないな」

「大丈夫ですよ。陛下やリューセー様の護衛や仕事のお手伝いなどは、皆さんが進んでやりたいことですから」

ハデルは侍女を呼んで使いを頼んだ。

龍聖は眠っているホンシュワンを見つめながら、護衛が来るのを待った。

「リューセー様！　お待たせしました！　私が護衛いたしますのでご安心ください！」

元気な声で部屋に飛び込んできたのは、末から二番目の王子イースンだった。普段は南北の関所警備の統括長をしている。たまたま国内警備の長官執務室で、書類仕事をしていたところ、兄で長官のメイジャンから「行ってこい」と言われて、喜び勇んで走ってきたのだ。

末から二番目の弟だが、年齢的にはラオワンより少しだけ年上だ。ラオワンが眠っている間に生まれた弟なので、ラオワンが目覚めるまで会ったことがなかった。

「イースン様、お忙しいところ申し訳ありません。医局に行きたいのですがよろしいですか？」

「もちろんです！　リューセー様のお供《とも》でしたら地の果てまでも参りますよ！」

イースンは明るい大きな声で答えて、ニッと笑った。相変わらず明るく元気な青年に、龍聖はハデルと顔を合わせてクスクスと笑う。

「医局の方へはすでに連絡を入れてありますので、リューセー様、気をつけて行ってらっしゃいませ」

「うん、ホンシュワンをよろしくね」

龍聖はイースンと専属兵士に護衛されて、医局に向かった。


ラオワンはヤマトに乗って北を目指していた。

大陸の北には険しい山脈が幾重にも連なっている。山の頂には雪が積もっていた。山岳地帯の中でも南寄りの草原に近い辺りには、人間の国がいくつか点在しているが、山脈の奥深くには人の気配は一切なかった。

人間の足では、とても奥地まで行くことは出来ない。雪を被る高く険しい岩山の頂上は空気も薄い。道などは当然なく、人どころか獣の姿も見ることはない。

その山脈のひとつに、ゆっくりとヤマトが降りていく。冷たい風が叩きつけるように吹いている。山脈の間の渓谷に降り立った。ゴロゴロと大きな岩がいくつも転がっている。草木はほとんど生えていなかった。昼間でも薄暗いその場所で、ラオワンは目を閉じて気配を探った。

「ヤマト、お前はここで待機していてくれ。危険を感じたら空の上にいればいい」

するとヤマトがグッグッグッと警告音のような鳴き声を出した。怒っているような鳴き声に、ラオワンは笑みを浮かべる。

「危険だって？　ワクワクしないか？」

ラオワンが口の端を上げて言うと、ヤマトは呆れたような顔をして、そのまま黙ってしまった。

「まあ、大丈夫だから」

ラオワンはひらひらと手を振って歩き出した。

足場の悪い傾斜をしばらく上ると、切り立つ大きな岩と岩の隙間のような窪みに、ラオワンは引き寄せられるようにふらふらと近づいていった。何かを探すように岩肌を手で探る。すると一ヶ所に何か違和感を覚えた。両手で何度もその辺りを探った後、目を閉じて掌《てのひら》に魔力を集める。すると岩の上に光の線が走り、難解な文字のような模様を浮かび上がらせながら、ふたつの長方形を作り出した。

ラオワンは目を開けて「ほう」と感心したように感嘆の声を漏らした。

手を岩から離すと光もともに消えた。その代わり何もなかった岩肌に、大きな扉が現れた。グッと両手で思いきり力を入れて押すと、ザリザリと岩の擦れる音とともに扉が内側に開いていく。ようやく入り込めるくらいの隙間が開いたので、それ以上扉を開けるのを諦めて、隙間に体を捻《ね》じ入れた。

中は洞窟のようになっている。真っ暗な道を、辺りに注意を払いながら歩いた。横幅は広いが天井が低かった。ラオワンの背でぎりぎり通れるくらいだ。頭上に気をつけながらしばらく歩いていくと、行き止まりになった。そこには大きな鉄の扉があった。軽く触ってみたがビクともしない。

ラオワンはどうしようかと、扉の前で腕組みをしてしばらく考えた。よく見ると、扉にはノッカーが付いている。返事があるとは思えないが、とりあえずノッカーで扉を叩いてみた。

不思議な獣の頭部を模《も》した見事な細工の金のノッカーだ。口に咥《くわ》えているリングを持って、扉に叩きつけた。キーンキーンキーンと、思っていたより高音の金属音が響き渡った。

ラオワンはその音に少し驚いたが、反応をしばらく待った。だがまったく反応がない。どうしたものかと考え込んだ。この金属の扉は、先ほどの石扉のように、魔力による仕掛けは施されていないのを感じた。本当にただの金属の扉だ。当然ながら鍵がかかっていると思うし、見ただけでも重そうで、身体強化をしてもラオワン一人では開けることは難しそうだ。

「もう誰もいないということはないよな……」

意識を集中させると、扉の向こうに少し遠いが何か気配は感じる。そんなことを考えていると、ガチャッと金属音がした。音のする方を見ると、大きな鉄の扉の脇に小さな扉があって、そこから男がひょっこりと顔を出していた。顔の半分が豊かな髭《ひげ》で覆われていて、鼻と大きな目しか見えない。ラオワンと目が合うと、男はギョロリとした目を、さらにギョロリと見開いて驚いている。

「あの……ここはドワーフの国で間違いないだろうか？」

ラオワンは恐る恐る話しかけてみた。

「お前は何者だ」

男はそう言いながら、さらに半身を扉から外に出してきた。右手に持ったウォーハンマーを肩に引っかけている。威嚇《いかく》されて、ラオワンはどうするのが正解なのだろうと考えた。

「ん？　お前からは竜の匂いがするな」

男がクンクンと鼻を鳴らして訝《いぶか》しげな顔でそう言ったので。ラオワンはさらに返事に迷った。

『ドワーフが人間嫌いなのは有名だが、我々竜族とはどうなんだ？　昔何かの因縁《いんねん》があったりしないだろうな？』

竜だと肯定しても大丈夫なのかと考えたが、これから先のことを思うと正直に言った方が良いと思った。今ならばこの男一人くらい上手く躱《かわ》して逃げることは出来る。

「私はかつて竜だった者だ。今はシーフォン族という人間種として生きている」

「では外の奴はお前の仲間か？」

そう言われて内心驚いた。もうヤマトの存在がバレているらしい。

『そっちは変わりないか？』そっとヤマトに呼びかけてみた。するとヤマトからは変わりないという返事が返ってきた。見られてはいるが接触はないようだ。

「外の黄金竜は私の半身だ」

ラオワンが答えると、男はじろじろと上から下までラオワンを睨《ね》めつけるように見た。

「それで何の用だ」

「同じ古き者として、偉大なるドワーフに知恵を借りに来た。私はこの身ひとつだ。出来れば寛容に私を受け入れてほしい」

ラオワンは両手を上げて戦う意思のないことを示しながらそう伝えた。男はしばらくじっと無言でみつめていたが、ふと何かに気づいたというように、（髭で良く見えないが）表情を和《やわ》らげた。

「お前は客人か？」

唐突に聞かれた。

「あ、ああ、そうだ」

ラオワンは彼の言う『客人』というのが、もしかしたら何か意味がある言葉なのかとも思ったが、とりあえずそれに乗っかることにした。

ラオワンが肯定すると、男はさらに驚いた後、すっと扉の中に引っ込んでしまった。

「あっ……」

ラオワンが慌てて引き留めようとしたが、次の瞬間「客人が来たぞ〜!!」という大きな声が扉の向こうで響き渡った。すると少し間をおいて「なんだと？　客人だと？」といういくつもの声が聞こえてきて、それが次々と波のように押し寄せてくる。

ラオワンはぎょっとして、思わず数歩後ろに退いた。

やがてガチャンッという大きな金属音がした後、ギギギギーッと金属の軋む音とともに、目の前の大きな両開きの扉が開かれた。

開かれた扉の向こうにはたくさんの髭面の男達が集まっていた。皆がその大きな目を見開いて、客人を一目見ようと押し合いながら開いた扉に迫っている。

ラオワンの姿を確認すると、男達は再び「客人だ」「本当に客人だ」と騒ぎ出した。ラオワンはその勢いに圧倒されて、声もなく立ち尽くしていた。

　すると急に男達が静かになった。群衆がふたつに分かれて一人の老人が現れた。他の男達と同じように、がっしりした体軀《たいく》をしているが、真っ白な髭が顔の半分を覆っている。額や目尻に深いしわが刻まれているので、おそらく老人だと思われた。

「貴方がドワーフの王か？」

　ラオワンが尋ねると、老人は黙ったまま値踏みするようにラオワンを上から下まで眺めた。

「わしは王ではない。だがみっつある一族のうちのひとつを束ねている古老じゃ。ロンブスと申す。そなたは王に用か？」

　ロンブスの挨拶を受けて、ラオワンは丁重に頭を下げた。

「私は竜族シーフォンの王ラオワンだ。突然の来訪を許されたい。同じ古き者として、偉大なるドワーフに知恵を借りに来た。私はこの身ひとつだ。出来れば寛容に私を受け入れてほしい」

　ラオワンは先ほどの男に伝えた口上を改めて言った。ロンブスは、厳しい眼差しで、ラオワンをじっとみつめている。

「その赤い髪、身に纏《まと》う魔力、金の竜……噂に聞く竜族の王で間違いないだろう。我々はそなたを客人として迎える。王に会わせよう。ついてくるがいい」

　ロンブスが言い終わるのと同時に、集まっていた群衆が歓声を上げながら、わっと散らばっていった。

「客人だ～！　八百年ぶりの客人が来たぞ～！」

　そう口々に叫びながら走り去っていく。

一人残ったロンブスが、やれやれという顔で溜息をついた。

「ラオワン王よ、一族の者達の無礼をお許しあれ。なにしろ外から客人が訪ねてくるのは八百年ぶりだ」

「いえ……ドワーフ王との謁見をお許しいただき感謝いたします」

ラオワンは礼を言うと、ロンブスが歩きだしたので後に続いた。だが少し歩いたところで、ラオワンは思わず足を止めてしまった。

なぜなら狭い洞窟の先には、洞穴という一言では表現出来ない巨大な空間が広がっていたからだ。

ラオワンが入ってきた入口は、洞の高い場所にあり、巨大な空間を一望することが出来た。眼下には背の低い石造りの家々が建ち並び中規模の街を形成している。街の至る所から煙が上がっているが、この洞のどこかに通気口があるようで、煙が溜まる様子はなかった。奥にある一際大きな建物が、おそらく王城なのだろう。

洞の中は夕暮れ時ほどの淡い光に包まれていて、そこに浮かび上がる地底王国はなんとも幻想的だった。

「馬車などはないので、城まで歩いていただくことになるが、狭い国です。お許しいただきたい」

「いえ、それにしてもこれほど立派な王国が地下にあるとは思いませんでした」

二人は階段を下りながら話を始めた。

「お褒めいただきありがたいが……全盛期にはこの何倍も大きな都市がいくつもありました。人間との戦いに敗れ、逃げ延びて、この場所で二千年近く細々と生き抜いております。今はここに千五百人ほどのドワーフの民が暮らしています」

ラオワンはロンブスの話を聞いて、その歴史がシーフォンと似ていると感じた。この世界では、人間かそうでないかで明確に区別されていて、常に人間の脅威にさらされている。

街が近づいてくると、活気のある人々の声や、鎚音《つちおと》などが聞こえてきた。

「我々ドワーフは竜族を尊敬しておりますから、貴方は民からも王からも歓迎されるでしょう」

「我々を尊敬?」

意外な言葉に、ラオワンは驚いた。

「はい、遙か昔、竜族は人間の所業に怒り狂い、世界を焼き尽くして、人間達を葬り去ろうとした。それにより神の怒りを買ってしまわれたが……その後再び力を付けた人間達と戦い大国を滅ぼしている。天罰を顧みずに戦ったあなた方の雄姿を、我らは心から尊敬し称《たた》えています。あなた方のおかげで、我らは溜飲《りゅういん》が下がった」

ロンブスの語るラオワンの先祖達の話に、とても感慨深いものを感じた。その語り口には、嘲《あざけ》りも媚もなく、シーフォンに対する否定的な感情は少しも感じられなかった。心からの称賛は、素直に嬉しかった。

街の中に入ると、さらに賑やかな雰囲気が至る所から感じられた。大通りに面した建物は看板が出ていて、色々な店屋が並んでいるのだと分かる。酒場が特に多いように見えるのは気のせいだろうか? それに反して意外にも武器屋を見かけなかった。ドワーフは鍛冶《かじ》に長けた種族だ。現に今も至る所から鎚音がするし、煙も見える。

「武器屋はないのですか?」

ラオワンは率直に尋ねた。

「さっきも言ったと思うが、この国には八百年間、外からの来訪者はなかった。遙か昔に栄えていた頃は、たくさんの他国・他種族の来訪者があり、冒険者や商人が武器を求めていたので、武器屋も多くあった。今は我が国の民相手に武器をわざわざ売ることもない。欲しい者は直接工房に行って買っている。ちなみに同じような理由で宿屋もない」

ラオワンは「なるほど」と感心しながら、興味津々な様子で建物の中からこちらを見ている人々や、路地を走り回る子供達に視線を送った。

「しかし少しも寂れた様子はない。活気がありとても平和な国に見える」

「おかげ様で我らは天罰を受けておらぬ。多くを望まなければ生きていくのは容易《たやす》い。子供もそこそこ生まれているし、この程度の大きさの国で満足出来れば、何千年も種族を絶やさずにいられる」

ロンブスの言葉は、色々と深く考えさせられるとラオワンは思った。『天罰を受けておらぬ』というのは、シーフォンに対する揶揄《やゆ》ではあるが、多くを望まぬという言葉に、強い意味を感じた。彼らは自らの種族に天罰に相当するような縛りを与えているのだろう。かつては栄華を極めたドワーフだ。人間との戦争に負けて追われたとはいえ、全滅は免れたのだ。再び力を蓄えて一矢《いっし》報《むく》いるという道もあったはずだ。

しかし彼らは二度と戦うことなく、二千年以上を、この地下都市でひっそりと暮らす道を選んだ。多くを望まず……栄華を再び取り戻そうという欲、人間への復讐心、それらを諦めれば生きるのは容易い。そういうことなのだろう。

『我々シーフォンに、もしも天罰がなく、ただ戦いに敗れて多くの仲間を失っただけだったら、こんな風に生きることが出来ただろうか？』

そんな思いを抱いたが、すぐにそれは無理だろうと答えが出る。竜には無理だ。元々群れを成さず、自分だけが生きていればいいと思っていた残虐な生き物だ。ホンロンワンによって、ようやく種族としての協調性を覚えても、残虐な性質までがなくなるわけではない。きっと最後の一頭になっても戦い続ける。ホンロンワンが命乞いをしなければ、神は本気で全滅させる気でいたはずだ。

ドワーフと竜は、やはり根本から違うのだ。理性ある亜人種と獣は違う。

「ここが王城です」

ロンブスが足を止めてそう言ったので、ラオワンは我に返って目の前の建物を見た。石造りの壮厳な城がそこにあった。それほど大きくはないが、柱に施された彫刻などがとても見事だった。

ラオワンは広間に連れていかれて、そこでドワーフの王と対面した。

ドワーフの王は玉座に座っていた。今まで目にしたドワーフに比べると一回り大きく見えた。がっしりとした体軀と、黒々とした豊かな髪と髭、頭には金の王冠を戴《いただ》いている。王の髪は黒くはあったが、少し灰がかった木炭のような褪《あ》せた色の黒髪で、龍聖の艶のある深い闇のような黒髪とは違っていた。

ラオワンは王の面前で、膝をついて最上位の礼を尽くした。

「エルマーン王国国王、竜族シーフォンの王ラオワンと申します。ドワーフ王に謁見のお許しをいただき光栄に存じます」

「どうか顔を上げて立ち上がってください。私がエスペランザ王国、ドワーフの王アーン・カルックと申します。竜族の王に敬意を表します」

カルック王は玉座から立ち上がり、ラオワンと同じように膝をついて礼を返した。同等の立場を示したカルック王に、ラオワンは驚きつつも好感を持った。

すぐにラオワンのための椅子が用意されたので、促されるままに着席した。カルック王も玉座に座り、ラオワンと改めて対峙《たいじ》する。

「供も連れず一人でお越しになるとは、なんと豪胆なお方だと心から感服しています」

「父からは大人になってもやんちゃだと叱られておりました」

二人は笑い合った。

「それで私に知恵を借りたいというお申し出だと聞いたが……地下に引き籠ったままの我らよりも、上手に人間と共存して栄え続けているあなた方の方が、多くのことをご存じかと思うのですが……」

カルック王から話題を振ってくれたので、ラオワンは覚悟を決めて口を開いた。

「単刀直入に申し上げれば、異世界への扉を開く秘術をご存じであれば教えていただきたいのです」

「異世界への扉を開く秘術……失礼でなければ、なぜそれを知りたいのかという理由と、なぜそれを我らに尋ねに来たのかについても教えていただけないだろうか？」

カルック王は思いもよらない申し出に、軽い衝撃を受けたようだが、強い眼差しをラオワンに向けた。それは好奇心の色が強く、決して不快には思われていないようだと思って、ラオワンは話を続けた。

「詳しいことまでは言えませんが、実は今我々の種族に大きな危機が迫っております。それを解決する鍵は異世界にあるのです。我々の祖である最初の王ホンロンワンは、異世界への扉を開く秘術を使えました。私は危機に直面して、色々と調べていく中で、その異世界への扉を開く秘術は神から与えられる権能であり、遙か昔にはそれを使える者が他にもいたと知りました。……秘術を使うには魔力が必要です。二千年以上前から存在する古き者達……その中でも魔力を術として使う種族は限られています。その条件に合う者の中に、あなた方ドワーフがいるのです。ドワーフは土と火の魔法を使えると聞きました。我々の先祖が秘術を使えたとしても所詮《しょせん》は獣……その秘術を伝承するすべを知りませんでした。しかし亜人種であるドワーフならば、遙か昔の秘術も伝承されているのではないかと思ったのです」

カルック王は真剣な面持ちで話を聞いていたが、聞き終わると、とても難しい表情になり、目を閉じてしばらく考え込んでしまった。ラオワンはそれをみつめながら、やはりそう簡単にはいかないかと思った。

「ラオワン王、結論から申し上げると我らは異世界への扉を開く秘術を知りません。だが話に聞いたことはあります。異世界への扉を開く秘術にはとても大きな魔力が必要だと……我々は確かに魔力を持っており、土と火の魔術を使うことが出来ます。だが我らの持つ魔力など、あなた方竜族に比べたら赤子の持つ魔力のようなものです。家を建て、鍛冶をするのに使うような……そんな他愛もない力です。むしろそんな大きな魔力を持っていたら、人間などに負けることなどなかった……お役に立てず申し訳ない」

カルックは顔を曇らせて深く頭を下げた。嘘はついていないようだ。本当に知らないのだろう。ラオワンは小さく溜息をついた。そんなに簡単には見つからないと覚悟はしていた。それにドワーフとこうして交流出来ただけでも良かったと思える。彼らが竜族に対してどう思っていたのかを知ることが出来たし、人間以外の存在はとても大切に思えた。同じ目線で話が出来る相手はとても貴重だ。

「どうぞ頭を上げてください。謝罪は不要です。私を寛容に受け入れていただいただけでも、来た甲《か》斐《い》がありました。可能であればこれからも交流を続けていけたらと思います。それで手土産を持ってきたのですが、一人ではここまで持ってこれなかったので、お手数をおかけしますが私の竜が待つ外まで、どなたか一緒に来ていただけませんか？」

「それは構わないが……手土産とは？」

　僅かだがカルック王の表情に警戒の色が見えた気がした。今までのドワーフの話を聞けば、それも当然だろう。手土産と言いながらも、外まで取りに来いというのだ。罠《わな》だと思われても仕方ない。

「酒です。ドワーフは酒が好きだと伺ったので、途中にある我が国と国交を結んでいる国から酒を買って参りました。人間の造った酒ではありますが、受け取っていただけると嬉しいです。もしも一緒に取りに行くのが難しいようでしたら、外に置いていきますので後からでも……」

　ラオワンは驚いて最後まで言葉を続けることが出来なくなった。なぜならいつの間に現れたのか、広間にたくさんのドワーフ達がいて「酒だー！」と歓声を上げたからだ。

「ラオワン王、大変嬉しい手土産に感謝する。人間が造った酒？　構いませんよ。酒に罪はない！　せっかくだ。どうぞもう少しご滞在ください。酒を酌《く》み交わしましょう！　皆！　宴の用意だ！」

　カルック王の発声で、さらに歓声が大きくなった。

　たくさんのドワーフが広間にやってきて、あれよあれよという間にテーブルと椅子が運ばれて宴の準備が進んでいく。もうすでに外に向かった者がいると聞いて、ラオワンは慌ててヤマトに、背中に乗せていた酒樽十個を下に降ろして、少しばかり樽から離れるように指示した。

　指示を出して間もなくドワーフの集団が外に出てきた。積まれた酒樽に歓喜し、ヤマトに向かって丁重に礼をしてから、あっという間に持ち去ったと、ヤマトから報告が届いた。

そんなやりとりを密かにヤマトとしている間に、気がついたら酒樽が広間に届いていた。ドワーフ達の行動力と瞬発力に脱帽する。

テーブルにはたくさんの料理が並んだ。上座には豪華な椅子がふたつ並んでいて、一方に座るようにカルック王から勧められた。ラオワンは宴にはありがたく参加させてもらうが、天罰により獣の肉が食べられないことを伝えると、王も他の者達もとても気の毒そうにしていたが、すぐにラオワンの前にあった料理が下げられて、代わりに野菜料理や果物がたくさん並べられた。

料理はどれも美味しかったが、すべてが酒の肴《さかな》として作られているのか味が濃かった。宴に参加しているのは、城で王に仕《つか》える者ばかりだと言っていたが、結構な人数の上、酒をものすごい勢いで飲んでいるので、十個の酒樽などはあっという間に空になってしまった。しかし王が追加の酒を用意したので、宴は滞りなく盛り上がり続けた。

ドワーフの宴は、大いに飲み、大いに食べ、また大いに飲み、さらにさらに大いに飲み、大声で笑う、とても賑やかなものだ。人間の国での宴では、こんな賑やかなものは見たことがない。もちろんエルマーン王国でも同様だ。とても陽気な人々だとラオワンは思った。

ラオワンはカルック王との会話の中で、鍛冶の話が出たので、以前龍聖が発見したと言っていた人間の世界での製鉄の話をした。するとカルック王はひどく感心して、何度も龍聖のことを褒めたたえた。

「そなたの王妃殿は実に賢い方だ。おっしゃる通り、今の人間達の鉱山ではもう鉄鉱石などはほとんど採れないらしく、遺跡から過去の遺物の残骸を持ち帰り、それを鉄に精錬して武器を作成しているようだ。それに精錬技術も劣化しているから、鉄や銅からしか武器が作れない。我々が扱うミスリル

やアダマンタイトなんてレア鉱石は手に入れることさえ出来ないし、手に入れたとしてもどうすることも出来ないのだ。いやいや、王妃殿はなぜそんな知識を持っているのか、本当に素晴らしい」

カルック王は何度も頷いて、手に持っていた大きな器の酒を一気に飲み干した。

「この国ではまだ鉱石が採れるのですか?」

「もちろんだ。この山脈では掘ればまだたくさんの鉄鉱石が採れるし、地中深くにはレア鉱石が豊富に眠っている。我々にはそれを採掘する力があるし、もちろん製錬も出来る。だが人間には一切売るつもりはない。鉱石も武器も。だから今は必要な分だけしか採らないし、武器も作っていない」

鉱石が枯渇しているわけではないと知ってラオワンは少し驚いた。龍聖が言っていたように、人間達は採掘する方法を失ってしまったというのが正しいらしい。

「なぜ人間達の鉱山からは、もう鉱石が採れなくなったのですか?　地中深くにはまだあるのでしょう?　人間では深く掘れないのですか?」

「掘れない」

カルック王はあっさりと言った。ラオワンは目を丸くする。その反応にカルック王は楽しそうに笑った。

「そなたの王妃殿が正しいと言っただろう?　遙か昔、竜族に滅ぼされかける前の人間達が権勢をふるっていた頃、人間は固い岩盤もたやすく掘ることが出来る機械を作り出し、我々でも簡単には行けないような地下深くまで掘ることが出来た。人間達は坑道をどんどん深く掘り下げて、そこと行き来が出来る乗り物や滑車も作った。それらの深い竪坑《たてこう》のほとんどは、人間との戦争の時に我らが岩盤を破壊して埋めてやったんだが、生き残った今の人間達は、その機械を動かすことが出来ないようだ。

動かすための燃料がない。石炭じゃ動かないらしい。それでも人間達は、元の鉱山を掘り直したりしていたようだが……一度埋まった坑道を掘り返すのがどれだけ危険で難しいかお分かりか？」

ラオワンは問われたのでしばらく考えた。酔いが少し回り始めているので、上手く考えがまとまらないが、それだけではなくそもそも鉱山についての知識がない。分からないと首を振ると、なぜかカルック王は意味深な笑みを浮かべた。

「一度埋まった坑道を掘り返すのは、崩れた岩盤があるから、また崩れる恐れがあって危険なんだ。それに地中深くなると空気が薄くなる。真っ暗だから明かりのために松明《たいまつ》をつけるだろう？　そうするとさらに空気が薄くなる。そんな危険な現場に、人間達は使えない機械の代わりに奴隷を送り込んだ。アルピンっていう種族の人間達だ」

聞きなれた名前に、ラオワンは驚いて大きく目を見開いた。カルック王は笑みを深める。

「そう、あなた方竜族が、そのアルピン達をすべて救出してしまっただろう？　人間は深く掘り返すことを諦めた。浅いところはすでに採り尽くしているからもう鉱石はない。そこで人間達が次に目を付けたのは、至る所に残された前世界の人間達の遺物だ。さっき言った動かなくなった機械達だ。動かないなら大事に保管しておいても仕方ない。溶かして鉄に戻した方が有効活用出来る。しかし遺物の中にはレア鉱石で作られた物もあった。今の人間達にはそれらを精錬する技術がない。溶かせるのは銅や鉄だけだ。まあ銀や金なども柔らかいから加工出来るが……柔らかいから武器には出来ない
……王妃殿の推測はとても正しい」

ラオワンは驚いて言葉を失っていた。人間達の文明の衰退に、虐殺以外に竜族がその一端を担っていたとは思わなかった。アルピンが人間の奴隷だったことは伝え聞いているが、そういうことにも使

われていたとは……まさか神は、それが分かっていてアルピンを保護するように言ったのだろうか？ 人間達が忌避《きひ》するような危険な仕事にアルピンを使い続けて、いつしか元のような技術や機械を人間が取り戻した時、再び人間は同じ轍《てつ》を踏むかもしれないから。

実際にエルマーン王国にとって最大の悲劇の元となった東の大国ベラグレナは、強力な大砲（前世界の物かもしれない）で多くの人間を殺し、竜を狙い、世界を支配しようとした。天罰に抗って命を懸《か》けて戦ったシーフォンの老戦士達のおかげで救われたが、結局人間の大きくなりすぎた力に対抗出来るのは竜のみで、天罰が必ずしも歯止めにはなりえないことが証明された。

『アルピンは、シーフォンにとっても、人間達にとっても、鍵となる存在だったのか』

結果としてそれ以降、世界は平和なままだ。人間の文明は停滞しているかもしれないが、特に不便はないようだ。大きな力を持たなければ災いも起こらないのだろう。

「そなたと分かり合えたので、ついでにひとつ忠告しておこう」

難しい顔で考え込んでしまったラオワンに、酒の杯を差し出しながらカルック王が言った。

「そなたの国は、人間と国交を結び上手くやっている。戦争には加担しないが、仲裁によく入っているだろう。あれはほどほどにした方が良い」

「ほどほどに……ですか？」

「うむ、人間達はそもそも争うのが好きだ。弱いくせに戦いが好きだから厄介だ。人間達の平和は、戦争の上に成り立っている。戦争を完全に止めてしまったら、人間達は何を始めると思う？ 犯罪だ。同じ国の者同士で、無差別な暴力や殺人が起きる。国は荒れて、余計な恨みが溜まる。恨みの矛先は、本来なら関係ないはずのエルマーン王国に向く。戦争を止めた奴らが悪い……ってね。どうやったって人間は戦いをやめない。ならば明確な敵がいる方が良い」

ラオワンは眉根を寄せて話を聞いていた。納得しかねるという顔だ。カルック王の言っていることは分かるが、だからといってやはり戦争を手放しで肯定することは出来ない。

「しかし戦いたくない人間だっているでしょう。戦いたい者達のために、関係のない人々が巻き込まれて死ぬのは見過ごせません。国同士の戦争なんて、結局上に立つ者達の争いです。ならばその者達で話し合って解決出来るならそれが一番良いと思います。罪もない国民が死ぬことはない」

「確かにそうだが、戦争が起きてたくさんの国民が犠牲になれば、勝った方も負けた方も、戦争をしたことを後悔する。もう戦争はしたくないと皆が思う。そうすれば百年か二百年は間違いなく平和になる。さらにその間に賢王が生まれれば、そこからさらに百年か二百年は平和が続く。人間の国は四百年も平和を維持することが出来れば、よほどの愚王が生まれない限り、伝統を受け継ぐことが出来る良国として八百年以上は国として存続出来るだろう。それ以上はなかなか続かないのが残念なところだがな」

カルック王は、本当に残念そうな顔をして酒を飲んだ。そんな様子からも、人間をよく知っているらしい口ぶりからも、このドワーフの王は本当は人間のことが好きなのかもしれない、とラオワンは思った。

「どうして人間の国は千年続かないのでしょう」

「それはそなたもよく分かっているだろう？　人間の国が滅びるのは、決して戦争のせいではない。滅びる原因のほとんどが、愚王のせいだ。王位継承権を巡る兄弟同士の争い、愚王を廃そうとする家臣の謀反《むほん》、そんなのばっかりだ。血筋なんて三代もあれば薄くなる。立派な親がいたとしても孫までその優秀さが受け継がれるとは限らない。さっきのたとえは、孫の代までで百年、賢王が時々生まれて王家が上手く存続すれば四百年、そこまで続けばしっかりとした伝統に王家が支えられて、愚王が生まれにくくなる。しかし千年も経つと伝統は、ただの古びたしきたりになってしまう。世情が変わっているからな。そうすると国民の方がそれについてこなくなる」

ラオワンは神妙な顔になった。カルック王の言うことは、とても分かりやすくて正しいと思う。だからと言って、戦争を回避させるための仲裁を辞める気にはなれない。回避出来るならばした方が良い。

カルック王は、ふふっと笑った。

「そんなに難しい顔をしなくてもよろしい……言っただろう？　あくまでもこれは忠告だ。少しでも頭に置いて、人間に深入りしないようにすればいい。我々はもう人間を信じられなくなっているが、竜族には神より受けた天罰もあるし、人間と上手く付き合っていけるのならばそれが一番良いだろう」

カルック王はそう言って、バンッとラオワンの背中を叩き豪快に笑った。ラオワンは、背中の痛みに顔を顰めながらも、人間との付き合いとはまったく違うドワーフ達との関係に、どこか安堵感を覚えていた。

天罰について隠さなくて良いのが何よりも気が楽だった。

「そうだ……エルフの所には聞きに行ったのか？」

カルック王が思い出したというように尋ねてきた。ラオワンは少しだけ苦い顔をする。

「いえ、まだです。実は……我々はエルフの王に嫌われていて……近づくなと言われているのです」

「確か昔は金の竜とエルフの王が友達だったと聞いていたが……喧嘩でもしたのか？」

ラオワンはさらに困った顔で首をすくめた。

「分かりません……確かなことは分かりませんが……竜族が世界を破壊しようとした時に、エルフの森を焼いてしまったからではないかとも言われていますが……初代王ホンロンワンは、エルフの王を怒らせたからもう誰も森に近づかないようにと言い残していました。ですが……六代目の王ヨンワンがエルフの王に会いに行ったらしくて……色々あってもう二度と来るなと言われたそうです」

それを聞いたカルック王は大爆笑した。あまりにも盛大に笑うので、なんだか分からない周りのドワーフ達まで笑いだして、ラオワンは収拾がつかないまま愛想笑いするしかなかった。

「エルフはみんな変わり者で偏屈《へんくつ》だ。我々もエルフとは仲が悪い。エルフが我々に『臭くて汚いからあまり近寄るな』と真顔で言って以来仲が悪い。ずっと昔からだ。だがそれでもいまだにエルフはミスリル製の弓を、我が国に注文してくる。だからまあ仲良くはなれなくても、話くらいは出来るだろう。来るなと言われたからと言って、行ったら攻撃されるとは思わないから行ってみると良い。我らよりもきっと詳しいはずだ。もしかしたら秘術も使えるかもしれん。魔力はかなりあるからな」

ラオワンはほろ酔いで、エルマーン王国への帰路についていた。カルック王からは「これからも誼《よしみ》を結びたい」と言われた。武器を売ってくれるというので、シーフォン達のためにミスリルの剣を買いたいなと思った。

夜風が心地よくて、少し遠回りして帰りたいと思ったが、ヤマトから、遅くなったのでリューセーが心配しているぞと怒られて、急いで帰路についていた。

エルフの王に会いに行こうかと思ったが、さすがに酔っ払った状態で会いに行くのは無礼だろう。余計に怒られそうな気がしたので、ヤマトに叱られるまでもなくそれはやめた。

「ラオワン!!」

城に戻ると、塔の最上階に龍聖とションシア達が駆け込んできた。走り寄ってきた龍聖が、勢いよくラオワンに抱きついた。ラオワンは驚きつつも受け止めて、そっと抱きしめる。

「どこに行っていたのですか！　行き先も告げずにこんなに遅くなるなんて……私は心配で……心配で……」

龍聖がそう言って泣き始めてしまったので、ラオワンはひどく狼狽《うろた》えた。

「リューセー、すまない！　そんなに心配をかけてしまうとは思っていなかったんだ。すぐに帰るつもりだったし……遅くなったのは悪かったと思うけれど……」

「兄上！　どこに行っていたのです！　酔っ払っているのですか！　酒臭い！」

ションシアが目を三角にして怒っている。

他の兄弟達もラオワンを取り囲んで、酒臭いと言って怒っていた。ラオワンは困り果てて、抱きしめている龍聖の頭を撫でながら、次第にこの場を収めるのが面倒くさくなってきた。

「詳しいことは明日話す。明日の朝、兄弟は全員会議の間に集まってくれ……あ～……九の刻だ。今はリューセーを優先する。文句のある者は明日言ってくれ、今、リューセーを無視して、私を問いただそうとする者があれば、私は二度とその者と口を利《き》かない。以上」

ラオワンは一方的にそう言って、龍聖を抱き上げるとさっさとその場を去っていった。兄弟達は皆、唖然としたままそれを見送るしかなかった。

「ドワーフの国に行っていたんだよ」

「ドワーフの国？」

王の私室に戻ったラオワンは、ソファに龍聖を座らせると、ハデルにお茶を頼んで、龍聖の隣に座り顔を覗き込んでから、もう泣いていないことを確認して安堵した。

龍聖は『急に抱き上げるから、驚きのあまり涙も止まりました！』と怒っていた。

ラオワンは、皆を下がらせて龍聖と二人きりになってから、ようやく説明を始めた。

「そう、実は少し前から、私はあることを調べていたんだ。異世界への扉を開く方法についてだ」

「異世界への扉を開く方法ですか!?」

龍聖はとても驚いたが、ラオワンはホンロンワンが、その秘術を使って大和の国に行ったことから説明を始めた。ドワーフの王に話したように、神からの権能についても話して、秘術を知っている者を探していることを伝えた。

「今日、ホンシュワンのことがあって、本気で行動を起こす決心をしたんだ。もしも大和の国が大変なことになっているとしたら、守屋家の人達を救いに行くことが出来るかもしれないし、向こうの世界の状況も摑めると思った……とにかく何かしなければと……シーフォンのためじゃない。ホンシュワンのためにだよ！　私は君と同じ気持ちのつもりだ。私は誰よりも君のことが大切だ。私は君のためならなんだってしたいと思う。愛している。ホンシュワンを君が産んでくれて、私は本当に幸せなんだ。だから君が悲しむ原因はすべて取り除いてやりたい。君が残してきた家族のこと、守屋家のことで、これ以上苦しまなくて済むようにしたい。ホンシュワンの未来を、君が案じるのであれば、私がなんとかしてやりたい……私はホンロンワン様と同じくらいに強大な魔力を持つというのに、何も出来ない……無力なんだ。だからなんとしても秘術を手に入れたい……きっと私のこの強大な魔力はそのためにあるんだ。私なら異世界への扉を開けることが出来るはずだ」

龍聖は目を丸くしている。龍聖には想像もつかない話だったようだ。確かにホンロンワンが異世界への扉を開けて大和の国に行き、守屋家と契約を結んだのが、竜王とリューセーの始まりなのだから、龍聖としても大和の国に一度は竜王が行ったことがあるというのは分かっているはずだ。

だがホンロンワン以降の竜王は、誰一人として大和の国に現れていない。いつもリューセーが儀式によって降臨する一方通行だ。

死の危機にあった九代目竜王フェイワンでさえ、大和の国に行っていない。だから龍聖が……いや、おそらくシーフォンもすべて『ホンロンワンだけが使える秘術』だと思っていただろう。

実際のところ、色々と調べるまではラオワンもそう思っていた。だが禁書である建国記をよく読めば、異世界への扉を開く術は、神より授《さず》けられたと記されている。またその秘術についてホンロンワンが、古き者達から聞いたことのある力……とも言っていたことが書かれてあった。

そこから書庫にあるあらゆる文献を漁《あさ》って、ホンロンワンの言う『古き者達』が誰であるのかを調べた。エルフ、ドワーフ、小人族、狼人族、犬人族、トカゲ人族、有翼人族、魚人族、魔導師……文献は人間の書いたものなので、目撃証言から神話やお伽噺《とぎばなし》に至るまで、本当の情報を探り当てるために読み漁った。

そしてドワーフの居場所に行き着いたのだ。実際にはあのあたりの山脈周辺というかなり曖昧《あいまい》なものだったが、ラオワンが魔力探知で特定した。

「本当に……ドワーフはいたの？」

「ああ、本当にいたよ！　君はドワーフを知っているんだっけ？　そういえば向こうの世界でも、お伽噺の中で、竜やエルフや亜人の存在が知られているんだよね……私はそういうのも異世界への扉を開ける秘術のせいじゃないかと思っているんだ。こちらの世界の亜人達が、秘術を使ってリューセーのいた世界に行ったことがあるのかもって……ドワーフは秘術を知らないし、魔力が足りないから秘術を使えないと言っていたから、他の亜人が異世界に行って、この世界の住人達の話を伝えたのかもしれないね」

それは龍聖にとっても、とても興味深い話だった。龍聖のいた世界にある神話やお伽噺には、違う国でも共通するものが多いことがある。日本神話とギリシャ神話が似ていたり、西洋の竜と東洋の龍があったり、妖怪やバケモノも、似ているものが多かったりする。それがもしも異世界から渡ってきている亜人なのだとしたら、納得も出来ると龍聖は話を聞きながら考えていた。

「だからリューセー、近いうちにエルフの王に会いに行こうと思っている。もしもそこで分からなくても、まだ他にも古き者達はたくさんいるから、秘術が分かるまで探し続けるし、神を探すことだって厭《いと》わない……私はリューセーのために、ホンシュワンのために、私が出来ることは何でもするつもりだ」

「ラオワン……」

龍聖が今にも泣きそうな顔をするので、ラオワンはそっと抱きしめて優しく髪を撫でた。

「でも……その古き者達に会うということは危険ではない？　無茶はしてほしくないんだけど……」

ラオワンの胸に顔を埋めながら、龍聖がポツリと呟いた。

「私はワクワクしているんだけどね」

ラオワンの言葉に驚いて、龍聖が顔を上げると、ラオワンはちょっと悪い顔でニヤリと笑ってみせた。それを見て龍聖はさらに目を丸くした。

「貴方は本当にやんちゃなんだ！」

「やんちゃって……大人の男に言う言葉ではないと思うけど……」

「大人の男はそんな顔してワクワクしているとか言わないと思うけど……」

二人は互いにそう言ってクスクスと笑い合った。ラオワンが龍聖に口づけて、再び抱きしめる。

「心配しないで、私は大丈夫だから」

「心配はするけど……貴方を信じてる」

龍聖はそう言いながら、ぐっと奥歯を噛みしめて決意した。少し強めにラオワンの胸を手で押して、ラオワンから体を無理矢理離した。

ラオワンは抱きしめていた腕の中から、龍聖が無理に逃れたので、どうしたのかと戸惑っている。

「ラオワン、貴方の決意を知って……私もすべてを打ち明ける決心をしたから、聞いてもらえる？」

真剣な顔の龍聖を見て、ラオワンも表情を変えた。

「ああ、聞こう」

ラオワンも真面目な顔で頷いた。二人は背筋を伸ばして向かい合った。

「これは……隠していたつもりはないんだけど……以前、私の世界の危機について打ち明けた時は、貴方がとても衝撃を受けていたし、理解出来ないことも多くあったと思うから、一度に話したとして

も余計に混乱させてしまうと思って言わなかったことなんだ。……私は向こうの世界に、私自身を二人作って残してきているんだ」

ラオワンは、微動《びどう》だにせず聞いている。おそらく言っていることの意味が分からないのだろうと、龍聖はラオワンの表情を窺いながら詳しい説明を始めた。

話は、龍聖が研究所で進めていた研究に始まる。

龍聖は研究所で、クローン体製作の研究をしていた。クローン体自体については、五十年ほど前には完全な技術として確立されていた。歴史を辿れば二百年前からクローン体の研究はされてきた。植物や動物での研究はかなり進み、人間に対しても再生医療という形で、臓器や細胞などでのクローン技術が活用されてきた。だが、法律の壁や宗教上の観点から、クローン人間の実証実験をすることは、長くタブーとされてきた。それがようやく可能になったのは五十年前だ。人口減少への対処法のひとつとして認められたのだ。もちろん様々な厳しい制約があった。

そして研究が加速したのは、彗星の存在が発覚してからだ。未来再生研究所では、積極的にこの研究が進められていた。

龍聖が研究していたのはより本人に近い完璧なクローン体の製作だった。似せることは出来ても、完全なコピーを作るのは難しかった。

体の成長にはどうしても、生活環境や食事など、その人物が生涯の間で経験するあらゆるものが反映されるため、そのすべてが同じでなければ不可能だ。睡眠時間ひとつ、食べるものひとつ、何かが変わっただけで、身長が一ミリ変わるかもしれないし、体重も一グラム変わるかもしれない。顔つきが少しでも変われば、その顔は『似ている』であって『同一』にはならないだろう。

龍聖がなぜそこまで完璧なクローン体を目指したのか？　それは『異世界に行かなかった龍聖』を作りたかったからだ。

クローン体をどんなに完璧に作ったとしても、『龍神様の証』を再現することは絶対に出来ない。だからこそ、もしも龍聖が証を付けずに生まれていたら？　異世界に行くことなく、元の世界で普通に人生を全《まっと》うしていたら？　そういうもう一人の自分を作りたかったのだ。

きっと性格や内面的なものは同じに出来ないだろう。育ててくれた親や兄弟など、家族や環境でも変わってしまう。それでも同じ肉体を持った自分が、同じカリキュラムで勉強をしたら、似たような自分になれる自信があった。これだけは科学では証明出来ないものだが『私はきっと何度生まれ直しても同じように生きる』と思っていた。

本が大好きで、勉強が大好きで、大学にスキップ入学して、研究者になる。きっとそうなる。

「クローンを作ろうと思ったもう一つの理由は、確実に龍聖の血筋を後世に残したかったからなんだ。別に守屋家の者が生き残ることが出来たら、龍聖でなくても誰でも構わないのだろうけど、龍聖の因子がある方が、もっと確実に次の龍聖を生み出す土壌になれるでしょう？　それでなくても生き残れる人間の数が限られてしまうのだから……」

龍聖はラオワンにも分かるように、クローンのことなどを噛み砕いて説明をしつつ、理由なども語った。ラオワンが分からないという表情をすれば、何度でも分かるまで説明をした。

ラオワンは、クローン体、すなわち遺伝的に同一の個体については、それほど驚きを示さなかった。むしろ魔力を持たない大和の国の人間が、科学技術でそのような物を作り出すという方が驚きのようだった。竜王自体が、クローン体のようなものだからなのかもしれない。

「リューセーがそこまで必死になって、リューセーの血筋を残したいと思うのは、やはり守屋家を守るためなのかい？」

ラオワンは思わずそう尋ねていた。そんなことは、今さらここで聞くことではないかもしれない。一度途絶えかけた伝承を、必死に正しい形で復活させようと努力した十一代目龍聖の家族の話を聞いた。竜族を絶滅の危機から、必死に守り続けた竜王と立場は同じだ。

しかし最近ラオワンは、少しばかり考えが変わってきていた。たしかに国民もシーフォンも大切だが、ラオワンが今必死に護りたいと思っているのは、龍聖とホンシュワンだ。家族を守りたいと思うのが、人の情としては当然なのかもしれない。

それならば大和の国にいた頃の龍聖が、必死に守ろうとしたのは守屋家の家族のはずだ。ラオワンには想像も出来ない『科学』という物の力や、龍聖の優れた能力をもってすれば、他にも守るための手段はあったのではないかと思えた。竜王の加護に縋ろうというだけで、龍聖の血筋に拘る必要があるのかと、僅かながら疑問に思ったので、つい尋ねていたのだ。

龍聖は迷いのない笑みを浮かべて頷いた。

「そうだよ。もちろん守屋家のため、家族のため……そしてもうひとつの家族、エルマーン王国の竜王様のためだよ」

「もうひとつの家族？」

ラオワンが驚いて目を丸くしたので、その顔を見て龍聖はクスリと笑いながら、ラオワンの頬を右手の人差し指で軽く突いた。

「そこは驚くところ？　だってそうでしょう？　何百年もの間、何人もの龍聖が……私で十二人目だけど……異世界にあるエルマーン王国に行って、竜王と結ばれて子孫を残してきているんだよ？　ロンワンは、竜王一族かもしれないけど、龍聖の子孫でもあるんだ。つまりもうひとつの守屋家の血筋でもある。もうひとつの家族でしょ？」

　そう言って笑う龍聖の笑顔が、ラオワンにはひどく眩しく見えた。当然のことだと言う龍聖に、ラオワンは目が覚める思いがした。

　ラオワンは今まで、竜族絶滅の危機に、龍聖や守屋家を巻き込んでいると思っていたが、そうではなかった。守屋家もまた守るべき家族なのだ。

「守屋家を守りたい。そのためには、守屋家の家族を生かすだけではなく、必ず次の龍聖を生み出さなきゃいけない。次の龍聖を、エルマーン王国に送り出さなければいけない。それが私の研究理念だったんだ」

『リューセーは竜の聖人だと言われるが……聖人……確かにそうだな』

　守屋家の人々は、竜王のことを龍神様と言って崇《あが》める。だが龍聖こそが、守屋家からもシーフォンからも、崇められるべき人なのではないだろうか？　ラオワンは感嘆の息を漏らした。

　そんなラオワンの心中を知らず、龍聖はさらに説明を続けた。

「作ったクローン体は、別々の場所に避難させることにしているんだ。ひとつは地下都市……これはラオワンが話してくれたドワーフの地下都市に近いものを想像してくれると、きっと理解しやすいと思うけど、実際にはもっともっと地下の深い所に作られているんだ。これは守屋財閥が出資して進められた避難計画のひとつ。もうひとつは宇宙船。これは地球に似た惑星に避難するための船で、こちらも守屋財閥が出資しているんだ。移民船は世界中の人々を乗せる予定で、五つほど建設中だったはず……移住先の星もすでに決まっている。火星という同じ太陽系の惑星で、基地の建設も進めていたから、たぶん可能なはずだ。だけどどちらも絶対安全という訳じゃない。だから二つに分けたんだ。可能性を上げるために……」

龍聖は小さく溜息をついた。悪あがきだったかもしれないと、こうして今話をしながら思ってしまっていた。あの時はそれが最善だと思ったけれど、どれもダメかもしれない。人類は避難に失敗するかもしれない。軌道の計算では問題なかったけれど、火星にも被害がないとも限らない。彗星に火星基地を破壊されてしまったら、もうどうしようもなくなってしまう。

「リューセー？」

黙り込んでしまった龍聖を心配して、ラオワンがそっと声をかけた。龍聖は、はっとしたようにラオワンを見て、無理に微笑んでみせた。

「そしてこれはどうなっているか分からないけど……もしも私がいなくなった後に、さらに何かの研究が進んで、別の解決策が発生したら、そちらのルートにもクローン体を残せるように、予備の細胞を用意してきた。こっちの方は私の研究通りにクローンを作ってくれたら、同じような完璧なものが出来るはずなんだけど……。私の残した研究の成果が、人類を救う鍵になればいいなって思ってる。私のクローンだけが生き残っても、守屋家だけが生き残っても、どちらも解決にはならない……人類がより多く生き残らないとね」

ラオワンは龍聖の言葉に戸惑いを見せた。

「君は人類までも救出するつもりなのかい？　君が研究していたことと、どう関係があるのか……私には分からないんだが……」

龍聖が守屋家のため、そしてエルマーン王国のために、次の龍聖への血筋を残すべく、研究に勤しんだことは分かった。だがここにきて、人類をより多く救うためというような発言まで出てきたことで、また分からなくなってしまっていた。

「龍神様の加護は、守屋家に恩恵を与えているけど、守屋家の存続にかかわる周囲にもその影響はあるって思ってるんだ。たとえば江戸時代までの守屋家本家があったとされる二尾村は、村全体が加護の恩恵を受けて、作物は常に豊作で、村を栄えさせた。分家も商売に成功して栄えた。たぶん守屋家の血筋を絶やさないための恩恵だと思う。私の家だって、商売に成功して大実業家になったけど、財閥に関わる親戚筋なども恩恵を受けてる。だから守屋家や私のクローン体が避難する場所にも、加護による恩恵があるのかもしれない。宇宙船や避難基地の中で、守屋家の人間や私のクローンだけが助かるなんてことはないと思う。助かるならばきっとみんな一緒だと……そうであって欲しいと願うよ」

龍神様の加護が万能ではないことは、龍聖自身も分かっている。だが今は、それに希望を託すしかない。そんな切実な思いが、龍聖の表情から読み取れた。

ラオワンは、複雑な思いで眉根を寄せる。守屋家への加護とは、初代竜王ホンロンワンが、守屋家の当主との間に交わした契約によるものだ。それがどのようなものかは、異世界の扉を開く秘術と同様に、ラオワンには計り知れない力だ。

自分は竜王であり、ホンロンワンと同等の強い魔力を持ちながら、何ひとつ知らない。龍聖に対して、加護の力を信じて良いと、断言することもできない。そんな自分を苦々しく思った。

「だからね、ラオワン。私はここで幸せになりたいと思ったし、ラオワンを幸せにしたいと思った。竜王とリューセーが幸せな家庭を築くことが、守屋家への加護に繋がるのならば、避難はきっと加護によって成功に向かうし、人類を救うための計画も順調に進むはずだから……」

龍聖はそこまで話して、今度は大きく息を吐いた。そしてニッコリと笑う。

「ラオワンが、未来のために何か出来ることがあると信じているなら、私も自分がしてきたことがきっと成功すると信じてる。ラオワン、頑張ってね」

ラオワンはじっとしばらく龍聖をみつめた後、手を伸ばして龍聖を引き寄せると、強く抱きしめた。

「私の愛する人は本当に凄いよ。君のおかげで私は力を貰える気がする。秘術のことだって、君の話を聞かなかったら、探そうとも思わなかっただろう。本当に君は凄いよ。私の誇りだ」

「ラオワン……本当はもっと大人しくて従順でかわいい龍聖の方が良かったんじゃない？　歴代の龍聖はそんな人の方が多かったみたいだけど……」

「私は私の母を見て育ったんだよ？　そんな大人しいリューセーなんて想像もしたことがないんだ。それに君ほどかわいい人は他にいないよ？」

ラオワンは龍聖に深く口づけた。龍聖は目を閉じて幸せを噛みしめる。正直なところ、色々な覚悟を持って儀式をしてこの世界に来たけれど、竜王を愛せる自信はなかったし、夫婦になんてなれるとも思えなかった。子供を産むのは実験のようで興味があったけれど、果たして自分が親になって子供を育てられるのかも自信がなかった。

だから乳母や侍女がいて、龍聖は魂精を与えるだけで良いと知った時は、本当にほっとした。

それは子育てが面倒くさいからとかではなくて、あんな小さな命を、責任を持って世話が出来ると思えなかったからだ。

だけどこの世界に来たら、目覚めたラオワンに一目惚れして（美しさに目がくらんだけど）、愛も芽生えて、愛される喜びも知った。

ホンシュワンが生まれて、一年間卵を抱いたことで母性っぽいものが芽生えたし、本当にかわいくて愛しいと思った。

人はこんなにも変われるのだと思った。

幸せだ。本当に幸せだ。ラオワンも幸せだと毎日囁く。こんなに竜王が幸せなのに、守屋家に加護が届かないはずはない。きっと大丈夫だ。信じよう。

ラオワンの口づけに酔いしれながら、龍聖はそう心に誓った。

ラオワンは、緊張した面持ちで目の前の深い森を見つめていた。エルフの森、人間からは『魔の森』と呼ばれているリズモス大森林地帯。そこに来ていた。

ドワーフの国に向かった時の何倍も、今の方が緊張しているし怯えている。いや、震えているのは武者震いだと思いたい。

エルフの王は、それだけ桁違いの存在なのだから仕方がない。

この森林地帯は、中央大陸の真ん中から南へ半分近くを占めている巨大な森だ。太古の昔から存在する。二千年よりももっとずっと昔からだ。人間が空を飛ぶ乗り物を作り、竜を殺せる武器まで作るほど文明を発展させていたにもかかわらず、この森には触れることも許されなかったのだ。

六代目竜王ヨンワンを赤子のようにあしらったエルフの王フェリシオン……今もきっと健在なのだろう。

「殺されはしないはず」

ラオワンはポツリと呟いて、グッと拳を握りしめた。

「ヤマト！　ここで待機していてくれ！　大丈夫！　ワクワクしているから！」

ラオワンがニッと笑ってヤマトに言うと、ヤマトは眉間にしわを寄せて何も言わなかった。だがその目が『嘘をつけ』と言っている。

ラオワンは大きく一歩を踏み出した。森の中へと進んでいく。森はとても美しかった。下生えの草がクッションのように柔らかい。道などはない。人間が誰も森に入れていない証拠だ。

しばらく歩いていて、ふっと違和感を覚えて足を止めた。上を見上げると遙か頭上の木々の枝葉の間からキラキラと星のような陽光が見える。

とても静かで、先ほどまで聞こえていた葉の擦れ合う音も、鳥の鳴き声も何も聞こえなくなった。

振り返るとヤマトどころか、森の端も見えない。まだそれほど奥に進んでいないにもかかわらずだ。

「結界だ」

ラオワンはそう呟いてそれ以上前に進むのをやめた。

すうっと大きく息を吸う。

「エルフの王フェリシオン！　私は竜王ラオワン！　貴方に会いに来た！　お会いする許可をいただけないだろうか！」

森の奥に向かって大声で叫んだ。ヨンワンの手記によると、森の中で迷い、エルフの民の警告を受けたとあった。迷ったように感じたのはたぶんこの結界のせいで、ヨンワンの魔力探知も利かなかった。だから本人達は迷っているという自覚もなく、二刻も森の中を歩かされたのだ。ラオワンはむやみに歩くのをやめて、呼びかけることにした。

「二度と来るなと言ったはずだ」

すぐ側で声がした。ラオワンはびくりと反射的に、声のする方と反対側の左後方に半歩飛び退いた。見ると森の中に不自然なほどに美しい男が立っていた。地面につくほどの長い金の髪、白金のローブをまとい、蔦《つた》を模した金の冠を戴き、全身が淡い光に包まれた美しい男。エルフの王フェリシオンだ。

冷たい紫の瞳が、じっとラオワンをみつめた。

「お前はヨンワンではないな……子孫か？　だが……その魔力……ホンロンワンによく似ている」

フェリシオンは、忌々《いまいま》しそうに顔を少しばかり顰めた。

「私は十二代目竜王ラオワン。あの時から千年以上が経っています」

「そうか」

フェリシオンは、特に興味がないというように頷いた。

「フェリシオン様、貴方にどうしてもお尋ねしたいことがあります。それをお聞かせいただければすぐに立ち去ります。どうか少しだけ話をさせてください」

ラオワンは必死に頼み込んだ。だがフェリシオンは無言のままだった。ラオワンは一瞬迷った。これを是《ぜ》と取るか否と取るか……いや、ダメだというのならば、彼はラオワンを森の外に放り出して立ち去っているだろう。無言だがきっと了承しているのだ。気が変わらないうちに本題に入ろう。

瞬間的にそう考えて結論を出した。

「フェリシオン様、私は異世界への扉を開ける秘術を探しています。どうしても異世界に行かなければなりません。何かご存じであれば教えてください」

するとフェリシオンの美しく整った眉がピクリと動いた。不愉快そうな表情は変わらない。

「ホンロンワンは秘術を使えただろう。お前は使えないのか」

「秘術のやり方が伝承されていません」

フェリシオンは、一言一言がとてもゆったりとしている。だがラオワンは間髪容《かんはつい》れずに返事をした。もちろんフェリシオンの言葉を遮らないように注意している。言いたいことはすぐに伝えないと、いつ彼の気が変わるか分からない。だが気を悪くさせてもいけない。とてもとても神経を遣っていた。

フェリシオンは溜息をついた。ゆるりとした仕草で、右手を頬にあてる。

「あやつも粗忽《そこつ》なことをする……竜族にとって、異世界との繋がりは重要なのではないのか？」

「そうです！　今まさに、重大な危機に直面しています。だから私はどんなことをしても秘術を知りたいのです。ホンロンワン様が伝承しなかったのは、彼の息子である竜王に、秘術を使えるほどの魔力がなかったからではないかと思います」

フェリシオンは、頬に手を添えたままじっと何か考えているようだった。

「そういえば……ヨンワンも魔力が少なかった……」

それは独り言のようだったので、ラオワンはあえて相槌《あいづち》は打たなかった。

「なぜ私のところに？」

「フェリシオン様ならきっとご存じだと思いました。秘術を使えるのもフェリシオン様しかいないと思いました」

フェリシオンは急にまた無表情になった。もう不愉快さも顔に出していない。ラオワンは嫌な予感がした。これは興味を失くされてしまったのではないだろうか？　このまま去られてしまったら困る。

「フェリシオン様……」

「私は……秘術は知らぬ。使わぬ」

ラオワンが呼びかけようとした時、フェリシオンがそう呟いた。

「異世界への扉を開く秘術は、神の権能だ。私は神を嫌っているので、権能など欲しくもないし、異世界にも興味がない。だから知らぬ」

ラオワンは一瞬絶望した。だがはっきりと答えてくれたので、これはこれでありがたいと思うことにした。そんなにすぐに分かることとは思っていない。そもそもエルフの王が会ってくれるとも思っていなかった。

「分かりました。私の問いかけにお答えくださりありがとうございました。心から感謝いたします」

ラオワンは丁寧に礼を述べて深く頭を下げた。さあ、もうポイッと森の外に捨てられても大丈夫……そう覚悟した。

「ヴァルネリに行くと良い」

「え？」

「西の大渓谷の大本……北西の山岳地帯にヴァルネリという魔導師たちの里がある。魔導師ならば知っているはずだ。あやつらは魔法馬鹿だからな」

フェリシオンはそう言うと、くるりと方向を変えてゆっくりと歩き始めた。

「あ……ありがとうございます！　心から感謝いたします!!」

「お前は少しだけ気に入った。ヨンワンよりもずっと良い……お前は頭が良い……だが竜の子よ……もうここには来るな」

フェリシオンはそう言って、すっと姿を消した。

ラオワンが顔を上げると、そこは明るい森の中だった。振り返るとすぐ目の前に森の端があり、離れたところにヤマトが座っているのも見えた。

ラオワンは大きな溜息をついた。良かった……心からそう思えた。

会議の間にションシア達兄弟が揃っていた。ションシアが急遽《きゅうきょ》招集したのだ。ラオワンが目覚めてからは、ラオワンも含めて兄弟全員で集まることはあったが、このようにラオワン以外の兄弟だけで集まるのは久しぶりのことだった。

「今日、皆を招集したのは他でもない……もちろん、兄上のことだ」

ションシアが真剣な顔で開口一番に言った。すると兄弟達がそれぞれ思うところがあるのか、隣同士で囁き合っている。何のことか分からない者、もしかしたらあれのことか？　と思う者、表情も様々だ。

「先日、兄上が『出かけてくる』と一言だけ伝言を残してどこかに出かけてしまった。それで戻ってきたのがその日の夜で、その上酔っ払って帰ってきた。どこに行っていたのかも教えてくれず……そしてまた今日もどこかに出かけてしまった！　まさかこの中に何か知っている者はいないだろうな？」

ションシアは厳しい眼差しで全員の顔を見回した。だが皆は「なんだって!?」「兄上が酔っ払って!?」と、逆に今の話を知らなかったかのように騒いでいる。知っていたのは、ヨウレンとメイジャンだけのようだった。その事実に、ションシアは呆れて、わなわなと肩を震わせる。

「情報共有はどうした！」

ションシアが怒鳴ると、全員が静かになった。そんな中、そっとメイジャンが手を上げる。

「なんだ？」

「兄上……情報共有と言うけど、そもそもこの集まり自体が久しぶりなんだ。ラオワン兄上が目覚めてから、ションシア兄上が宰相として忙しくなって、もう兄弟会を開かなくても良いだろうって言ったんだから、この集まりがなければ情報共有が出来ていないのも当たり前でしょう」

鋭い指摘にションシアは絶句してしまった。隣に座るヨウレンが苦笑している。

そこに第三王女のファンルイが、恐る恐るという様子で手を上げた。

「なんだい？　ファンルイ」

固まっているションシアに代わり、ヨウレンが返事をした。ファンルイは、ションシアを気にしながら気まずそうな表情で口を開いた。

「あの……先日、兄上がいなくなった日は、ホンシュワン殿下が魔力暴走を起こして具合が悪くなった日でした。あの時はリューセー様を呼びに執務室へ侍女を使いに出したのですが、ションシア兄上も執務室にいらっしゃったのですよね？」

尋ねられたので我に返ったションシアが「そうだ」と答えた。

「あの時は私も驚いたが、兄上も一緒に行ってしまわれたので、とりあえず午後の兄上の政務をいつでも取りやめに出来るように調整に走っていたんだ。それで一段落して、兄上が戻ってこないのでやはり何か問題があったのかと様子を見に行ったら、すでに兄上は執務室へ戻ったと言われて、リューセー様も医局に向かったと言われて、ホンシュワン殿下については、今はもう大事ないと言われて……」

「あ、オレ、リューセー様の護衛として医局に行ってました！」

イースンがヘラッと笑いながら言った。話の途中で割り込まれたので、ションシアはジロリとイースンを見て、ゴホンとひとつ咳払いをした。

「とにかく……行き違いになったのかと執務室に戻ったが兄上の姿はなく、兄上付きの兵士が待っていて、兄上から『出かけてくる』と伝えるように言われたと伝言が……」

そこまで語ったところでションシアは大きな溜息をついた。

「一応……念のために聞くが、ファンルイはあの時兄上からは何も聞いていないのだな」

「はい」

「イースンも」

「オレが行った時はもう兄上はいませんでした」

「分かった」

ションシアは再び溜息をついて額を押さえた。

「つまりあの時の前後を含めて一番兄上と関わっていたのは私ということなのだな……だから私が知らないことは、皆も知らないと……」

「そ、そうです」

ファンルイが申し訳なさそうに同意して、ションシアは頷きながら椅子の背にもたれかかった。

「兄上、きっとラオワン兄上から話してくれますよ」

慰めるようにヨウレンから言われて、ションシアは眉根を寄せた。散々問いつめたが、ラオワンにははぐらかされまくって何も教えてもらえなかった。

行くなとは言わないがせめて行き先だけは教えてほしい、万が一兄上の身に何かあった時に、探しに行くことさえ出来なくなる、とかなり譲歩したのだが、それでも教えてくれなかった。

宰相であるションシアを、ラオワンはかなり評価してくれていたはずだと思っていたが、何をしているのかもどこに行っているのかも言ってくれないなんて……ショックだった。

「ションシア、貴方の悪いところは、真面目に考えすぎるところですよ」

メイリンからそう言われて、ションシアは不服そうな顔を向けた。メイリンは微笑んでいる。

「ラオワンは、常に私達の何倍も色々なことを考えています。兄上が竜王になったら、兄上のやりたいようにしてもらって、自分達は兄上が好きなように出来る場を作ろう。雑用係に徹しようと言ったのは、他でもなくションシア、貴方ですよ？　世継ぎであるホンシュワン殿下が生まれてから、ラオワンはより自由に動けるようになりました。自分にもしものことがあったとしても、シーフォンがともに滅びる心配はなくなったからだと……。だからと言って馬鹿なことをする人ではありません。何か考えがあってのこと……ヨウレンが言うように、いつか私達に話してくれるでしょう。信じて待ちましょう」

やんわりとした口調で、ずばりと核心を衝《つ》いてくる姉には敵わないと、ションシアは肩をすくめた。

「姉上が宰相になった方がよろしいのでは？」

「いやだわ、宰相なんて面倒くさいもの」

笑顔で断られたので、ションシアは苦笑するしかなかった。

「だけどションシア兄上の気持ちも分かるなぁ……ラオワン兄上のことは普通に心配するよ」

「そうだな、オレ達に何も言わないなんて……よし、今日戻ってきたらオレがちょっと文句言おうかな」

「あ、私も！」

それまで黙って聞いていた兄弟達がそれぞれ文句を言い始めた。これはこれでちょっとうるさいとションシアは思いながらも、結局みんな兄上を心配しているのは間違いないのだからと、ラオワンを恨めしく思う。

しばらくざわめいていたが、このままではきりがないとションシアは解散しようとした。

その時、扉が開いて「みんなここにいたのかい？」とラオワンが現れた。

「執務室に行ったけど、ションシアがいないから探したよ？」

探したのはこっちです……と言いたいのを、ションシアはぐっと我慢した。

「実は～……この前酔っ払って帰ってきただろう？　あの時ドワーフの国に行っていたんだ」

突然ラオワンが告白を始めたのでその場は騒然となった。

「ドワーフの国ですか!?」

ションシアが目を丸くする。

「人間との戦いで滅びたのではないのですか？」

ヨウレンも驚いている。

「それがまだ生き残っていたんだ」

「なぜドワーフの国に？」

ちょうど、ラオワン行方不明についての話し合いをしていたため、皆が次々とラオワンに質問を始めた。

「ちょっと興味があってね……その話は改めて皆にするけど……今日はみんなにお土産があるんだ」

質問攻めに遭う前に、ラオワンは素早く話題を切り替えた。こういうところが上手すぎる……とションシアは顔を顰めた。

兄弟達は「お土産!?」と色めき立っている。

「弟達にはミスリルの剣、姉上と妹達には銀の髪飾りだよ！　ドワーフが作った物だ！　素晴らしい品だよ」

ラオワンがそう言って、大きな木箱を部屋の中に運び入れて蓋を開けた。中には確かに剣と小さな宝箱がたくさん詰まっていた。

兄弟達は、わっと一斉に立ち上がり、ラオワンから土産を貰おうと集まってきた。

「みんなの分あるからね～、慌てなくて良いぞ～」

群がる兄弟達に、ラオワンは笑顔で配っている。一番にラオワンから小さな宝箱をもらったメイリンが、中に入っている髪飾りの美しさに、少女のように喜んでいる。ヨウレンとメイジャンもミスリルの剣にご満悦だ。ションシアは呆れて口を半開きにしたまま、その光景を眺めていた。

『さっきまで、文句を言ってやると言っていたのは誰だったかな？』

ションシアは呆れを通り越して、虚無になりつつあった。

『もう知らん……私は知らんぞ！』

なんだか一人で騒いでいたのが馬鹿らしくなってきた。さっさと執務室に戻って仕事をしよう。そう思って立ち上がり出口に向かおうとしたが、立ち上がったションシアの席のすぐ後ろにラオワンが立っていた。

「ションシア、はい、これは君の剣だ」

すっと剣を差し出された。見事な拵《こしら》えの美しい剣だった。手渡されてその軽さに驚く。

「ションシア、すまない。ちゃんと説明するからもう少し待ってくれるかい？」

ずるいと思った。そんなことを言われたら、同意するしかないじゃないか……と悔しく思いながら「はい」とションシアは答えていた。

ラオワンはエルフの王に会った後、まっすぐには帰らずドワーフの国に向かった。お礼を言うためだ。カルック王の助言のおかげで、エルフの王から有力な情報を得ることが出来た。

また途中で酒を買って持っていく。

二度目の訪問とあって今回はすんなり中に入ることが出来た。渓谷に到着して、ヤマトの背中に積んでいた酒樽を下ろしていると、ドワーフ達が出迎えてくれたのだ。どうやら山脈内のあちこちに、彼らの隠し通路が張り巡らされているようだ。周囲を警戒する目的もあるだろう。よそ者が山の中に入ったら、すぐに察知される。

酒樽はすべて彼らが運んでくれると言い、ラオワンは中に案内される。ラオワンが連れていかれたのは、一度目の時に入った通路だ。あれがやはり正規の出入口のようだ。まあ隠し通路には入れてもらえないだろう。

ラオワンが苦労して人一人分の隙間しか開けることが出来なかった石の扉を、ドワーフは軽々と開いてみせる。中に入ると、ラオワンは真っ直ぐに城へ案内された。

カルック王に挨拶をして、エルフの王に会えたことを伝えた。そして秘術の情報を得られたことを話すと、カルック王は我がことのように喜んだ。

また宴だ！　と騒がれてしまったので、ラオワンはカルック王に今日はもう帰ると告げた。

「前回、王妃に叱られたので……また改めてゆっくり酒を酌み交わしましょう。出来れば秘術を手に入れてからの祝い酒が良いです」

ラオワンがそう告げると、カルック王は快く承知してくれた。

「それで今回は交易も少しさせてください。ミスリルの剣と女性に何か細工物が欲しいのです」

ラオワンの要望に、それらの品がすぐに用意された。その分の代金はきちんと払って、ドワーフの国を後にした。

「次は魔導師か……ヴァルネリについては、きちんと調べてから行こう」


王の私室の居間。窓辺には龍聖とハデル、ファンルイと乳母の四人が、小さなベッドを囲んで座っていた。

「ベッドのここと、ここ……二ヶ所に、これを取りつけます。この中には、魔力のなくなった竜の宝玉の欠片が入っています。これは魔力を吸い取る魔道具なんです。魔力を吸い取る量は調整出来るようになっていて……今は一番少なくしてあります。一気に魔力を吸い上げると、ホンシュワンの体に負担がかかるので、じわじわと吸っていく作戦です。こんな風に、ベッドの縁にこの金具で留めれば固定されますから、ホンシュワンが触っても簡単には外れません」

龍聖は医局の者達と一緒に研究して作り上げた魔道具を、皆にお披露目をしていた。ホンシュワンが魔力暴走しないように、少しずつ魔力を抜いていくための魔道具だ。吸い取るための素材については、すぐに力を失った宝玉が候補として提案された。たくさん用意出来る上に、魔力を吸い上げる能力も高い。ただ問題は吸い上げる能力が高すぎて、一気に吸ってしまうことだ。

赤子の小さな体にある魔力を、一気に吸い上げると、魔力調整の未熟な未発達の魔力器官を損傷しかねないのだ。だから漏れ出す魔力を吸い取るように、少量ずつじわじわと吸わなければならない。その装置を作るのが難しかった。

龍聖は原理を理解出来るが『魔道具』というものが分からない。医師達と協力し合って、試行錯誤の上完成した。

「中に入っている宝玉の欠片が魔力でいっぱいになるとここの色が赤く変わります。そしたらここをこうして中を開けて、宝玉を取り換えてください。替えの宝玉はここにあります。満タンになった宝玉を間違えて入れないように注意してください。満タンになったものはこっちの瓶に……医局が引き取って、別の研究に使うそうです」

龍聖はガラスの瓶に入ったたくさんの小石ほどの大きさの宝玉の欠片と、空の瓶を見せた。

「ベッドに装着することで、ホンシュワンが寝ている間に安定して吸い取ることが出来ますし、わざわざ何かをする……ということをしなくて済みます。ベッドに寝かせておくだけですから」

龍聖の説明を聞いて三人はとても感心していた。

「ラオワンにも見てもらって、吸い取る魔力量について意見を貰うつもりです」

「私がなんだって？」

「ラオワン！」

突然後ろから声がしたので、龍聖は驚いて飛び上がりそうになった。

「どうかしたの？」

「うん、ちょっと君に話したいことがあって……その前にそれは何だい？」

ラオワンが興味を持ったので、さっきと同じような説明をラオワンにもした。

「凄いね！　これがあれば、私が外遊でいない時も安心だ。実はそれを心配していたんだよ。近々外遊に出なければいけなくなったからね」

ひどく感心するラオワンに、吸う量の調整について相談した。

「うん、あと少し多くても良いかもね……本当に微量の差だけど」

ラオワンからも合格点が貰えて、龍聖はとても満足そうだった。

「リューセー、ちょっといいかな？」

「あ、はい」

ラオワンは龍聖を連れて書斎に向かった。扉を閉めて二人きりになる。

「例の件だけど……見つかるかもしれないんだ」

ラオワンが少し声を落としてそう切り出した。

「え？　秘術の……？」

龍聖が驚いて尋ねると、ラオワンはしっかりと頷いた。

「確実ではないけれど、かなり可能性は高いと思う。ただ申し訳ないけれど、私はしばらく政務が忙しくなるから、すぐには探しに行けないんだ」

ラオワンはとても残念そうに言った。龍聖は微笑み返す。

「大丈夫だよ。そこまで慌てる必要はないし、無茶はしてほしくないから……ラオワン、ありがとう」

龍聖はぎゅっとラオワンに抱きついた。ラオワンも抱きしめ返す。

「愛しているよ」

「私も」

龍聖はラオワンの胸に顔を埋めて、ほっと安堵の息を漏らした。


ラオワンがヴァルネリに向かったのは、それから半年も経ってからだった。政務が忙しいせいもあったが、ヴァルネリについて詳しく調べる必要もあったからだ。

ラオワンには魔導師についての知識が少ない。祖父にあたる十代目竜王シィンワンが残したヴァルネリの資料に目を通した。

「我々やドワーフの国とは真逆の者達……すべてを諦めて衰退の道を選んだ者達……生き残りは僅か六十人余りだ……って、え？　大丈夫？　それから三百年ほど経っているけど、まさか滅びてないよね？」

ラオワンは異世界よりも先にそちらが滅びていないかと心配になってしまった。急いで出発を決めた。

「レイサ、また頼まれてくれるかい？」

ラオワンが王の私室を出たところで、待機していた兵士に声をかけた。レイサは一瞬言われた意味が分からなくて固まっていたが「あっ！」と声を上げて、慌てて口を手で塞いだ。

しばらくなかったので忘れていた。自分が名指しされて、王より頼まれることと言ったらひとつしかない。仲間達からは、王に指名されて羨《うらや》ましいと言われた。自分でもかなり光栄だと思っている。

命じられることは、単純な伝言だけなのだが、相手は宰相だ。その上王の様子や宰相の様子を見るに、かなり重要な局面での伝言係に指名されているのだと思った。

レイサは緊張した顔になり「はい！」と力強く敬礼をした。

「じゃあ、お願いするよ」

ラオワンが微笑みながら言って、他の兵士に待機を命じながら、塔へ向かって歩きだした。

レイサは敬礼したままそれを見送り、仲間達の羨望の眼差しを背中に受けながら、王の執務室を目指して歩きだす。

『いつも陛下はどこに出かけているのだろう？』

少しばかり気になったが、一介の兵士であるレイサには、知ったところでたぶん理解出来ないだろう。だが王専属の兵士というだけで、末代まで自慢して良いほどの栄誉ある仕事をしている上に、名前を覚えてもらい、名指しで指令を受けているのだ。アルピンの兵士の中で、自分が頂点にいるのではないだろうか？　と思う。

王専属兵士という職務に就いていることは、家族にさえ言ってはならない決まりだ。きっと話せるのは死ぬ前ぐらいだろうが、それまで楽しみにとっておこうと思いながら、出来るだけゆっくりと歩くのだった。


ラオワンはヤマトとともに、西の渓谷沿いに北上した。

「この辺りかな？」

ドワーフの山ほどではないが、険しい山々が連なっている。よく見ると一本の道が山へ向かって続いている。辿った先に黒い鉄格子の門が見えた。

ラオワンはその少し手前にヤマトを下ろした。

「じゃあ行ってくる」

ラオワンがヤマトに向かって言うと、ヤマトがグッグッと鳴いた。

「ワクワクしないのかって？　今言おうと思っていたんだよ」

ラオワンはヤマトにウィンクをした。ヤマトは肩をすくめるように羽をバサリと揺らした。

ラオワンは上空から見えていた黒い鉄格子の門を目指した。午前中なのになぜか少し薄暗さを感じる。門の前に辿り着いて、高くそびえる鉄の檻のような門をじっと眺めた。手をかけるがびくともしない。鍵がかかっているのか？　と首を傾げた。

人の気配はまったく感じられない。きょろきょろと辺りを窺っていると、突然門がギギギィと軋むような音を立てて、ゆっくりと内側に開いた。ラオワンは緊張した面持ちで、じっと待つことにした。するとしばらくして、薄暗い門の奥から、人影が現れた。手にランプを下げた黒いフード付きの長いコートを着た男だった。

口元ぐらいしか見えない男は、表情が読めない。ラオワンは突然彼が現れたことよりも、人がいたことに安堵した。まだ滅びてはいなかったようだ。

「長がお待ち申し上げております。どうぞこちらへ」

男は一言そう言うと、後ろを向き奥へとゆっくり進んでいく。

奥に進むと洞窟のような岩がむき出しの通路がある。しばらく進むと突然視界が開けた。とても広い石造りの広間のようなところに出た。どうやって作ったのかと思うほど、綺麗に四角く切り出された石を、隙間なく均等に嵌め込んで造られている。壁にはいくつも等間隔で明かりが灯《とも》っており、部屋中が見渡せるほどの明るさがある。前方には石段が見えてきた。どうやらそれが、本当の玄関のようだ。

左右にある大きな柱が、遙か上にある天井まで伸び、石段は五段ごとに広い踊り場がある。二十段ほど上がったところで巨大な石の扉が現れた。

前を歩く男が、片手でそっと扉を押すと、まるで普通の扉を開けているかのように、静かにゆっくりと開いていく。

扉の奥はとても立派な城の中という印象だった。白い化粧石の貼られた壁と床、天井には花や木々の絵が描かれている。廊下の幅は広く、四人並んで歩いても余裕があるくらいだ。左右に並ぶ扉は、光沢のある黒い木に、彫刻で装飾された美しい造りで派手ではないが、品の良さが感じられた。

「こちらでございます」

男がようやく足を止めた。大きな二枚扉の前だった。扉を開けて中へと招き入れる。そこは広間になっていた。高い天井は円形になっていて、美しい精霊のような女性が、たくさん空を舞っている絵画が描かれている。床は光沢のある板張りで、鏡のように磨かれている。正面には一段高い台座があり、そこに大きな玉座がひとつあった。

玉座には黒いローブを着た五十代くらいの男が座っていた。手には細かい細工の施された長い杖を持っていて、頭に王冠はなかった。

「よくぞ参られた、エルマーン王国ラオワン王。私はヴァルネリの長、オブ・サリファルと申します」

ラオワンは自分の名前を彼が知っていることに驚いた。ヴァルネリとは長く交流はないし、それに彼らは誰とも交流していないはずだ。かつて唯一同盟関係にあったトレイト国は滅んでしまっている。

「突然の訪問をお許しください」

「いいえ、エルマーン王国の竜王が再び我らの下を訪ねてくださり、忘れられていなかったことに喜んでいます」

サリファルはとても静かにゆっくりと話す。広間には彼の声が響き渡った。

「正直に申し上げれば……もう魔導師の方々は、いなくなられているのではないかと案じておりました」

ラオワンの素直な発言に、サリファルは笑みを浮かべて頷いた。

「そう思われるのも仕方ない。シィンワン王がいらした頃は、我々は残り六十人しかいなかった。いつ消え去ってもおかしくない状況でした」

彼の言葉が過去形であることに気がついた。それでは今はもう違うということだろうか？　と考えたラオワンの表情は読み取られているようだ。

サリファルは変わらず微笑みながら頷いている。

「我々は現在二百二十人にまで増えています。それはすべてシィンワン王のおかげなのです」

「祖父の？」

意外な言葉に思わず首を傾げた。呪術師事件の後、彼らは静かにヴァルネリに帰っていったはずだ。シィンワン王とその後書簡のやりとりでもしていたのだろうか？

「正義感溢れるシィンワン王に背中を押されて、我々は自分達の仲間が犯した罪に向き合うことが出来ました。そしてこの地に閉じ籠り、自ら滅びの道を歩くことの愚かさを知ることが出来ました。あなた方シーフォンは、神の天罰を受けてもなお抗い続けて、どんな手段を取っても生き続けようとしている。その強い生命力に感動したのです。我々も、もう少しだけ抗ってみてもいいのではないかと……そう思わせてもらいました」

「ではあれから何か変わったのですか？　それが人口が増えた理由ですか？」

「はい、かつて我らの仲間であった呪術師達が西の大陸で仲間を増やしていたのですが、その中には魔導師の素質がある者もいました。その者達の洗脳を解き、ヴァルネリに迎え入れたのです。その時は二十人ほどでした。そしてそれをきっかけに、世界中にいる魔導師の素質がある者を探して、我らの下に勧誘していったのです。我らは元々魔導師の一族、引き継ぐべきは血筋ではなく魔法。ラオワン王は魔法と魔術の違いをご存じですか？」

「いいえ、知りません」

　ラオワンは違いがあることさえ知らなかった。自分が使っているものが、魔法なのか魔術なのか分からない。ただ魔力を扱っているだけだ。

「魔法とは呪文や魔法文字、魔法陣などを媒介にして、自分の魔力を使い生み出すもの。ですから生まれ持った資質と魔力で、魔法使い、魔導師になれるのです。それに対して魔術とは、計算と経験で生み出すもの。魔術にはすべて発動条件となる数式があるのです。それを勉強すれば誰でも使うことが出来る。もちろんある程度の才は必要ですが、魔力は持っていなくてもいいのです……人間達の中にいる錬金術師がそうです」

　ラオワンは分かりやすい説明で納得することが出来た。錬金術師というのも聞いたことがある。

「では私が使っているのは魔法なのですね」

「そうです。ドワーフやエルフが使っているのも魔法です。ただ魔力を持っているだけでは魔法は使えません。使い方を知らなければ使いようがないでしょう。私達魔導師は、魔法を使うことに特化した一族です。この世のありとあらゆる魔法を使い、時には新しい魔法を作り出したりします。そのためには、強い魔力が必要だった。我ら一族は高度な魔法を使うことこそ、魔導師の本懐であり、魔導師であることの条件だと思っていました。だから魔力が凡庸《ぼんよう》な者は、落ち零れとして切り捨ててきた。その結果滅びの道を歩むことになったのです」

ラオワンはなるほどと大きく頷いた。

「だが今のあなた方は、強い魔力の血筋に拘《こだわ》るのではなく、魔法を使える資質がある者を集めて、魔力の強さに関係なく魔法の使い方を伝承しているのですね」

ラオワンの推論に、サリファルは微笑みながら頷いた。

「はい、その通りです。先ほども言いましたが、魔法の使い方を知らなければ、どんなに魔力が強くても、ただの魔力が強い人で終わってしまいます。異世界への扉を開く秘術を使えなければ、貴方もただ魔力が強い人にすぎません。もちろん貴方は他に使える魔法がありますが……今のは貴方が最も知りたい答えのはずです」

ラオワンは目を丸くした。驚きで心臓が跳ね上がる。

「どうしてそれを……」

「そういうことが分かるのも魔法なのですよ」

サリファルはそう言いながら立ち上がった。

「貴方に異世界への扉を開く秘術をお教えしましょう。あなた方には借りがありますから……ついてきてください」

サリファルが歩きだしたので、ラオワンは慌てて後をついていった。

広間を出て廊下を歩いていく。人口が増えたと聞いたが、人影はない。

「皆、外に出ているか、各自の部屋で修行をしているのです」

サリファルがまるで会話をするように、ラオワンに答えるので、やはり心が読まれているなと少し警戒した。するとサリファルはそれ以上何も言わなくなった。

「こちらの部屋です」

サリファルは一室にラオワンを案内した。何もない部屋だ。

「床をご覧ください。そこに異世界への扉を開く秘術の魔法陣が描かれています。これに魔力を流してすべての文字に魔力を通すことが出来れば、貴方はこの魔法を覚えることが出来るのです」

ラオワンは言われて改めて床を見つめた。確かによく見ると何かが描かれているように見える。魔力を流すだけで本当に使えるようになるのだろうか？　あまりにも簡単にとんとん拍子でここまで来たため、信じられない気持ちでいた。

「簡単すぎると思うかもしれませんが、魔法陣のすべての文字に魔力を流すことは、とても繊細な魔力操作が必要になり、また魔力も多く使います。決して簡単ではありません。それが出来るかどうかも資質であり、資質のない者はこの魔法が使えないということになります。また資質はあっても魔力が足りなければ使えません。高位の魔法ほど資質と魔力が必要になります。我々魔導師の中でもこの秘術を使えるのは、私を含めてほんの数人だけです」

ラオワンはゴクリと唾を飲み込んだ。出来なかったら……と一瞬思ったが、やらなければならないと自分に活を入れた。

その場にひざまずき両手を魔法陣の上に置いた。ゆっくりと掌から魔力を注ぎ込む。すると魔力が少し撥《は》ね返されるような抵抗を感じた。それに反発するように少し強めに魔力を注ぐ。強すぎると魔法陣の上を一気に光が走り、途中の文字を飛ばしていく。すべての文字に魔力を通さなければならないのだ。確かに簡単ではなかった。魔力操作に集中する。

ラオワンの額を冷たい汗が伝った。


どれくらいの時間を要したのか分からないが、ようやく魔法陣を完成させることが出来た。すると光る魔法陣が宙に浮かび上がり、ラオワンの体に重なると吸い込まれるように消えていった。

ラオワンはひどく疲れて肩で息をついている。だが心地よい高揚感があった。

「おめでとうございます。見事に習得されました」

「本当ですか!?」

満面の笑顔で喜ぶラオワンに、サリファルは微笑みながら頷いて「はい」と答えた。

「早速使ってみますか?」

「え!?」

「初めて使うのですから、出来れば帰れなくなるなどの事故が起きた時に救出出来る者がいるところで、試した方が良いと思います。私がこの秘術を使えるので手助けいたしましょう。使うならば外へ……貴方は竜と体を分けていますから、竜と一緒の方が魔力は安定すると思います」

「分かりました」

急に今すぐ異世界に行くことになったので、心の準備がまだだったが、サリファルの言うことももっともだと思って、ここで試してみることにした。

外に出るとヤマトが待っていた。

ラオワンはサリファルから、具体的な異世界への行き方と帰り方を教わった。

「行きたい場所は出来るだけ明確な方が、より精度が上がります。たとえばエルマーン王国の全景を思い浮かべるのと、貴方の部屋を思い浮かべるのでは精度が変わります。全景を思い浮かべた場合は、空に出現することもありますし、城下町の外や国の外ということもありえます。それから危険だと感じたら躊躇なくすぐに帰還してください。これは絶対です。それともうひとつ……誰かを連れてくる場合は、一回につき一人です。これは絶対に守ってください。もしも二人連れてこようとした場合は、たとえそれが赤子などの小さな者であっても、必ず帰還に失敗します」

「失敗するとどうなるのですか？」

「次元の狭間《はざま》を永遠に漂うことになります。光も音も何もない真っ暗闇の空間です。そこでは死ぬことも出来ず……本当に永遠にさ迷うことになります。注意してください」

それを聞いてラオワンはぞっとした。

「我々は……私とヤマトは二人で一人に換算してもらえるのかな？」

「はい、あなた方は魂がひとつなので、一人に換算されます。ご安心ください」

ラオワンは大きく深呼吸をした。

『大和の国に行って、皆が無事なことを確認する。もしも危険な状態ならば、守屋家の者……リューセーのクローン体がいれば連れて戻る……何度か行き来出来るようならば、他の守屋家の者を助けられるだけ助けよう……とりあえず一旦安全なこちらの世界に連れてくれれば、何か助かる道を見つけることも出来るだろう』

心の中でやるべきことを整理した。

「準備は出来ましたか？」

サリファルに声をかけられて、ラオワンは気持ちを固めた。

「はい、大丈夫です。やります」

ラオワンはヤマトの背中に乗った。目を閉じて意識を集中させる。脳裏に母やリューセーから聞いた守屋家をイメージした。

『地球の大和の国……イシカワケンカナザワシ……古い木造の家……守屋家』

異世界への扉を開く魔法を発動させた。目の前の空間に大きな穴が空いた。次の瞬間ラオワンはその中にヤマトとともに吸い込まれていった。

「うわっ！」

体に叩きつけてくる猛烈な風に目も開けられなかった。風には砂塵のような細かい粒子が混ざっていて、体中が痛かった。両手で顔を覆いながらなんとか薄目を開けたが、辺りは真っ暗で、時々大きな稲妻が上から下へ爆音とともに落ちている。とても暑かったが、それは気温が高いのか、吹きつける風が熱いのか、体中に容赦なく叩きつけてくる砂塵の痛みで体が熱いのか、何が何だか分からなくなる。

咄嗟に魔力を体に纏わせたが、それでも長くこの場にいられそうもない。

『ラオワン、危険だ！　戻ろう！』

頭の中にヤマトの声が響いた。ラオワンはそれに同意して帰還の魔法を発動させる。

「ご無事でしたね！　今助けに入ろうかと思っていたところです」

サリファルが慌てた様子で駆け寄ってきた。ラオワンは小さく呻きながら、よろよろとヤマトから降りた。

「擦り傷と火傷がひどいですね。すぐに治療をしますから、中にお入りください」

サリファルに言われて、ラオワンは自分の両手と体を見た。服が所々破れている。両手は赤くなっていて、血がにじんでいるところもあった。

砂塵混じりの暴風にさらされたのだが、あの数秒だけでこんなにもひどい状態になったことに驚く。ヤマトに言われなければ、本当に危なかった。

『ヤマト、大丈夫か？』

『私は頑丈な鱗《うろこ》に守られているから平気だが、お前は危なかったんだ。あれは嵐の雲の中だ。それも普通の雲じゃない。何かが爆発して出来た雲だ。人の身では危険な場所だった』

ラオワンはヤマトの話を聞きながら、意識を失って倒れた。


目を覚ますと知らない白い部屋で寝ていた。すぐ側にサリファルと、もう一人白いローブを着た中年の女性がいたので、ここがヴァルネリだということを思い出した。

「気がつかれましたか？」

「すみません……私はどれくらい意識を失っていましたか？」

「半刻ほどでしょうか？　それほど長い時間ではありませんよ。たぶん初めて大魔法を使ったので疲れたのでしょう。慣れれば平気になりますよ。貴方の魔力量だと一日に使える回数は二回です。魔力回復が早いので翌日にはまた使えるはずです。でも体に負担はかかりますから乱用はおやめください。あちらの世界で倒れたら戻ってこれなくなりますよ？」

サリファルは優しい口調で忠告をする。さすがのラオワンも、衝撃的な体験をしたので、これからは慎重にやろうと心に誓った。

「さっきのあれは……私は出来るだけ行き先を明確に思い浮かべたはずなのですが、なぜ空の上にいたのでしょうか？」

「目的の座標が消失していると空中に投げ出されてしまいます。貴方が行こうとしていた場所を具体的に思い描いていたにもかかわらず、空にいたというのならば、おそらく貴方が行こうと思っていた場所が消えていたのでしょう」

ラオワンはそれを聞いて顔面蒼白になった。ラオワンは龍聖から聞いていた守屋家の家を頭に思い浮かべながら術を使った。それなのに空にいたということは、サリファルの言う通りかもしれない。

ヤマトが言っていた言葉も思い出す。それらを総合すると、龍聖の言っていた彗星というのが、大和の国があった星にぶつかった後だったのだろうか？　いや、それしか考えられない。単純にラオワンが行く場所を間違えたとしたら、その周辺の空に投げ出されるだけだ。あの空は尋常ではない。

「大丈夫ですか？」

心配そうに声をかけられて、ラオワンは我に返ると体を起こした。気がつくと綺麗な白い服を着せられていた。飾りはなく簡素だが真っ白で柔らかな生地だ。

「失礼ながら、服がひどく破れていたので着替えさせていただきました。着ていた服などはそちらに」

「ありがとうございます……怪我も治っている」

ラオワンは両手をみつめて呟いた。さっき見た時の火傷は綺麗に治っていた。

「貴方の綺麗な顔が傷だらけだったんですよ？　そのままでは王妃様が悲しまれますから、治癒魔法で綺麗にいたしました」

「重ね重ねありがとうございます」

礼を言いながらも、ラオワンの心は憔悴《しょうすい》していた。衝撃が大きすぎた。

「あれが貴方の行きたかった異世界ですか？　滅亡のさなかだったように見えましたが」

サリファルが申し訳なさそうにしながらも尋ねた。今回はラオワンが初めて秘術を使うため、補助としていつでも助けに入れるように、サリファルが追跡魔法を使って秘術の行く先まで思念を飛ばしてくれていた。だから目に映った光景を、サリファルがそんな風に語るのであれば、ラオワンの体験は夢ではなかったということだ。

「……ああなる前に……助けたかった人達がいたんです……」

「そうでしたか」

ラオワンは少し休憩をした後、サリファルに礼を言ってエルマーン王国に帰った。見知らぬ衣装で戻ってきたラオワンを見て、ションシアが慌てたが、ラオワンは無言のままで王の私室に戻っていった。いつもと違うラオワンの様子に、ションシアは心配したが、今はそっとしておくことにした。

ラオワンと龍聖は、王の私室の書斎で、二人きりでソファに並んで座っていた。二人とも無言のまで俯いている。ラオワンは異世界への扉を開いたことを、龍聖に話した。そしてそこで見たこともすべて正直に話したのだ。

長い沈黙が続いた。だがそれを断ち切ったのは龍聖だった。

「私がこちらに来てから十五年になります。向こうの世界で正確にどれくらいの年月が経ったのかは分かりませんが……おおよそ七、八年くらいでしょう。当初の計算よりも彗星の到来が少し早くなったのかもしれません。彗星の軌道が途中で変わることはあります。実際にはそれほど大きく軌道は変わっていなくても、僅かなズレが軌道周辺の星々にとっては大きなズレになることもあります。ですが……地球の観測技術であれば、それも年単位で分かるはずです。早まってしまうことは遅くとも一年前には分かっていたはずですから、無事に避難はしていると思います」

龍聖が落ち着いた様子で淡々と語るので、ラオワンは龍聖が大丈夫だと思うなら……と、少しばかり気を取り直した。

「私が衝撃を受けたのは、君から聞いていた話と全く違っていたからなんだ。君は黒く厚い雲が空を覆って、日の光が当たらなくなり、気温が低下してすべてが氷に覆われると言っただろう？　だけど私が直面したのは火山の噴火の真ん中にいるみたいな状況だったんだ」

ラオワンは思い出すだに恐ろしいと思った。数秒いただけなのに死ぬ思いがした。

「ラオワンが行った時は、おそらく隕石がぶつかった直後だと思います。私がした話は最悪の状況を想定したものでした。数十キロメートルの大きさの隕石が衝突した場合を想定したものです。遙か昔恐竜の絶滅と氷河期のきっかけとなった巨大隕石クラスの大きさです。でもさすがに……彗星の尾にはそこまで大きな隕石は含まれていないはずです」

ラオワンは以前に詳しく説明してもらったので、言っていることはなんとなくわかった。つまり想像よりはマシだったという話なのだろう。でも……あれでマシ？

そんなラオワンを見て、龍聖は説明を続けた。

「隕石の衝突で一番怖いのは衝突の時の衝撃波です。何万度もの熱を持った衝撃波が地表を駆け抜けます。衝撃波を受けた場所にいる生き物は、一瞬で蒸発します。そしてその後巻き上げられた粉塵が空を覆って気温を下げるのです。粉塵が空を覆うのは二年から三年……もちろん被害の状況は落ちる隕石の大きさや場所によって変わります。ラオワンが巻き込まれたのは空に巻き上がる粉塵だったのでしょう。衝撃波ではなくて良かったです。本当に……」

龍聖は大きな溜息をついた。その肩をラオワンが抱き寄せる。

「心配をかけてごめん」

「貴方が無事でよかった」

ラオワンも大きく息を吐いた。確かに話を聞けばかなり危険だったようだ。もっと早く帰還の判断をしなければならないなと思った。

「じゃあ、守屋家が無事に避難したと仮定して、どうすればいい？」

「そうですね……可能ならば……二十年後ぐらいにもう一度様子を見に行ってもらえると色々と分かると思います。いえ、もっと後でも構いません。貴方のことが心配だから、出来るだけ危険は避けたいです」

「ああ、出来るだけ君に心配をかけないようにするよ」

ラオワンは龍聖の頭に口づけて、背中を優しく撫でた。

龍聖はしばらくの間少し落ち込んでいたが、日々の平和な暮らしの中で次第に元気を取り戻していった。

ホンシュワンは、龍聖が開発した魔道具のおかげで、一度も魔力を暴走させることなく、すくすくと育っていった。

「ハデル、見て！　ホンシュワンが何にも摑まらずに立ったんだよ！　うちの子凄い！」

龍聖の側で、少しふらつきながらも両手に小さなぬいぐるみを摑んで立っているホンシュワンを見て、ハデルも侍女や乳母達も大喜びした。

「素晴らしいです！　七歳で立てるなんて早い方ですよ」

「立ち姿もなんて可愛らしいのでしょう」

皆が口々に褒めるので、龍聖は嬉しくて満面の笑顔になった。

「ホンシュワン！　凄いね！」

笑顔でそう呼びかけると、ホンシュワンも満面の笑顔でキャッキャッと笑う。龍聖はホンシュワンを抱きしめてその柔らかな頬に頬ずりをした。

「これから成長するごとに、陛下に似ていかれますね」

「うん、そうだと思う。直視出来ないほどの美形になるよ」

龍聖はそう言いながら、ホンシュワンの頰に何度も口づけた。

「リューセー様は本当にホンシュワン様を溺愛されておいでですよね」

「そうかな？　ラオワンも、結構親馬鹿だと思うけど……まあ、私はラオワンとホンシュワンがいれば他には何もいらないかな～」

「本当ですか？」

「うん、最近は研究半分、ホンシュワン半分でしょ？　あ、ラオワンもだから三分の一ずつかな～？」

龍聖の言葉を聞いて、ハデルと侍女達が顔を見合わせた。

「その顔は信じてないね？　え？　どこを信じてないの？　ラオワンとホンシュワンの割合のところ？　ねえ、笑ってないで教えてよ」

その場は幸せな笑いに包まれた。

「ハデル様、リューセー様に医局から使いの方がいらっしゃっています」

来客受付当番の侍女が小走りに来てハデルに告げた。

「リューセー様、医局の方がいらしているそうですが、いかがいたしますか？」

「なんだろう？　はい、会います」

龍聖はホンシュワンを乳母に託すと、ハデルとともに貴賓室へ移動した。

「どうかなさいましたか？」

貴賓室に行くと、入口の近くに若い医師が緊張した面持ちで立っていた。

「あの……医局長からの使いです。本日十五時より竜の解体を行いますが、リューセー様は立ち会われませんか？　とのことです」

「竜の解体!?」

龍聖は驚きの声を上げた。

「え？　どういうこと？」

「先日亡くなられたシーフォンの半身になります」

若い医師はおろおろとした様子で答えた。

「リューセー様、死んだ竜の体は不要な部分がひとつもないほど、色々なものに利用されます。特に内臓などは薬にすることが多いので、解体の指揮は医局が執《と》るのです。でも本日の午後は、ホンシュワン様と中庭に行く予定ですよね？」

ハデルがそう言いながら、でも答えは分かっているという顔で龍聖を見た。龍聖はキラキラと瞳を輝かせている。

「行きます！　必ず行きますとお伝えください！」

龍聖が即答したので、ハデルは何も言わなかった。若い医師は「分かりました」と言って、何度も頭を下げながら戻っていった。

「ハデル！　中庭には今から行きましょう！」

「え？　ですが今からお昼までは、執務室で陛下とお仕事をなさるのでは……」

「今日くらいラオワンはきっと許してくれるよ！　後で私からもいっぱい謝るからさ！」

「かしこまりました。すぐに中庭へ行く準備をして、執務室へ行けないという使いを出します。それから解体のために汚れても良い衣装を揃えなければなりませんね……」

ハデルは大きな溜息をついた。

「ハデル、面倒をかけてごめんね」

龍聖は少しも悪いと思っていない笑顔で（いや、悪いとは思っているが解体に立ち会える喜びが溢れている）両手を合わせて謝罪すると、弾むような足取りで居間に戻っていった。

「割合は修正ですね……一番が研究で、二番がホンシュワン殿下……残念ながら陛下は三番目のようです」

気の毒そうな顔でハデルはそう呟き、これから忙しくなる一日の流れを頭の中で組み立て始めた。


「え？　リューセーが執務室に来れない？　何かあったのかい？」

ラオワンが使いとして来た王妃付きの侍女に何げなく尋ねた。侍女はすぐに戻るつもりだったが、尋ねられたので慌てて答えた。

「これから急遽ホンシュワン殿下と、中庭に散歩に行かれるそうです」

理由を聞いてラオワンは少しだけ目を丸くした。だがすぐに仕方ないという顔に変わる。

「まあ……ホンシュワンが相手なら敵わないか～」

「残念でしたね、陛下」

隣で書簡を読んでいたションシアが、笑いながら慰めの言葉をかける。

「先ほど殿下が、何にも摑まらずに一人でお立ちになったので……それでお庭に連れていこうと思われたのかもしれません」

残念そうなラオワンの様子を見て、侍女は慰めようと思ったのか、そんな情報を付け加えた。

「え!?　ホンシュワンが立ったのかい？」

ラオワンが驚いて反応した。

「は、はい……リューセー様がとてもお喜びになっていました」

侍女はいつまでも帰れなくて困ってしまい、早口でそう言った後深々と頭を下げて逃げるように去っていった。

「ションシア！　聞いたかい？」

「素晴らしいですね。早い方ではないのですか？　魔力量も豊富なようですし……兄上を超えてしまうかもですね」

ションシアがにこやかに褒めたたえるので、ラオワンは嬉しそうに頷いて立ち上がった。

「私も中庭に行ってくるよ、すぐ戻るから！」

ションシアの返事を聞かずに、ラオワンはさっさと執務室を後にした。ぽかんとした顔で残されたションシアは、大きな溜息をついて残りの書簡に目を通し始めた。


ラオワンが中庭に行くと、まだ龍聖達の姿はなかった。空を見上げながら、のんびりと待っていると龍聖達が現れた。

「リューセー！」

「ラオワン？」

なぜここにラオワンがいるのかと、龍聖はとても驚いた。

「ここにリューセー達が散歩に来ると聞いたから、ちょっと仕事を抜け出してきた。ホンシュワンが一人で立ったんだって?」

「ああ、はい、そうです。偉いんですよ」

龍聖が抱いているホンシュワンに向かって「ねぇ」と言って額に口づけると、ホンシュワンが嬉しそうに笑った。

「ホンシュワン、父にも見せておくれ」

「そんな……急に立つかどうかわかりませんよ?」

「そんなものか?」

ラオワンは少しがっかりした。

ハデルが敷物を広げて、侍女達がクッションを並べたり、お茶の準備を始めたりした。

龍聖はホンシュワンを敷物の上に座らせる。

「ホンシュワン、お外は気持ちいいね」

龍聖が笑顔で話しかけると、ホンシュワンはニコニコと笑いながら、ふと空を飛ぶ竜に気がついて上を指さしながら「あーっあーっ!」と言った。

「いつも窓から見ているだろ? 竜だよ」

ラオワンが屈んでホンシュワンを覗き込みながら、優しくそう言うと、ホンシュワンはラオワンに向かって両手を伸ばし、抱っこをせがむような素振りをしながら、そのままよろよろと立ち上がった。

それにはラオワンも龍聖も目を丸くして驚いた。

「見たかい!」

「見た!」

二人は顔を見合わせて喜び合った。ラオワンはホンシュワンを抱き上げる。

「お前は本当に賢い子だ。さすがは私の世継ぎだ！」

「ね！　本当にうちの子は凄い！」

二人はホンシュワンを褒めたたえながら、とても嬉しそうに笑っている。その光景はハデルや侍女達だけでなく、通りかかったシーフォンや兵士達も和ませた。

「ラオワン、そろそろ戻らなくても大丈夫？　私もいないし、ションシア様一人でしょう？」

「う～ん……戻りたくないけど……そうだな……仕事が溜まっているからな……」

「ごめんね、明日はたくさん手伝うから！」

「ああ、別に構わないよ、なんなら午後から来てくれてもいいけど……」

「あ！　ごめん！　午後はね！　医局で竜の解体に立ち会うんだ！　竜の解体だよ!?　竜は亡くなった後も、エルマーン王国の人々のためになるんだね！　本当に素晴らしいと思う……骨格がどうなっているのかが気になっていたんだよね。あと、胸にあるという歌うための声の増幅器官？　それもどうなっているか見たいし……ああ、めちゃめちゃ楽しみで仕方ないよ」

龍聖は瞳をキラキラさせて、とても嬉しそうに早口で語った。研究の話になると、龍聖はなぜか早口になる。それも好きなことならなおさら……ラオワンは少し微妙な気持ちになった。

その日の夜、そろそろ眠ろうと二人は寝室に入った。龍聖はずっとご機嫌で、今も鼻歌を歌っている。

「何度も言うけど……とてもご機嫌だね」

ラオワンは仕方ないねという顔で苦笑した。

「うん、竜の解体は本当に素晴らしい経験だったんだ……始める前に両手を合わせてお祈りしたんだけど、みんなから不思議そうな顔をされちゃった」

「手を合わせて祈るのは大和の民の風習だね」

「まあ、そうだけど……でも亡くなった竜は、私達にとっても家臣であり、仲間だったでしょ？　だから手を合わせただけなんだけどね」

ベッドの上に上がってきた龍聖を、ラオワンが腰を抱いて引き寄せた。

「我々には宗教はないし……死んだらそれで終わりだと思っている。軀《むくろ》はただの抜け殻だ。その思想があるからこそ、昔から死んだ竜を解体して、余すことなく色々なものに使ってきた。人間の体の方を解体しないのは、何も使い道がないからだ。人間の体に対してだけ特別に何か思うわけではない」

「うん、知ってる……そういう考え方も分かる。でも家族や友達が死んだら泣くでしょう？」

「それはもちろんだ。死ぬということは、その者の存在を失うということだ。それはとても悲しい」

「生きていることが重要なんだね」

「そうだ」

ラオワンは龍聖に口づけた。

「だからリューセーは長生きしてほしい」

「はい、頑張ります。私が長生きしたら、ラオワンも長生き出来るでしょ？」

「そうだな」

「じゃあ、頑張る」

二人はクスクスと笑い合いながら、甘い口づけを何度も交わした。ラオワンの手が、龍聖の着る寝着の薄い生地を撫でてたくし上げた。下半身があらわになると、柔らかな双丘を優しく撫でる。

龍聖はラオワンの首に両手を回して、甘えるように口づけをせがんだ。

「リューセーは、口づけが好きだね」

「うん、好き……ラオワンの口づけは気持ちいいし……優しいから……」

うっとりとした顔で微笑んで、もっとと口づけを強請《ねだ》った。深く浅く舌を絡めながら口づけをする。

ラオワンの両手は、龍聖の胸や腹を弄った。

口づけの合間に、龍聖が甘い息を漏らした。次第に息が上がってくる。龍聖はラオワンとのセックスは好きだが、すぐに意識が朦朧としてしまうのには困っている。

結局終わった後は気絶するように眠ってしまうし、途中で覚えているのは気持ち良かったということだけで、何をどんな風にされたのか覚えていない。

結婚当初ならばそれも仕方ないと思うが、もう十年以上経つのだ。何度睦み合ったか分からない。

『そろそろ余裕を持って、セックスを楽しんでいますって言える大人になりたい』

龍聖は残念そうにそう思う。

「ああっあっ……ラオワン……あっ……」

性器を弄られて、甘い疼《うず》きに腰が震えた。ラオワンの大きな手に包まれて、優しく揉みしだかれると、龍聖の性器はすぐに硬くなってしまう。じわじわといやらしい気持ちが体中に広がっていく。

「リューセー、かわいいよ」

ラオワンが耳元で囁くと、びくりと龍聖の体が震えた。

「そんなの……ずるい……」

泣きそうな声で呟く。ラオワンの声が好きだった。低くて少し色気のある甘い声だ。

『いい声だよね』と龍聖はいつも思う。初めて名前を呼ばれた日のことは忘れない。

「リューセー、気持ちいい?」

「気持ちいい……気持ち……いい……あぁっあっ」

こんな声で囁かれたら、どんな言葉でも肯定してしまう。

「ああっあ……ラオワン……」

龍聖が甘える声で名前を呼ぶと、ラオワンは必ず口づけをくれる。以前なぜかと聞いたら、名前を呼ぶ時の唇がかわいすぎるからと言われた。

『ラオワン、甘すぎる』

龍聖は幸せそうな顔でそう思った。

ゆるゆると後孔の周りを、ラオワンの指が愛撫する。ジンジンと痺れてきて中に入れてほしいという気持ちでいっぱいになる。でも龍聖は恥ずかしいから言えない。まだ少しだけ理性が残っているからだ。

「あっあんっ……いや……いやっ……あぁ……いや……」

龍聖が朦朧としてきて、いやいやと連発し始めたら、早く入れてほしいという合図だ。

ラオワンは、いやいやとかわいい声で鳴く唇を強く吸った。

後孔に指を入れて丁寧に解す。すると龍聖は無意識に足を開いて、ラオワンの腰に自分の腰をくっつけてくる。そしてゆるゆると腰を揺らす。

『いつもリューセーの誘惑に負けてしまう』

ラオワンは心の中で呻いた。もっと前戯で甘やかしたいと思うのだが、そういう余裕がなくなってしまう。悔しいが、性交が下手になってしまうくらいに、龍聖が愛しい。

腰を優しく両手で摑んで、解れた後孔にゆっくりと挿入した。

「あぁぁぁぁっ！　やぁっ！　あっあっ……んんっんんっ、あっあっ」

ラオワンが腰を揺すって抽挿《ちゅうそう》するたびに、龍聖のかわいい口から甘い声が漏れる。それを聞くとラオワンの雄が昂《たかぶ》りを増すので、腰の動きが速くなる。

荒い息を吐きながら、ラオワンは夢中で腰を揺さぶった。

「ああ～んっ……あっあっあっ……ラオワン、ラオワン……」

鼻にかかる涙声で、何度も名前を呼ぶ。そんな龍聖はかわいすぎて、ラオワンの我慢なんて簡単に打ち砕かれてしまうのだ。

「うっ……くっ……リューセー……」

勢いよく精を注ぎ込んだ。龍聖の中をいっぱいにしてやりたいとさえ思う。

「ラオワン……ラオワン……」

「リューセー……」

「愛してるって……言って……」

龍聖が頰を上気させて、両目を潤ませながら甘える声で囁いた。

「くそっ」

ラオワンは舌打ちをした。今射精したばかりだというのに、今の一瞬ではちきれんばかりになってしまった。

抜く間もなく腰を動かした。

「愛してる……リューセー……愛してる」

何度も呟きながら攻め立てる。龍聖はもう意識がないようだ。ただ甘い声を漏らすだけだ。

何十回も愛していると囁いて、一気に二度目の精をぶちまけた。


「ラオワン」

「なんだい？　リューセー」

「昨夜ので……懐妊したみたい」

朝起きてすぐに、少しまだ眠そうな顔の龍聖が、左手の赤くなっている文様を見せながら、恥ずかしそうな、嬉しそうな笑顔でそう言った。

「リューセー」

「なに？」

「私は幸せすぎて死にそうだ」

ラオワンはそう言って龍聖を抱きしめた。

「ヤマト、用意は良いか？」

ヤマトの背中に立ち、ラオワンが真剣な声で尋ねた。

ラオワンとヤマトは荒野の真ん中にいた。周囲に誰もいないことを確認している。エルマーン王国からはかなり離れていた。

「行こう……異世界へ……今度は、この前みたいな状態だったらすぐに戻る」

ヤマトがグルルッと答えた。

「よし！」

ラオワンは目を閉じて、以前と同じように大和の国の石川県金沢《かなざわ》市の守屋家を頭に思い浮かべた。

この日のために、より明確に場所をイメージするために、龍聖に頼んで大和の国の地図を描いてもらった。石川県や金沢市、守屋家のある場所、それらをすべて図にしてもらった。

今度はきっと大丈夫だ。そう確信して魔法を発動させた。

ブンッと空気が唸り、目の前に大きな穴が現れた。ラオワンとヤマトはその中に飛び込んだ。

ラオワンは一瞬グッと全身に力を込めて身構えたが、何も起こらなかった。風は感じるが以前のような暴風ではない。いつもヤマトの背に乗って飛んでいる時のような自然な風だ。だがとても冷たい。

そっと目を開けた。そこは空の上だった。頭上には真黒な雲が広がっている。所々雲が薄くなっているところがあり、僅かだが薄闇程度に周囲を見ることが出来た。

「リューセーの言う通り、あの時は隕石が衝突してすぐだったんだな。今は静かだ。というか、静かすぎる」

下を見ると、地表は氷で覆われていた。だが所々に茶色の地面が見える。氷が解け始めているのか、それともそれほど厚い氷ではないのか、想像していたよりは良い気がした。

前回から二十年が経っている。こちらの世界で何年経ったかは分からないが、十年近くは過ぎているはずだ。

「しかし私達が空にいるということはまた投げ出されたんだな……守屋家がなくなっているということか……」

ラオワンは魔力探知を使ってリューセーの反応を探した。龍聖はクローンを作ったと言っていた。龍聖とまったく同じ人間ならば、地下深くにいたとしても、その反応は分かるはずだ。他と間違えはしない。

「ヤマト……もう少し地表に近づいてくれるか？」

ヤマトはググッと鳴いて少し降下した。

「空に投げ出されたとしても、大和の国の空のはずだ。だからこの下に地下都市があるはずなんだが……」

ラオワンは一生懸命探した。魔力探知の精度を限界まで上げたが、まったく見つけることが出来ない。それどころか龍聖以外の人間の反応も見つけることが出来なかった。

「どういうことだ？」

ラオワンは眉根を寄せた。

『ラオワン』

ヤマトが呼びかけてきた。

『なんか……地上の形がおかしいと思わないか？』

「地上の形？」

『大和の国は島国なのだろう？　それならば周りは海で……こんな風に海が干上がっているのならば、陸地は盛り上がっているんじゃないか？』

ラオワンはヤマトに言われて、頭の中に大和の国の地図を思い浮かべた。

「確かに……ヤマト、全体が見えるように高度を上げてくれ」

ヤマトは上昇していった。随分高くまで上がった。雲の中に入りそうになるギリギリで止まると下を見た。

「あれはなんだ？」

ラオワンは眼下を見て眉をひそめた。大きな穴が見える。丸い穴だ。とても大きい。中心が深くてすり鉢状になっている。よく見ると穴の端に見覚えのある形の地面が隆起している部分がある。あれは知っている。龍聖に書いてもらった大和の国の地図で、ホッカイドウという大きな島とキュウシュウという大きな島だ。大和の国は四つの大きな島と周囲の小さな島の連なりだと教わった。

確かホンシュウと言っていた一番大きな中心にある島、それがあった辺りにとても大きな穴が空いているのだ。

『ラオワン、あれは何かが地面に衝突して出来た穴だ。大きな石を空から投げ落とすと、地面が爆発したようにえぐれて、あんな形に近いものが出来る……インセキとか言っていた空から飛んでくるやつが、大和の国に直撃したんじゃないのか？』

「ヤマト……他の場所も見たい……少し飛んでくれ」

ラオワンに言われるままに、ヤマトは高度を上げたまま黒い雲の下を飛び回った。するといくつか同じような穴を見つけた。大小ある。大和の国にあった穴と同じぐらいの大きさのものもある。だが平均して言うと、大和の国に空いた穴は、とても大きかった。

言い知れぬ絶望感がラオワンを襲った。

『ラオワン、大丈夫か？』

「帰ろう……ここはもう無理だ……」

ラオワンは呟いて帰還の魔法を使った。

ラオワンの書斎には、とても重苦しい空気が漂っていた。

大和の国で見たことを、龍聖に言うべきかどうか、かなり悩んだ。しかし隠したところで何かが変わるわけではない。一日置いて、ラオワンも冷静さを取り戻してから、龍聖にすべてを打ち明けた。

龍聖はとてもショックを受けていたが泣きはしなかった。ただずっと無言で俯いたままだ。ソファに並んで座っているが、ラオワンは龍聖の肩を抱き寄せるかどうか迷っていた。

慰めたいが今はどうだろう？　もう少しそっとしておいてやった方が良いのではないか？　そんなことを考えて迷っていた。

龍聖の膝の上に置かれている手が、キュッと拳に握られた。それを合図にするかのように、ラオワンは龍聖の肩を優しく抱き寄せる。

「ラオワン……」

「なんだい？」

「この前……とても危険な目に遭ったというのに……もう一度見に行ってくれてありがとう」

ラオワンは返事をせずに、ただ龍聖の肩を撫でた。

「隕石が日本に直撃したんだね……本州の半分くらいだったんでしょ？　クレーター……それかなり大きい隕石じゃん……それも他の場所にもあったんでしょ？　そりゃあ粉塵嵐が起きるよね……さすがに直撃されたら地下都市は無理だよ……地下深いと言っても衝撃は相当だし、地震も起きるし……」

龍聖はまた黙り込んだ。泣いてはいないようだった。だが肩が震えている。悔しいのだろう……。どれくらいの時間が過ぎたのか、ようやく龍聖は落ち着いたようだった。顔を上げてラオワンを見た。

「覚悟はしてた……でもまだ諦めてはいない……だけど……私達はこれからどうすればいいんだろう」

ラオワンは龍聖をみつめ返しながら、すぐに返事が出来なかった。龍聖に隠していることがある。

ホンシュワンには半身がいないということを伝えていない。とても言えなかった。

「ホンシュワンには、この話をしなければいけないと思う……希望が残されていることも含めて……」

「そうだね……それはそうだけど……」

それをいつ言うのか、いつならば言っても良いのか、二人にはまだ分からなかった。

「おかあさま？」

ホンシュワンの声に、二人はビクリとした。振り返ると書斎の扉を開けて、ホンシュワンがこちらを覗いていた。

「あ！　殿下！　いけませんよ！　お父様とお母様は大事なお話しの最中です」

ハデルが慌てて止めに来た。龍聖は思わず笑みを零す。

一時は魔力がとても多いことで、この子に命の危険があるのではないかと、とても心配した。だが龍聖が作った魔道具は、その後もどんどん改良を重ねて、ホンシュワンの成長に合わせて使えている。だからホンシュワンは、魔力酔いに苦しむことはなくすくすくと育っていた。

それはラオワンが『私が子供の時に欲しかった』と羨ましがるほどだ。

「おかあさま……ダメ？」

「ホンシュワン、いいよ、入っておいで」

龍聖が微笑みながら手招きをすると、ホンシュワンは嬉しそうに笑って、とことこと駆けてきた。

「陛下、リューセー様、申し訳ありません」

ハデルが謝っているとその足元に、よちよち歩きの小さな男の子まで現れた。柔らかそうなオレンジ色の巻き毛の幼児だ。

「ニーニ」

「カリエンもおいで！」

ラオワンが立ち上がり、カリエンを迎えに行くと抱き上げた。

「もう話は終わったから大丈夫だ」

ラオワンが小さな声でハデルに伝えたので、ハデルはもう一度頭を下げて、その場から離れた。

龍聖はホンシュワンを膝に抱いて、ぎゅっと抱きしめている。ホンシュワンも丸いほっぺを少し赤くしながら、恥ずかしそうに笑っていた。

第二王子のカリエンを抱いて、ラオワンが龍聖の隣に戻ると、二人は互いが抱く我が子の頬に口づけた。

「ホンシュワン、カリエンと仲良くするんだよ」

龍聖の言葉に、ホンシュワンは力強く頷いた。

「カリエンは僕が守る」

「いい子だ」

ラオワンがホンシュワンの頭を撫でたので、またホンシュワンは恥ずかしそうに笑った。

「リューセー、こんなに私は幸せなのだから、加護が届かないはずはないよ」

ラオワンの金色の瞳に強い光が宿っている。その言葉に確かな思いがあり、爽やかな笑みには自信さえも感じられる。

「はい……私も……そう信じています」

龍聖もしっかりと答えて、幸せそうに笑った。

ラオワンと龍聖は、心から願う。エルマーン王国の明るい未来を……。

あとがき

皆様こんにちは、飯田実樹です。「空に響くは竜の歌声　天路《あまじ》を渡る黄金竜」を読んでいただいてありがとうございます。いかがでしたか？

今回の主役は、十二代目竜王ラオワンと龍聖です。すっごく未来の話です。

同人誌でも、WEBでも、まったく触れたことのない世代で、ラオワン自身も、両親である十一代目竜王レイワンと龍聖の話「嵐を愛でる竜王」にもそれほど登場していないので、どんな人柄なのか謎めいていたと思います。

今回のカップルを分かりやすく表現するなら、「超ハイスペックカップル」です。ホンロンワン様と同等の強大な魔力を持ち、なんでも出来るスパダリなラオワンと、めちゃ頭がいい天才のスパハニな龍聖。スーパーカップルです。もうこの二人なら何でも出来るんじゃない？ってことなんですが、そのハイスペックな二人でさえ、簡単には解決できないような超難題が発生する。それも今回はエルマーン王国だけの危機ではなく、大和の国にも危機が！　という今までにない展開のお話になりました。その上何一つ解決していません(笑)。

読み終わった皆様は、「え？　どうなるの!?」ってモヤモヤしていますよね。すみません。別に意地悪をしているわけでも、私が解決できなかったわけでもないんです。この問題の解決は次の世代まででかかってしまうのです。と、いうわけで、これからどうなるのかは、しばらくお待ちください。

そんな皆様に裏話。今回のサブタイトル「天路《あまじ》を渡る黄金竜」に、なんか既視感を覚えませんでしたか？　そうです。ルイワン編の「天穹《てんきゅう》に哭《な》く黄金竜」に似ているんです。これ、実は意識的にそうしました。龍聖が来ないとか、早世するとか、竜王と龍聖が原因で危機になるのではなく、他の大いなる力が原因で危機が訪れるという歴史的な分岐点が共通の話なので、それを示唆する目的でサブタイトルを似せました。

さて、そんな色々と大変な今作ですが、書くのも大変でした。私の私的な問題で申し訳ないのですが、家族が事故に遭ったりして、昨年末から四ヶ月ほどまったく執筆が出来なくなりまして、いつも春に発売していたのに、夏に延期してもらいつつ、さらにさらにブランクのせいで、私が『小説書けない症候群』になってしまい、たくさんの関係者にご迷惑をおかけしてしまいました。

いつも寄り添って励ましてくださった担当さん、ものすごいスピードで素晴らしいイラストを描いてくださったひたき先生、無理なスケジュールをお願いした校閲者様、その他関係者の皆様、この場を借りてお詫びいたします。皆様のおかげで出版することができます。

家系図とか色々と難しくなっていくのに、いつも素敵にデザインしてくださるウチカワデザイン様ありがとうございます。

そして何より最大の感謝は、このシリーズを、ずっと応援してくださる読者様です。本当にありがとうございます。クライマックスに向けて、一緒に愛の行方を見守ってください。

次回作でまたお会いしましょう。

空に響くは
竜王の妃として召喚される
運命の伴侶。
彼だけが竜王に命の糧
「魂精」を与え、竜王の子を
身に宿すことができる。
過去から未来へ続く愛の系譜、
壮大な異世界ファンタジー!
大好評発売中!
① 紅蓮をまとう竜王
② 竜王を継ぐ御子
③ 暁の空翔ける竜王
④ 黎明の空舞う紅の竜王
⑤ 天穹《てんきゅう》に哭《な》く黄金竜
⑥ 嵐を愛でる竜王
⑦ 聖幻《せいげん》の竜王国
⑧ 紅蓮の竜は愛を歌う
⑨ 猛炎の子竜
⑩ 恵みの風と猛き竜王
⑪ 気高き竜と癒しの花
⑫ 紅蓮の竜は幸福に笑む
⑬ 花盛りの竜の楽園
⑭ 黄昏に立つ緋色の竜王
⑮ 紅蓮の竜は永遠に恋する
⑯ 天路《あまじ》を渡る黄金竜
①②以外は読み切りとしてお読みいただけます。

竜の歌声
MIKI IIDA
飯田実樹
ILLUSTRATION
HITAKI
ひたき
特設WEB
https://www.b-boy.jp/special/ryu-uta/

『空に響くは竜の歌声　天路《あまじ》を渡る黄金竜』をお買い上げいただきありがとうございます。
この本を読んでのご意見、ご感想など下記住所「編集部」宛までお寄せください。

アンケート受付中
リブレ公式サイト　https://libre-inc.co.jp
TOPページの「アンケート」からお入りください。

初出　空に響くは竜の歌声　天路《あまじ》を渡る黄金竜
序章…同人誌『龍21』（2022年8月刊行）掲載　＊単行本収録にあたり加筆修正しました
第1～6章、終章…書き下ろし

空に響くは竜の歌声
天路《あまじ》を渡る黄金竜

著者名　飯田実樹

発行日　2023年8月18日　第1刷発行

発行者　太田歳子

発行所　株式会社リブレ
〒162-0825 東京都新宿区神楽坂6-46 ローベル神楽坂ビル
電話　03-3235-7405（営業）　03-3235-0317（編集）
FAX　03-3235-0342（営業）

印刷所　株式会社光邦
装丁・本文デザイン　ウチカワデザイン
企画編集　安井友紀子

Printed in Japan
ISBN978-4-7997-6388-9